위대한 개츠비

The Great Gatsby

세계문학전집 75

위대한 개츠비

The Great Gatsby

F. 스콧 피츠제럴드

김욱동 옮김

민음사

그럼 황금 모자를 쓰려무나
그래서 그녀의 마음을 움직일 수만 있다면.
그녀를 위해 높이 뛰어오르려무나
높이 뛰어오를 수 있거든.
그녀가 이렇게 외칠 때까지
"사랑하는 이여,
황금 모자 쓰고 높이 뛰어오르는 사랑하는 이여,
당신을 차지해야겠어요!"

— 토머스 파크 딘빌리어스*

---

* 피츠제럴드의 첫 장편 소설 『낙원의 이쪽』(1920)에 등장하는 가상의 인물. 『위대한 개츠비』의 제목을 두고 고심할 때 나온 '황금 모자를 쓴 개츠비', '높이 뛰어오르는 연인' 등의 제목이 이 시에서 유래하였다.

차례

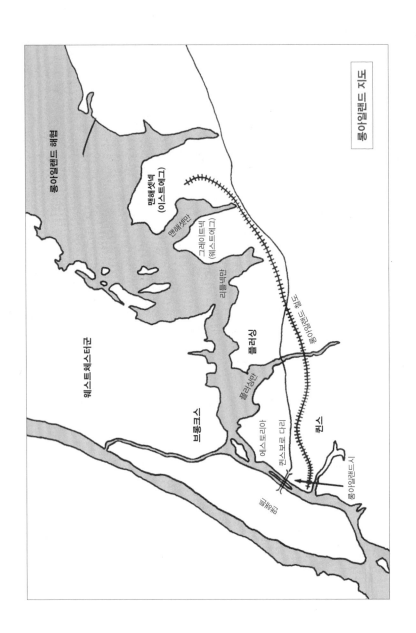

롱아일랜드 지도

롱아일랜드 해협

웨스트체스터군

브롱크스

맨해섓넥
(이스트에그)

맨해섓넥만

그레이트넥
(웨스트에그)

리틀넥만

플러싱

플러싱만

아스토리아

퀸스보로 다리

맨하탄강

퀸스

롱아일랜드 철도

롱아일랜드시

개정판에 부쳐

　고전은 시대마다 새롭게 읽힌다는 말이 있지만 이러한 사정은 번역도 크게 다르지 않다. 번역도 고전처럼 새로운 시대마다 새롭게 다시 태어나지 않으면 안 된다. 우리가 사용하는 언어는 유기체처럼 시간이 흐르면서 변화하고, 또 세대가 거듭 바뀌면서 독자의 감수성도 달라질 수밖에 없기 때문이다. 특히 언어는 세월의 풍화 작용에 많은 영향을 받게 마련이다. 인터넷과 스마트폰을 비롯한 통신 수단의 발달과 더불어 언어도, 독자의 감수성도 예전과는 비교도 되지 않을 만큼 사뭇 달라졌다. 내가 『위대한 개츠비』를 처음 번역하여 출간한 것은 2003년으로 벌써 십 년 가까운 세월이 흘렀다. 십 년이면 강산도 변한다고 하는데 한 나라의 언어도 아니고 두 나라의 언어를 매체로 삼는 번역이야 두말할 나위가 없을 것이다.

내가 초판 번역본을 개정하기로 마음먹은 데는 또 다른 이유가 있다. 『위대한 개츠비』는 저작권 보호 기간이 만료되었기 때문에 국내 출판사들이 앞을 다투어 번역해 왔다. 그동안 이 작품의 번역본은 그야말로 우후죽순처럼 쏟아져 나왔다. 한 번역 평가단의 조사 결과에 따르면, 2004년 현재 확인된 이 작품의 번역본만 해도 역자 스물네 명에 판본이 무려 쉰두 개나 된다. 판본이 쉰두 개나 된다고는 하지만 남의 번역본을 윤문하거나 표절한 것이 상당수이다. 2004년 이후에도 이 작품은 계속 번역되어 나왔다. 지난해 말에는 한 작가가 이 작품을 번역하여 출간하기도 했다. 그런데 가장 최근에 나온 번역판은 '번역'이라기보다는 차라리 '번안'에 가까울 만큼 의역이 심할 뿐만 아니라 곳곳에서 오역이 눈에 띄었다. 한편 앞서 언급한 번역 평가단은 내가 민음사에서 출간한 초판 번역본에 대하여 "유려하면서도 원문의 향취를 잘 살려 낸 문장으로 『위대한 개츠비』 번역에 새로운 장을 열었다."라고 평가했다. 그러나 새로운 번역본이 계속 쏟아져 나올수록 나는 과연 이러한 평가가 옳은지 스스로 물어보게 되었다. 솔직히 고백하자면, 이 찬사 때문에 느낀 우쭐한 기분은 잠깐이고 번역자로서 책임감이 들면서 심리적으로 여간 큰 부담이 아니었다.

그래서 나는 이번 기회에 초판 번역본을 개정하기로 결심했다. 개정하되 부분적으로 손을 보는 것이 아니라 전면적으로 손을 보기로 했다. 건물에 빗대어 말하자면, 낡은 서까래를 몇 개 갈거나 지붕을 새로 하는 것에 그치지 않고 집의 뼈대만을 남겨 두고 벽을 허물어 집 구석구석까지 뜯어고쳤다. 실제로 한 단락, 심지어 한 문장도 다시 손보지 않은 곳이 없다시피 하다. 이 점에서 이번 개정은 개수(改修)의 수준을 넘어 가히 구조 변경이라고 하여도 크게 틀리지 않을 듯하다. 나는 초판 번역본을 개정하면서 "유려하면서도 원문을 잘 살려 낸" 번역이라는 평가에 부족함이 없도록 최선을 다했다.

이번 개정판에서 나는 특별히 다음 세 가지를 염두에 두었다. 첫째, 맞춤법과 외래어 표기법에 맞지 않은 일부 표현을 철저히 규정에 맞추어 고쳤다. 맞춤법이나 외래어 표기법은 교통 신호와 같아서 마음에 들지 않아도 지키지 않으면 큰 혼란이 빚어진다. 작품을 읽으면서 독자들이 이 문제에서 혼란을 겪지 않도록 배려했다. F. 스콧 피츠제럴드가 자주 사용하는 줄표(—)도 우리말 어법에 맞게 생략할 것은 생략하고 살릴 것은 살렸다.

둘째, 젊은 독자들의 감수성에 맞게 새롭게 번역하려고 애썼다. 젊은 세대들이 좀처럼 사용하지 않거나 이해하기 어렵다고 판단되는 어휘는 다른 어휘로 바꿨다. 또 경어법을 사용하는 데서도 될 수 있는 대로 젊은 독자들에 맞게 고쳤다. 예를 들어 데이지가 화자 닉 캐러웨이에게 말하는 경우, 나이 차이가 그다지 많지 않은 먼 친척 오빠인 데다 요즈음에는 친척 사이에도 지나친 경어법을 사용하지 않는다는 점을 고려해 경어법의 정도를 조금 낮추어 번역했다. 그런가 하면 번역 투의 문장이 없는지 다시 한번 꼼꼼히 살피면서 좀 더 우리말 어법에 맞도록 문장을 조직하려고 애썼다. 한자어 어휘와 한문 투의 문장도 되도록 순수한 토박이말로 바꾸려고 노력했다. 한자어에서 파생한 어휘는 관념적이고 추상적이어서 순수한 토박이말처럼 피부에 와닿지 않는다. 특히 한자 문화에서 점점 멀어지고 있는 젊은 독자들에게 한자어는 외국어처럼 낯설게 느껴질 것이다. 특별한 경우를 제외하고는 문어체 문장을 구어체 문장으로 손질한 것도 이번 개정판의 특징이라고 할 수 있다.

셋째, 비록 오역은 아니더라도 졸역이라고 할 수 있는 부분을 다듬었다. 또 표현이 애매하거나 자칫 다른 뜻으로 오해될 수 있는 부분도 좀 더 분명하게 바로잡았다. 번역의 배가 지나갈 때 기점 언어의 바닷속에 암초처럼 도사리고 있는 동음이의어(同音異議語)도 다시 한번 살폈다. 가령 3장에 조던 베이커가 개츠비의 파티에 참석한 젊은 아가씨들과 대화를 나누는 장면이 나온다. 이 장면에서 원문의 "I started"를 초판본에서 "나는 발걸음을 옮기기 시작했다."로 번역했지만, 개정판에서는 "나는 놀라 움찔했다."로 고쳤다. 영어 동사 'start'에는 두 가지 의미가 있지만 문맥에서 보아 아무래도 전자보다는 후자로 옮기는 쪽이 더 정확하다고 판단했기 때문이다. 이 밖에도 좀 더 원문에 충실하게 바꾼 곳이 몇 군데 있다.

그동안 나는 대학의 번역학과와 여러 기관에서 번역 이론을 강의하는 한편, 실제로 문학 작품을 번역하는 일도 게을리하지 않았다. 그런데 시간이 지날수록 번역이란 역시 힘이 드는 작업이라는 사실을 절감했다. 번역에서는 '무엇을' 말하는지 못지않게 '어떻게' 말하는지가 중요하기 때문이다. 이 개정판에서 나는 '무엇'과 '어떻게' 사이에서 균형을 꾀하려고 고심했다. 한편으로는 '과잉 번역'이 없는지 살피고, 다른 한편으로는 '축소 번역'이 없는지 살폈다. 한마디로 원작의 의미를 손상하지 않은 채 고스란히 옮기면서도 될 수 있는 대로 원작의 스타일도 함께 옮기려고 노력했다. 말은 이렇게 하여도 실제로 기점 텍스트의 육체는 말할 것도 없고 영혼까지 옮겨 놓는다는 것은 쉽지 않았다. 과연 번역자의 의도대로 구조 변경이 제대로 되었는지는 오직 독자의 판단에 맡길 수밖에 없다. 모쪼록 독자의 채찍을 바랄 뿐이다.

2010년 11월
김욱동

1

지금보다 어리고 쉽게 상처받던 시절 아버지는 나에게 충고를 한마디 해 주셨는데, 나는 아직도 그 충고를 마음속 깊이 되새기고 있다.

"누구든 남을 비판하고 싶을 때면 언제나 이 점을 명심하여라." 아버지는 이렇게 말씀하셨다. "이 세상 사람이 다 너처럼 유리한 입장에 놓여 있지는 않다는 것을 말이다."

아버지는 더 이상 말씀하지 않으셨지만 우리 부자(父子)는 언제나 이상할 정도로 말없이도 서로 통하는 데가 있었고, 나는 아버지의 말씀이 그보다 훨씬 많은 뜻을 함축하고 있음을 알았다. 그래서 나는 모든 일에 판단을 유보하는 버릇이 생겼고, 그 때문에 이상한 성격의 소유자들이 자주 나에게 다가오는 바람에 그야말로 지긋지긋한 사람들에게 적잖이 시달려야 했다. 비정상적인 사람들은 정상적인 사람에게 그런 특성이 나타나면 재빨리 알아차리고 달라붙게 마련이다. 내가 잘 알지도 못하는 난폭한 녀석들의 은밀한 슬픔을 알고 있다는 이유로 나는 대학에 다닐 때 억울하게도 정치적이라는 비난을 받았다. 그들은 대부분 내가 원하지도 않는데 찾아와 속마음을 털어놓았다. 그래서 그들이 은밀한 고백을 할 기미가 확실하다 싶으면, 나는 종종 잠을 자는 척하거나 뭔가에 몰두해 있는 척하거나 악의를 품은 듯이 일부러 경망스럽게 굴었다. 젊은이들의 은밀한 고백, 아니면 적어도 그런 고백을 하면서 사용하는 표현이란 흔히 남의 말을 표절한 경우가 많고, 그것을 억지로 숨기려고 하다 보니 대개 흠이 나 있게 마련이다. 판단을 유보하면 무한한 희망을 갖게 된다. 아버지가 점잔을 빼며 말씀하셨고 지금 내가 점잔 빼며 다시 이야기하듯이 기본적인 예절 감각이란 태어날 때부터 저마다 다르게 분배되는 것이며, 그 사실을 깜박 잊어버릴 때면 뭔가를 놓치고 있는 듯한 느낌이 든다.

이렇게 내가 관대한 것처럼 자랑했지만 나는 이런 관대함에도 한계가 있다는 사실을 깨닫게 되었다. 인간의 행동이란 단단한 바윗덩어리나 축축한 습지에 근거를 둘 수도 있지만, 나는 일정한 단계가 지난 뒤에는 그 행위가 어디에 근거를 두는지에 별로 신경을 쓰지 않는다. 지난해 가을 동부에서 돌아왔을 때, 나는 이 세계가 제복을 차려입고 있기를, 말하자면 영원히 '도덕적인 차렷' 자세를 취하고 있기를 바랐다. 나는 이제 더 이상 특권을 지닌 자의 시선으로 인간의 내면세계를 오만하게 들여다보고 싶지 않았던 것이다. 오직 이 책에 이름을 제공해 준 개츠비만이 내가 이러한 식으로 반응하지 않은 예외적인 인물이었다 — 내가 드러내 놓고 경멸해 마지않는 것을 모두 대변하는 개츠비 말이다. 그러나 만약 인간의 개성이라는 게 일련의 성공적인 몸짓이라면 그에게는 뭔가 멋진 구석이 있다고 할 수 있었다. 그는 마치 1만 5000킬로미터 밖에서 일어나는 지진을 감지하는 복잡한 지진계와 연결되어 있기라도 한 것처럼 삶의 가능성에 민감하게 반응했다. 그러한 민감성은 '창조적 기질'이라는 이름으로 미화되는 진부한 감수성과는 차원이 달랐다. 그것은 희망에서의 탁월한 재능이요, 다른 어떤 사람한테서도 일찍이 발견한 적이 없고 앞으로도 다시는 발견할 수 없을 것 같은 낭만적인 민감성이었다. 그래, 결국 개츠비는 옳았다. 내가 잠시나마 인간의 속절없는 슬픔과 숨 가쁜 환희에 흥미를 잃어버린 것은 개츠비를 희생물로 삼은 것들, 개츠비의 꿈이 지나간 자리에 떠도는 더러운 먼지들 때문이었다.

우리 집안은 이곳 중서부 도시에서는 삼대에 걸쳐 꽤 이름이 알려진 부유한 집안이다. 캐러웨이 가문은 문중(門中) 비슷한 것을 이루고 있었으며, 버클루 공작[1]의 후예라는 말도 전해 내려온다. 그러나 우리 가문을 실제로 창시한 사람은 할아

---

1) 영국 왕 찰스 2세의 서자로 왕위 계승권을 주장하며 1685년 제임스 2세의 왕위 등극에 반대하는 반란을 주도했으나 실패했다. '몬머스 공작', '동캐스터 백작' 등의 다른 작위도 가졌다.

버지의 형으로, 1851년에 이곳에 정착하여 남북 전쟁 때 다른 사람을 대리로 전쟁터에 내보내고 철물 도매업을 시작했는데, 그 사업을 오늘날까지 아버지가 이어받아 계속하고 있다.

큰할아버지를 뵌 적은 한 번도 없지만 나는 그분을 닮았다고들 한다. 특히 아버지 사무실에 걸려 있는, 어딘지 무뚝뚝하게 생긴 초상화와 비교해 보면 말이다. 나는 1915년, 그러니까 아버지보다 꼭 이십오 년 늦게 뉴헤이븐에 있는 대학[2]을 졸업했고, 그로부터 얼마 안 되어 1차 세계 대전으로 알려진 때 늦은 게르만 민족의 대이동에 참가했다. 미국의 반격을 너무나 만끽한 나는 고향에 돌아와서도 마음의 안정을 찾을 수가 없었다. 중서부 지방은 이제 세계의 활기찬 중심지가 아니라 우주의 초라한 변두리 같았다. 그래서 나는 동부로 가서 채권업을 배우기로 결정했다. 내가 아는 사람들이 하나같이 채권업에 종사하고 있었던지라 채권업계가 독신 남자 하나쯤은 더 먹여 살릴 수 있으리라고 생각했던 것이다. 친척 아주머니와 아저씨 들은 마치 나에게 대학 예비 학교라도 골라 주듯 이 일을 의논하더니 마침내 매우 엄숙한 얼굴로 마지못해 "뭐 — 괜 - 찮겠지." 하고 말했다. 아버지가 일 년 동안 재정적으로 뒷바라지를 해 주기로 했다. 여러 가지 일로 미루고 미루다가 1922년 봄 나는 어쩌면 영원히 머물러 살 작정으로 동부로 왔다.

---

2) 뉴헤이븐은 미국 코네티컷주 남부에 있는 작은 도시로, "뉴헤이븐에 있는 대학"은 명문 사립대인 예일 대학교를 가리킨다. 1920년대 예일대 학생들은 이렇게 간접적인 방식으로 모교를 가리키곤 했다.

우선 시내에 방을 구해야 했지만 따뜻한 계절인 데다 널찍한 잔디밭과 정든 나무들이 서 있는 시골을 막 떠나온 터라 같은 사무실의 한 젊은 친구가 통근할 수 있는 곳에 집을 얻어 같이 사는 게 어떠냐고 제의했을 때 그게 좋겠다는 생각이 들었다. 그는 비바람에 바랜 월세 80달러짜리 허름한 방갈로를 하나 구했다. 그러나 정작 그 집에 들어갈 때는 그 친구가 워싱턴으로 발령을 받는 바람에 혼자서 이사할 수밖에 없었다. 나는 개 한 마리와(적어도 그놈이 도망가 버릴 때까지 며칠 동안 말이다.) 낡은 도지 자동차 한 대, 핀란드인 가정부와 함께 지냈다. 그녀는 내 잠자리를 봐 주고 아침 식사를 준비하면서 전기난로 위로 몸을 구부리고 혼자서 핀란드 속담을 중얼거리곤 했다.

하루 이틀쯤 쓸쓸하게 보내던 어느 날 아침 나보다 늦게 이사 온 누군가가 나를 붙잡고 길을 물었다.

"웨스트에그에는 어떻게 갑니까?" 그가 막막하다는 듯이 물었다.

나는 그 사람에게 길을 가르쳐 주었다. 그러고 나서 계속 발길을 옮기다 보니 더 이상 외롭지 않았다. 나는 안내자요, 길잡이며 초기 개척자였다. 그 사람이 뜻하지 않게 내가 이 마을의 한 식구가 되었음을 인정해 주었던 것이다.

그래서 햇살과 폭발하듯 돋아나는 나무 잎사귀를 ─ 영화에서 사물들이 쑥쑥 자라듯이 말이다 ─ 바라보며 나는 여름과 함께 삶이 다시 시작되고 있다는 확신을 갖게 되었다.

우선 읽어야 할 책이 아주 많았고, 맑고 신선한 공기를 마시며 건강도 챙겨야 했다. 나는 은행 경영, 신용 대출, 채권 투자에 관한 책을 열 권 넘게 샀다. 조폐국에서 갓 찍어 낸 화폐처럼 황금빛과 붉은빛을 번쩍이며 내 서가에 꽂혀 있는 그 책들은 오직 미다스 왕과 J. P. 모건[3]과 마이케나스[4]만이 아는 눈부신 비밀을 보여 주겠다고 약속하는 듯했다. 그리고 나는 그 밖의 책들도 많이 읽을 작정이었다. 대학 시절 나는 문학에 꽤 재능이 있는 편이었다 — 어느 해엔가는 대학 신문 《예일 뉴스》에 아주 진지하고 명쾌한 논설을 쓴 적이 있으니 말이다 — 그리고 이제 나는 그런 것들을 전부 내 삶 속에 다시 끌어들여 모든 전문가들 중에서 가장 보기 드문 존재, 즉 '균형 잡힌 인간'이 되려고 했다. "인생이란 결국 단 하나의 창으로 바라볼 때 훨씬 더 잘 볼 수 있게 마련이다."라는 말은 그저 격언에 불과한 것은 아니다.

내가 북아메리카에서 가장 별난 지역 중의 하나에 집을 얻은 것은 그야말로 우연이었다. 그 집은 뉴욕시에서 정동 쪽으로 뻗어 나간 떠들썩하고 길쭉한 섬에 있었는데, 그곳에는 자연 현상이 만들어 낸 진기한 지형 중에서도 특히 유별난 지형이 둘 있다. 이 두 지역은 뉴욕시에서 30킬로미터쯤 떨어져 있다. 그런데 거대한 달걀 모양을 한 이 두 지역은 겉모습이 똑같은 데다 이름뿐인 만(灣)을 사이에 둔 채 서반구의 바다 중

---

3) 미국의 기업가로 철도 사업과 기업 합병으로 유명하다. 그의 이름을 딴 'J. P. 모건'은 지금도 세계적인 금융 회사이다.
4) 고대 로마의 정치가로 문화와 예술의 후원자로 유명하다. 호라티우스와 베르길리우스를 후원했다.

에서 인간의 손길이 가장 많이 닿은 곳, 즉 롱아일랜드 해협의 큼직한 앞마당 쪽으로 튀어나와 있다. 이 두 지역은 완벽한 타원형은 아니지만 — 콜럼버스 이야기에 나오는 달걀처럼 서로 접하고 있는 양 끝이 납작하니 말이다 — 워낙 생김새가 닮아서 아마 그 위를 나는 갈매기들도 헷갈릴 것이다. 날개가 없는 인간들은 모양과 크기를 제외하고는 그 두 지역이 모든 면에서 서로 다르다는 사실에 더욱 큰 흥미를 느낀다.

나는 웨스트에그에 살았는데 — 뭐랄까, 이 지역은 이스트에그에 비해 상류 사회다운 면이 덜한 곳이었다. 비록 이렇게 말하면 이상야릇하고 적잖이 불길한 두 지역의 차이점을 아주 피상적으로 표현하는 것에 지나지 않지만 말이다. 내가 살던 집은 롱아일랜드 해협에서 5미터밖에 떨어지지 않은 달걀 모양의 지역 바로 끝 지점에 있었는데, 한 철에 1만 2000달러에서 1만 5000달러를 줘야 빌릴 수 있는 거대한 두 저택 사이에 끼여 있었다. 오른편에는 어느 모로 보나 그야말로 엄청난 저택이 자리하고 있었다. 노르망디 시청을 그대로 본뜬 것으로, 한쪽에는 가느다란 수염 같은 담쟁이덩굴로 뒤덮인, 지은 지 얼마 되지 않은 듯한 탑과 대리석 풀장, 무려 160제곱미터가 넘는 잔디밭과 정원이 딸려 있었다. 바로 개츠비의 저택이었다. 아니, 그때 나는 아직 개츠비를 몰랐으니 그런 이름을 가진 어떤 신사가 살던 저택이라고 해야 옳을 것이다. 내가 살던 집은 눈엣가시처럼 거슬릴 만했지만 워낙 보잘것없는 곳이라 거의 무시되다시피 했다. 그래서 나는 바다와 이웃집 잔디밭 한 모퉁이를 바라보며 살 수 있었고, 백만장자들과 가까이 살고 있다는 위안도 얻을 수 있었다. 이 모든 것을, 한 달에 고작 80달러를 지불하고 말이다.

만(灣)이라고 부르기도 민망한 좁은 만의 맞은편에는 해변을 따라 상류 사회인 이스트에그의 하얀 저택들이 궁궐처럼 번쩍였다. 그리고 그해 여름의 역사는 내가 톰 뷰캐넌 부부와 함께 저녁을 먹으려고 그곳에 자동차를 몰고 간 저녁부터 시작된다. 데이지는 나의 먼 친척 여동생뻘이었고, 톰은 대학 시절부터 서로 알고 지내던 사이였다. 전쟁 직후 나는 시카고의 그들 부부 집에 이틀 동안 머문 적이 있었다.

데이지의 남편 톰은 여러 운동에 재능이 있었지만 특히 예일 대학교의 풋볼 선수로서는 일찍이 볼 수 없었던 뛰어난 엔드[5] 중의 하나였다. 어떤 면에서 보면 미국 전역에 알려진 유명 인사로, 스물한 살 때 이미 탁월한 재능을 보였기 때문에 그 뒤로는 모든 것이 내리막길처럼 보일 정도였다. 그의 집안은 굉장히 부유했다. 심지어 대학에 다닐 때도 돈을 물 쓰듯하는 바람에 빈축을 사기도 했다. 그리고 톰은 시카고를 떠나 남들이 보면 입이 딱 벌어질 정도로 폼을 잡으며 동부로 왔다. 예컨대 폴로 경기를 즐기려고 레이크포리스트[6]에서 경기용 말을 한 떼나 몰고 왔다. 나와 같은 세대의 사람이 그 정도로 재산이 많다는 것은 좀처럼 이해하기 어려웠다.

그들 부부가 도대체 무엇 때문에 동부로 왔는지 나는 잘

---

5) 미식축구에서 수비 전위 양쪽 끝에 있는 선수.
6) 미국 일리노이주 시카고 교외로 주로 부유층이 살고 있다. 피츠제럴드의 첫사랑인 지니브러 킹이 이곳 출신이다.

모른다. 그들은 별다른 이유 없이 프랑스에서 일 년을 보냈고, 그러고 나서 사람들이 폴로 경기를 하고 재산을 과시하는 곳이라면 어디든지 떠돌아다니며 즐겼다. 거처를 옮길 때마다 데이지는 전화로 이것이 마지막이라고 했지만 나는 그 말을 별로 믿지 않았다. 데이지의 심중은 잘 알 수 없었지만, 톰은 다시는 맛볼 수 없는 풋볼 경기의 극적인 흥분을 조금은 부러운 듯 좇으며 영원히 방황하리라는 것을 느낄 수 있었다.

그리하여 따스한 바람이 부는 어느 날 저녁 나는 잘 알지도 못하는 두 옛 친구를 만나려고 이스트에그로 차를 몰았다. 그들의 저택은 내가 예상했던 것보다 훨씬 화려했다. 붉은색과 흰색으로 장식한 조지 왕조 식민지 시대풍의 쾌적한 집은 만이 내려다보이는 곳에 있었다. 잔디밭이 해변에서 시작해서 현관을 향해 400미터나 달려와, 해시계와 벽돌로 꾸민 산책길과 불타는 듯한 정원을 뛰어넘어 이어졌다. 그리고 마침내 저택에 이르러서는 마치 여세를 몰듯 밝은색의 덩굴이 되어 집 옆을 따라 뻗어 올라갔다. 집 정면은 한 줄로 나란히 이어진 프랑스식 창문으로 나뉘어 있는데, 창문은 황금빛이 반사되어 번쩍이며 따스한 바람이 부는 오후를 향해 활짝 열려 있었다. 승마복을 입은 톰 뷰캐넌이 두 다리를 딱 벌리고 현관에 서 있었다.

톰은 뉴헤이븐 시절과는 많이 달라져 있었다. 이제 그는 좀 무뚝뚝하게 생긴 입과 거만한 태도에 밀짚 색깔의 머리카락을 한 서른 살의 건장한 남자가 되어 있었다. 얼굴에서 가장 두드러지는 거만한 두 눈이 번쩍거리는 탓에 늘 공격적으로 몸을 앞으로 기울이고 있다는 인상을 풍겼다. 승마복의 여성적인 우아함조차 그의 몸집이 지닌 엄청난 힘을 숨기지 못했다. 그가 신은 번쩍이는 부츠가 맨 위쪽 끈이 팽팽할 정도로 부풀어 올라 있었다. 어깨가 움직일 때는 얇은 상의 아래에서 우람한 근육이 꿈틀거리는 것이 보였다. 거대한 지렛대의 힘을 가진 육체, 한마디로 무자비한 육체였다.

무뚝뚝하고 톤이 높고 거친 허스키한 음성 때문에 그렇지 않아도 성마른 듯한 인상이 더욱 두드러졌다. 그의 목소리에는 심지어 자신이 좋아하는 사람들까지도 아버지 같은 고자세로 경멸하는 듯한 구석이 있었다. 그래서 뉴헤이븐에서는 그의 배짱을 끔찍이 싫어하는 사람들도 있었다.

"뭐, 이 문제에 관해 내 의견이 결정적이라곤 생각하지 말게. 내가 자네들보다 힘깨나 쓰고 더 사내답다고 해서 말이야." 그는 이렇게 말하는 듯했다. 우리는 4학년 때 같은 사교 클럽에 속해 있었다. 한 번도 친하게 지낸 적은 없지만 그는 나를 인정해 주었을 뿐만 아니라 그 나름대로 투박스럽고 도전적인 태도로 나한테만큼은 호감을 샀으면 하는 인상을 언제나 풍겼다.

우리는 햇살이 내리쬐는 현관 베란다에서 몇 분 동안 이야기를 나눴다.

"이 집은 살기 좋은 곳이야." 그는 불안한 듯 끊임없이 주위를 두리번거리며 말했다.

톰은 한쪽 팔로 내 몸을 휙 돌리더니 넓적하고 평평한 손을 들어 앞에 펼쳐져 있는 풍경을 가리켰다. 그가 손으로 가리킨 쪽에 이탈리아식 침상(沈床) 정원과 2제곱미터 넓이의, 향이 코를 찌를 듯한 장미 정원, 해안에서 떨어져 물결에 따라 흔들리는 매부리코 모양의 모터보트 한 대가 보였다.

"이 집은 석유 재벌 드메인의 소유였지." 그는 품위를 잃지는 않았지만 갑작스럽게 내 몸을 한 번 더 돌렸다. "이제 그만 안으로 들어가지."

우리는 천장이 높은 복도를 지나 밝은 장밋빛 공간으로 들어갔는데, 그 공간은 양쪽 끝에 달린 프랑스식 창문 덕분에 가까스로 집에 붙어 있었다. 살짝 열려 있는 창문이 약간 집 안쪽으로 자란 듯한 푸릇푸릇한 잔디를 배경으로 하얗게 반짝였다. 산들바람이 방 안으로 불어 들어와 커튼의 한끝은 안으로, 다른 쪽 끝은 창백한 흰 깃발처럼 밖으로 휘날리다가 설탕 입힌 웨딩 케이크 같은 천장을 향해 소용돌이쳤다. 그러고 나서 마치 바람이 바다 위에 그림자를 드리우듯 포도주 빛깔의 양탄자 위에 잔물결을 일으키면서 그 위에 그림자를 드리웠다.

방 안에 있는 물건 중에서 움직이지 않고 고정되어 있는 것이라고는 엄청나게 큰 긴 의자뿐이었다. 그 위에는 젊은 여자 둘이 마치 붙잡아 매어 놓은 기구(氣球)를 탄 것처럼 둥실 뜬 채 앉아 있었다. 두 사람 모두 흰 드레스를 입고 있었는데 마치 집 근처를 잠깐 날아다니다 들어오기라도 한 것처럼 잔물결을 일으키며 펄럭이고 있었다. 나는 커튼이 휘날리며 내는 찰싹거리는 소리와 벽에 걸린 그림이 달그락거리며 내는 신음소리를 들으며 잠시 서 있었음에 틀림없다. 그러자 톰 뷰캐넌이 쾅 하고 뒤쪽 창문을 닫는 소리가 들려왔다. 방 안에 갇힌 바람이 방과 커튼과 양탄자 주위로 가라앉자 두 젊은 여자도 바닥 쪽으로 천천히 두둥실 내려앉았다.

두 여자 중 젊은 쪽은 처음 보는 사람이었다. 긴 의자의 맨 끝까지 몸을 쭉 뻗은 채 꼼짝도 하지 않고 누워 있었다. 턱을 조금 추켜올리고 있는 모습이 마치 금방이라도 떨어질 것 같은 물건을 턱에 올려놓고 균형을 잡고 있는 것 같았다. 그녀는 곁눈질로 나를 쳐다보았는지도 모르겠지만 겉으로는 그런 내색을 전혀 하지 않았다. 나는 얼떨결에 그녀에게 이렇게 갑자기 들어와 방해해서 미안하다고 나지막한 목소리로 사과를 할 뻔했다.

다른 쪽은 데이지로 그녀가 의자에서 일어서려고 했다. 그녀는 진지한 표정으로 몸을 조금 굽혔다가 좀 어리벙벙하지만 매력적인 웃음을 살짝 지었고, 그래서 나 역시 웃으며 방 안쪽으로 들어갔다.

"너무 행복해서 온몸이 다 마—마비될 지경이에요."

그녀는 마치 뭔가 아주 재치 있는 말을 한 듯 다시 웃고는 잠시 내 손을 잡고 이 세상에 당신만큼 보고 싶었던 사람은 없다는 표정으로 내 얼굴을 빤히 쳐다보았다. 그녀는 늘 이런 식이었다. 그녀는 귓속말로 턱으로 균형을 잡고 있는 저 여자의 성(姓)이 베이커라고 일러 주었다.(나는 데이지가 귓속말을 하는 목적이 상대방이 그녀 쪽으로 몸을 기울이게 하려는 데 있다는 이야기를 들은 적이 있다. 말도 안 되는 험담이지만 설령 그렇다고 해도 그 귓속말의 매력이 조금이라도 줄어들지는 않았다.)

어쨌든 미스 베이커는 입술을 떨며 거의 알아볼 수 없을 정도로 고개를 끄덕이더니 재빨리 머리를 다시 뒤쪽으로 기울였다. 그녀가 떨어뜨리지 않으려고 균형을 잡고 있던 물건이 분명히 조금 흔들렸고 그러자 그녀는 놀라 약간 움찔했다. 또다시 뭔가 죄송하다는 말이 입가에 맴돌았다. 나는 완벽한 자족감으로 꽉 차 있는 사람을 보게 되면 놀라움에 나도 모르게 찬사를 보낸다.

나는 다시 나지막하고 떨리는 목소리로 나에게 이런저런 질문을 던지기 시작한 친척 여동생을 바라보았다. 그녀의 음성은 마치 다시는 연주되지 못할 음정을 배열해 놓은 것처럼 높낮이에 따라 귀를 오르락내리락하게 만드는 목소리였다. 반짝이는 두 눈이며 정열적으로 빛나는 입, 눈부신 광채 때문에 그녀의 얼굴은 슬프면서도 사랑스러워 보였다. 그러나 그녀의 목소리에는 그녀를 사랑해 본 남자라면 좀처럼 잊기 힘든 어떤 흥분이 깃들어 있었다. 즉 노래하고 싶은 충동, "자, 한번 들어 봐요." 하는 속삭임, 방금 즐겁고 신나는 일을 했으며 곧이어 또 즐겁고 신나는 일이 일어나리라는 약속이 실려 있었다.

나는 동부로 오는 길에 시카고에 들러 하룻밤 머물렀는데, 열 명도 넘는 사람이 그녀에게 안부를 전해 달라고 부탁했다는 이야기를 했다.

"그 사람들이 나를 보고 싶어 하던가요?" 그녀가 황홀한 듯 소리쳤다.

"온 시내가 텅 빈 것 같아. 차들이 모두 왼쪽 뒷바퀴를 장례식 화환처럼 검게 칠하고 있고, 노스쇼어[7]를 따라 밤새도록 통곡 소리가 들리던데."

"어머, 굉장하네요! 여보, 우리 돌아가요. 내일이라도 당장!" 그러고 나서 그녀는 엉뚱하게도 이렇게 덧붙였다. "우리 아기를 봐야지요."

"그래, 보고 싶군."

"지금 자고 있어요. 올해 두 살이에요. 아직 한 번도 보지 못했죠?"

"아직 못 봤지."

"그럼 꼭 봐야 해요. 그 애는요……."

불안하게 방 안을 쉴 새 없이 왔다 갔다 하던 톰 뷰캐넌이 발걸음을 멈추고 내 어깨 위에 손을 얹었다.

"닉, 요즘 자넨 무슨 일을 하고 있나?"

"채권 일을 하고 있어."

"어느 회사에서?"

나는 회사 이름을 말해 주었다.

"들어 본 적 없는 회사인데." 그가 단정적으로 말했다.

이런 말투에 나는 화가 치밀었다.

"그럼 앞으로 알게 되겠지." 내가 짤막하게 대답했다. "자네가 계속 동부에 머무른다면 말이야."

"아, 난 계속 동부에 머물 거니까 걱정할 것 없네." 그가 뭔가를 경계하는 듯한 눈으로 데이지를 힐끗 쳐다보더니 나에

---

7) 미시간 호수를 끼고 있는 시카고의 거리로 주로 부유층이 사는 곳이다.

게로 다시 눈을 돌리며 말했다. "빌어먹을 바보가 아닌 다음에야 여기 말고 다른 데서 살 리가 있나."

바로 이때 미스 베이커가 너무나 갑작스럽게 "그렇고말고요!"라고 하는 바람에 나는 깜짝 놀랐다. 내가 이 방에 들어온 뒤로 그녀가 처음으로 입 밖에 낸 말이었다. 하품을 하면서 빠르고 능숙한 동작으로 의자에서 일어나 방 가운데 서 있는 것으로 보아 그녀 자신도 놀란 것이 틀림없었다.

"몸이 뻣뻣하게 굳었어요. 저 소파에 너무 오랫동안 누워 있었나 봐요." 그녀가 투덜거렸다.

"그렇게 보지 마. 내가 오후 내내 널 뉴욕에 데려가려고 했잖아." 데이지가 대꾸했다.

"안 마실래요." 미스 베이커가 방금 저장고에서 꺼내 온 칵테일 넉 잔을 쳐다보며 말했다. "난 지금 훈련 중이거든요."

바깥주인인 톰은 도저히 믿기지 않는다는 듯 그녀를 쳐다보았다.

"물론 그렇겠지!" 그가 잔 밑바닥에 술이 한 방울밖에 남아 있지 않은 것처럼 잔을 들어 올려 쭉 들이켰다. "당신 같은 여자가 도대체 어떻게 그런 일을 해내는지 정말 모르겠단 말씀이야."

나는 미스 베이커를 쳐다보며 그녀가 '해낸다는' 일이 과연 무엇일까 생각해 보았다. 그녀를 바라보면 기분이 좋아졌다. 몸매가 날씬하고 가슴이 작은 데다, 마치 사관생도처럼 어깨를 뒤로 쫙 펴고 있었기 때문에 꼿꼿한 자세가 더욱 두드러져 보였다. 그녀는 나의 시선에 응답이라도 하듯 정중한 호기심을 보이며 햇빛을 받아 긴장한 잿빛 눈으로 나를 바라보았다. 창백한 얼굴은 매력적이었지만 어딘가 불만 섞인 표정이었다. 그러자 불현듯 전에 어디선가 그녀를 만났거나 아니면 사진이라도 본 것 같다는 생각이 내 뇌리를 스쳐 갔다.

"웨스트에그에 사신다고요. 제가 아는 사람도 그곳에 살아요." 그녀가 경멸하듯 말했다.

"전 아직 아는 사람이 한 명도……"

"개츠비는 아실 텐데요."

"개츠비라고? 어떤 개츠비 말이야?" 데이지가 물었다.

옆집에 사는 사람이라고 미처 대답하기도 전에 저녁 식사가 준비되었다는 소리가 들려왔다. 톰 뷰캐넌은 건장한 팔을 억지로 내 팔 아래에 끼워 넣고 마치 체스 판에서 말을 옮기듯 나를 데리고 나갔다.

두 젊은 여자는 팔을 가볍게 엉덩이에 얹은 채 석양을 향해 열려 있는 장밋빛 현관 쪽으로 가볍고 나른한 걸음걸이로 우리 앞에서 걸어갔다. 현관에 놓인 탁자 위의 촛불 네 개가 잦아든 바람 속에서 간들거리고 있었다.

"촛불은 왜 켰담?" 데이지가 얼굴을 찌푸리며 말했다. 그러고는 손가락으로 촛불을 비벼 꺼 버렸다. "이제 이 주만 지나면 일 년 중 낮이 가장 긴 날이 돼요." 그녀는 밝은 얼굴로 우리 모두를 바라보았다. "일 년 중 낮이 제일 긴 날을 줄곧 기다리다가 막상 그날이 오면 깜박 잊고 그냥 지나쳐 버리지 않나요? 나는 언제나 일 년 중 낮이 제일 긴 날을 기다리다 그만 잊어버리고 말아요."

"뭔가 계획을 세워야겠어." 미스 베이커가 잠자리에라도 들려는 사람처럼 하품을 하며 테이블에 앉았다.

"좋아. 그런데 무슨 계획을 세운담?" 데이지는 어쩔 수 없다는 듯 내 쪽을 바라보았다. "다른 사람들은 어떤 계획을 세우나요?"

내가 미처 대답하기도 전에 그녀는 겁먹은 표정으로 자신의 새끼손가락에 시선을 고정했다.

"이것 좀 봐요! 여기를 다쳤단 말이에요." 그녀가 불평했다.

우리도 모두 그곳으로 시선을 돌렸다. 그녀의 손가락 마디에 푸르스름하게 멍이 들어 있었다.

"톰, 당신이 한 짓이에요." 그녀가 책망하듯 말했다. "일부러 한 짓은 아닌 줄 알지만 당신이 그런걸요. 이게 다 야수 같은 사람과 결혼한 탓이지요. 무지막지하게 몸집이 큰 괴물 같은 사내와……."

"그 괴물 같은 사내라는 말 쓰지 말랬지. 아무리 농담이라도 말이야." 톰이 언짢은 표정으로 말했다.

"그래도 괴물 같은걸요." 데이지가 집요하게 물고 늘어졌다.

이따금 미스 베이커와 데이지는 둘이서 이야기를 나눴다. 색다른 화제도 없이 주고받는 시시껄렁한 대화는 그냥 잡담이라고 하기도 어려울 정도였다. 그들이 입은 흰 드레스처럼, 아무런 욕망도 찾아볼 수 없는 무심한 눈동자처럼 썰렁했다. 그들은 그 자리에 있으면서 그저 예의 바르고 유쾌하게 대접하고 대접받으려고 애쓰면서 톰과 나를 받아들일 뿐이었다. 이 두 여자는 곧 저녁 식사가 끝날 것이고, 조금 있으면 저녁 시간 또한 지나갈 것이며, 그래서 모든 것이 그럭저럭 끝나리라는 것을 잘 알고 있었다. 서부에서는 사뭇 달랐다. 서부에서는 저녁 시간이 비록 실망스럽지만 끊임없이 뭔가를 기대하거나 아니면 순간순간의 긴장된 두려움 속에서 쫓기듯 한 단계에서 다른 단계로 결말을 향해 치닫게 마련이었다.

"데이지, 너하고 같이 있으니까 내가 야만인이라도 된 듯한 느낌이 드는구나." 나는 코르크 냄새가 나긴 하지만 꽤 괜찮은 적포도주를 두 잔째 마시며 고백했다. "넌 농작물 이야기라든가 뭐 그런 얘기는 할 수 없는 거니?"

특별한 의도를 갖고 한 말은 아니었는데 그 말의 대답은 엉뚱한 쪽에서 나왔다.

"문명은 지금 산산조각 나고 있어." 톰이 갑자기 격렬하게 내뱉었다. "난 지독한 비관론자가 되었지. 자네 고더드라는 사람이 쓴 『유색 인종 제국의 발흥』[8]이라는 책을 읽어 봤나?"

"아니, 아직 못 읽어 봤는데." 그의 말투에 약간 놀라며 내가 대답했다.

"저런, 좋은 책이야. 다들 읽어 봐야 할 책이라고. 그 내용인즉, 만일 우리 백인종이 경계하지 않으면 끝장, 완전히 끝장나 버리고 만다는 거야. 모두 과학적인 얘기들이야. 다 증명됐으니까."

"저 양반은 요즈음 점점 심각해지고 있다니까요." 데이지가

---

8) 저자와 책 모두 허구이다. 피츠제럴드는 시어도어 로스롭 스토더드의 『유색의 밀물』(1920)이나 매디슨 그랜트의 『위대한 인종의 멸망』(1916)을 염두에 두었던 듯하다.

별 생각 없이 슬픈 표정을 지으며 말했다. "요즘 저이는 난해한 단어가 나오는 심오한 책들을 읽고 있어요. 그게 무슨 단어였지요, 우리가……?"

"글쎄, 하나같이 과학적인 책들이라니까." 톰은 조바심이 난 듯 그녀를 쳐다보면서 다시 주장했다. "그 친구는 모든 것을 다 파헤쳐 놓았어. 지배 인종인 우리 백인이 정신을 바짝 차려야 한다는 거야. 만일 그러지 않으면 다른 인종들이 이 세계를 제패하게 될 거라는 거지."

"우리는 그들을 꾹꾹 밟아 버려야 해요." 데이지가 햇빛이 눈부신 듯 격렬히 눈을 깜박거리며 속삭이듯 말했다.

"두 사람은 캘리포니아에 살아야 하는 건데……." 미스 베이커가 말을 꺼냈지만 톰이 의자에서 무겁게 몸을 고쳐 앉으면서 그녀의 말을 가로막았다.

"이 책에서 말하는 건 우리 모두가 북유럽 인종이라는 거야. 나도 자네도 또 당신도 그리고……." 그는 아주 잠깐 망설이더니 고개를 끄덕이며 데이지까지 포함시켰다. 그러자 그녀가 나에게 다시 눈짓을 보냈다. "……그리고 문명을 이루는 것들은 모두 우리가 만들어 냈다는 거야……. 아, 과학과 예술 같은 것들 전부 말이지. 어디 내 말 알아듣겠어?"

열변을 토하는 그의 모습에는 마치 옛날보다 더 심해진 자족감도 그에게 더 이상 충분치 않은 듯 어딘지 모르게 서글픈 구석이 있었다. 그와 거의 동시에 갑자기 집 안에서 전화벨 소리가 울렸고, 집사가 현관에서 사라지자 데이지는 그 틈을 타 내 쪽으로 몸을 기울였다.

"우리 집 비밀을 한 가지 말해 줄게요." 그녀가 신이 나서 속삭였다. "집사의 코에 관한 건데요. 어디 한번 들어 볼래요?"

"바로 그 얘기를 들으러 오늘 밤 여기 온 거야."

"그런데 말이에요, 저 사람은 원래 집사가 아니었어요. 뉴욕에서 은그릇 닦는 일을 했는데, 그를 고용한 사람들은 200명 분의 은그릇을 갖고 있었대요. 아침부터 밤까지 그릇을 닦다가 마침내 그의 코에 문제가 생기기 시작해서……."

"상황이 점점 안 좋아졌겠네." 미스 베이커가 끼어들었다.

"그런 셈이지. 증상이 점점 악화되어 마침내 그는 그 일자리를 그만두게 되었대요."

저무는 햇살이 낭만적인 빛을 드리우며 그녀의 얼굴을 잠시 비추었다. 내가 귀를 기울이는 동안 그녀의 목소리는 숨 가쁘게 나를 끌어당겼다. 하루해가 가면서 황혼 녘에 흥겨웠던 거리를 떠나는 아이들처럼 햇빛이 자못 섭섭한 듯 서서히 그녀의 얼굴에서 사라져 갔다.

집사가 돌아와 톰의 귀에 입을 바짝 대고 뭔가를 속삭이자 톰은 얼굴을 찡그리며 의자를 뒤로 밀고는 한마디 말도 없이 집 안으로 들어갔다. 그가 자리를 뜨자 데이지는 내면에 있는 무언가가 자극을 받은 듯 다시 몸을 앞쪽으로 숙였고, 달아오른 목소리로 노래하듯 말했다.

"오빠, 이렇게 우리 집에서 함께 식사하게 되어 반가워요. 오빠를 보면 나는 늘 생각나는 게 있어요……. 한 떨기 장미, 순수한 장미 말이에요. 안 그래?" 그녀가 동의를 구하려고 미스 베이커 쪽으로 얼굴을 돌렸다. "순수한 장미 같지?"

그것은 사실과 전혀 다른 얘기였다. 나에게는 장미꽃 같은 구석이라곤 조금도 없었다. 그저 즉흥적으로 한 말이었지만 그녀에게서는 가슴을 설레게 하는 따뜻함이 흘러나왔다. 마치 그녀의 심장이 숨 가쁘게 떨리는 그 한마디 말에 몸을 숨긴 채 밖으로 뛰쳐나오려는 것처럼 말이다. 그때 갑자기 그녀가 냅킨을 식탁 위에 휙 던지더니 실례한다고 말하고는 집 안으로 들어가 버렸다.

미스 베이커와 나는 아무 의미 없는 시선을 의식적으로 주고받았다. 내가 막 입을 열려는 순간 그녀가 의자에서 똑바로 앉더니 경고하는 목소리로 "쉬!" 하고 말했다. 저쪽 방에서 격양된 감정을 억누른 듯한 나지막한 목소리가 들려오자 미스 베이커는 뻔뻔스럽게도 몸을 숙여 그 말을 엿들으려고 했다. 중얼거리던 목소리는 바야흐로 알아들을 수 있을 정도로 떨리다가 흥분과 격양으로 오르락내리락하더니 이윽고 뚝 그쳐 버렸다.

"아까 말씀하신 개츠비 씨는 제 옆집에 살고 있습니다만……." 내가 말했다.

"조용히 좀 하세요. 무슨 얘긴지 듣고 싶단 말이에요."

"무슨 일이라도 일어나고 있는 겁니까?" 내가 순진하게 물었다.

"그럼 아직 모르신단 말이에요?" 미스 베이커가 정말로 놀랍다는 표정으로 물었다. "다들 아는 줄 알았는데요."

"전 모르는데요."

"아, 그렇군요……." 그녀가 머뭇거리며 말했다. "톰은 뉴욕에 여자가 있어요."

"여자가 있다고요?" 나는 멍한 표정을 지으며 그녀의 말을 되풀이했다.

그러자 미스 베이커가 고개를 끄덕였다.

"저녁 식사 때 전화를 걸지 않는 예의 정도는 있어야 하는데 말이에요. 그렇게 생각지 않으세요?"

그녀가 무슨 말을 하는지 미처 깨닫기도 전에 드레스 자락이 펄럭거리는 소리와 가죽 부츠가 저벅거리는 소리가 들리더니 톰과 데이지가 식탁으로 돌아왔다.

"어쩔 수 없었어요!" 데이지가 짐짓 명랑한 척하며 소리쳤다.

그녀는 자리에 앉아 미스 베이커의 표정을 살피듯 힐끗 쳐다보더니 이번에는 내 쪽으로 눈길을 돌리고 말을 이었다. "잠시 바깥을 내다보았는데, 아주 낭만적이었어요. 잔디밭에 새가 한 마리 앉아 있었는데, 내 생각으로는 커나드나 화이트스타 해운 회사의 기선을 타고 건너온 나이팅게일이 틀림없어요. 그 새가 노래를 하고 있었는데……." 그녀의 목소리가 노래하듯 흘러나왔다. "……아주 낭만적이었어요. 여보, 그렇지 않아요?"

"아주 낭만적이었지." 그는 대답하고 나서 괴로운 듯 나를 향해 말했다. "저녁을 먹은 뒤에도 아직 환하면 자네에게 마구간을 구경시켜 주고 싶군."

그때 집 안에서 다시 갑작스럽게 전화벨이 울렸고, 즉시 데이지가 톰을 향해 단호하게 고개를 흔들자 마구간에 관한 화제뿐만 아니라 사실상 모든 화제가 허공으로 날아가 버리고 말았다. 저녁 식사의 마지막 오 분 동안에 일어난 단편적인 일 중에서 지금도 기억나는 것이라곤 쓸데없이 촛불을 다시 켜 놓은 것뿐이었다. 그때 나는 사람들을 똑바로 쳐다보고 싶은 마음이 들었지만 눈길을 피하고 있었다. 나는 톰과 데이지가 무슨 생각을 하는지 짐작할 수 없었지만, 아무리 지독하게 회의적인 상황도 버텨 온 듯한 미스 베이커조차 그 다섯 번째 손님의 성급하고 날카로운 금속성 목소리를 머릿속에서 말끔히 떨쳐 버릴 수 있었을지 의문이 간다. 기질에 따라서는 이런 상황을 흥미롭게 생각하는 사람이 있을지도 모르겠다. 하지만 내 본능대로 한다면 즉시 경찰을 부르고 싶은 심정이었다.

두말할 필요도 없이 말[馬]을 보러 가자는 이야기는 다시 나오지 않았다. 톰과 미스 베이커는 손으로 만질 수 있을 정도로 가까이 있는 시체 옆에서 밤을 새우러 가는 사람들처럼 황혼 속에서 몇 걸음 떨어진 채 서재로 걸어 들어갔다. 한편 나는 귀가 잘 안 들리는 척, 기분이 좋은 척하려고 애쓰면서 데이지를 따라 베란다를 돌아 정문 현관으로 나갔다. 으슥한 어둠 속에서 우리는 고리버들로 만든 의자에 나란히 앉았다.

데이지는 예쁜 이목구비를 새삼 느껴 보려는 듯 두 손으로 자신의 얼굴을 감쌌고, 벨벳 같은 어스름 쪽으로 조금씩 시선을 옮겼다. 그녀가 격렬한 감정에 사로잡혀 있는 것이 느껴져서 나는 마음을 가라앉혀 줄까 싶어 그녀의 딸에 관해 물어보았다.

"오빠, 우리는 서로를 잘 모르고 지내고 있어요." 그녀가 느닷없이 말했다. "친척인데도 말이에요. 오빠는 제 결혼식에도 참석하지 않았잖아요."

"아직 전쟁터에서 돌아오기 전이었으니까."

"정말 그렇군요." 그녀가 머뭇거리며 대꾸했다. "그런데 말이에요, 오빠, 그동안 난 너무 힘들었어요. 그래서 모든 일에 아주 냉소적이 되었죠."

그녀에게는 분명히 그럴 만한 까닭이 있어 보였다. 나는 그녀가 말을 계속하기를 기다렸지만 그녀는 더 이상 아무 말도 하지 않았다. 그래서 잠시 뒤 나는 힘없이 그녀의 딸 이야기로 화제를 돌렸다.

"이젠 제법 말도 할 줄 알 테고…… 밥도 먹고 별짓을 다 하겠군."

"네, 맞아요." 그녀가 얼빠진 듯 나를 바라보았다. "오빠, 그 애를 낳았을 때 내가 뭐라고 했는지 들어 볼래요?"

"그럼. 어서 말해 봐."

"아마 그 얘기를 들으면 지금 내 기분이 어떤지 알 거예요……. 매사를 왜 지금처럼 느끼는지 말이에요. 글쎄, 아이를 낳은 지 한 시간도 되지 않았는데 톰이 도대체 어디에 있는지 알 수가 없는 거예요. 마취에서 깨어났을 때 난 완전히 버림받은 것 같은 느낌이 들었어요. 간호사한테 그 애가 아들인지 딸인지 물어봤어요. 그랬더니 간호사가 딸이라고 했고, 그래서 나는 고개를 돌리고 울었어요. '괜찮아요. 딸이라서 기쁘지 뭐예요. 그리고 이 애가 커서 바보가 되면 좋겠어요……. 그러는 편이 제일 좋으니까……. 아름답고 귀여운 바보 말이에요.' 하고 말했지요."

"내가 모든 걸 끔찍하게 생각한다는 거 알겠지요." 데이지가 확신에 차서 말을 이었다. "다들 그렇게 생각하는걸요……. 가장 진보적인 사람들도 말이에요. 그리고 난 알아요. 안 가본 데가 없고, 못 본 것이 없고, 안 해 본 일이 없거든요." 그녀가 조금은 톰을 닮은 듯한 도전적인 태도로 눈을 반짝이며 주위를 둘러보고는 섬뜩하게 경멸의 빛을 띠고 떨리는 목소리로 웃었다. "닳고 닳은 거예요……. 오 맙소사, 난 아주 닳고 닳은 여자라고요!"

그녀의 목소리가 뚝 끊기며 억지로 내 주의, 내 신뢰를 끌려 하지 않는 순간, 나는 그녀가 방금 한 말이 본질적으로 진실하지 않다는 느낌이 들었다. 마치 오늘 저녁 식사 시간 전부가 그녀 자신에게 유리한 감정을 내게서 이끌어 내려는 일종의 속임수였던 것 같아 마음이 불편했다. 나는 다음 이야기를 기다렸고, 아니나 다를까 그녀는 금방 귀여운 표정에 능글맞은 미소를 띠고 나를 바라보았다. 마치 자기와 톰이 꽤 유명한 비밀 단체에 속해 있다고 주장하기라도 하려는 듯이 말이다.

집 안에 들어서자 진홍빛 방은 꽃이 핀 것처럼 불빛이 환했다. 톰과 미스 베이커는 긴 의자의 양쪽 끝에 앉아 있었고, 그녀는 그에게 《새터데이 이브닝 포스트》를 큰 소리로 읽어 주고 있었다. 중얼거리는 듯하면서도 높낮이의 변화가 없는 목소리가 마음을 차분하게 가라앉히는 듯했다. 그의 부츠에는 밝게, 그녀의 낙엽빛 노란 머리카락에는 흐릿하게 비추던 램프 불빛이, 그녀가 가냘픈 팔의 근육을 살랑거리며 책장을 넘길 때마다 종이를 따라 반짝거렸다.

우리가 방 안에 들어가자 그녀는 손을 들어 잠시 조용히 기다려 달라고 했다.

"다음 호에 계속됩니다." 그녀는 이렇게 말하고는 잡지를 탁자 위에 던졌다.

그녀가 불안하게 무릎을 들썩여 몸을 펴고 벌떡 자리에서 일어났다.

"벌써 10시네." 그녀는 천장에 매달린 시계를 보기라도 한 것처럼 말했다. "이 착한 아가씨가 잠자리에 들 시간이네요."

"조던은 내일 경기가 있대요. 웨스트체스터[9]에서 말이에요." 데이지가 설명했다.

"아아, 당신이 바로 그 조던 베이커로군요."

그녀의 얼굴을 어디서 많이 본 듯싶었던 까닭을 그제야 비로소 알 수 있었다. 유쾌하면서도 남을 깔보는 듯한 저 표정을 애슈빌과 핫스프링스, 팜비치[10]에서 시합을 할 때 찍은, 윤전기로 인쇄한 사진 속에서 본 적이 있었던 것이다. 나는 또한 그녀를 헐뜯는 별로 유쾌하지 않은 소문도 들은 적이 있었지만 하도 오래되어 어떤 내용인지 잘 기억나지 않았다.

"잘 자. 8시에 깨워 줘. 알았지?" 그녀가 부드럽게 말했다.

"깨워서 일어난다면."

---

9) 뉴욕시 북쪽에 있는 교외로 중산층이 주로 산다.
10) 모두 미국의 휴양 도시이며 골프장이 있어 골프 대회가 열린다.

"일어날 거야. 캐러웨이 씨, 그럼 안녕히 주무세요. 또 만나요."

"물론 그렇게 될 거야." 데이지가 확신에 차서 대답했다. "사실은 내가 중매를 서려고 해요. 오빠, 그러니 자주 들러요. 뭐라고 할까…… 아…… 난 두 사람을 함께 엮어 버릴래요. 알잖아요……. 예기치 않게 두 사람을 옷장에 집어넣고 문을 잠가 버린다든가, 보트에 태워 바다로 띄워 보낸다든가, 뭐 그런 거……."

"잘 자." 미스 베이커가 계단에서 소리쳤다. "나는 한마디도 못 들은 걸로 하겠어."

"멋있는 여자야." 톰이 잠시 뒤에 말했다. "저런 여자를 이렇게 시골로 돌아다니게 해서는 안 되는데."

"누가 그렇게 해서는 안 된다는 거예요?" 데이지가 쌀쌀맞게 물었다.

"조던의 가족이."

"가족이래 봤자 한 천 살쯤 먹은 늙은 숙모 한 사람밖에 없어요. 그건 그렇고, 앞으로 오빠가 조던을 챙겨 줄 거죠? 그 애는 올여름에 거의 우리 집에서 주말을 보낼 거예요. 가족적인 분위기가 그 애한테 아주 좋은 영향을 줄 거예요."

데이지와 톰은 잠시 말없이 서로의 얼굴을 쳐다보았다.

"저 여자 뉴욕 출신이야?" 내가 재빨리 물어보았다.

"루이빌[11] 출신이에요. 우리는 순수했던 소녀 시절을 그곳에

---

11) 미국 켄터키주에 있는 도시. 피츠제럴드는 이 도시 근처에 있는 군 기지

서 함께 보냈어요. 아름답고 순수했던…….”

“당신, 베란다에서 닉에게 할 얘기 안 할 얘기 모두 한 거 아냐?” 톰이 갑자기 물었다.

“내가요?” 그녀가 나를 쳐다보았다. “기억이 잘 안 나지만 북유럽 인종에 관해 얘기한 것 같아요. 그래 맞아요, 정말 그랬어요. 뭐랄까, 그 얘기가 슬며시 떠올랐는데, 우리가 무엇보다 먼저 알아야 할 건…….”

“닉, 무슨 말을 들었든 믿지 말게나.” 그가 나에게 충고했다.

나는 아무 말도 듣지 못했노라고 가볍게 대답하고 잠시 뒤 집에 가려고 자리에서 일어섰다. 그들은 함께 문까지 따라와 영롱하게 비치는 정사각형 불빛 아래 나란히 섰다. 내가 자동차에 시동을 걸자 데이지가 명령을 하듯 “잠깐만 기다려요!” 하고 소리쳤다.

“물어볼 말이 있었는데 깜박 잊고 있었네요. 중요한 거예요. 서부에 있을 때 어떤 아가씨와 약혼했다고 들었어요.”

“참, 맞아.” 톰이 친절하게도 그녀의 말을 거들었다. “자네가 약혼했다는 소릴 들었어.”

“헛소문이야. 그럴 만한 돈도 없고.”

“하지만 분명히 들은걸요.” 이렇게 주장하는 데이지의 얼굴이 다시 꽃처럼 환하게 피어나서 나를 놀라게 했다. “세 사람한테서나 그런 말을 들었으니 사실인 게 틀림없어요.”

그들이 무슨 얘기를 하는지 잘 알았지만 나는 꿈에도 약혼

캠프 테일러에서 잠시 근무한 적이 있다.

한 일이 없었다. 내가 동부로 온 데는 교회에서 결혼 예고를 했다는 소문이 나돈 탓도 있었다. 소문 때문에 오랜 친구와의 관계를 끊을 수도 없는 노릇이고, 그렇다고 소문이 났다고 해서 결혼할 생각도 없었다.

나는 그들이 보여 준 관심에 얼마간 감동했고, 그들이 내가 다가갈 엄두도 못 낼 정도로 그렇게 부자는 아니라는 느낌을 받았다. 그런데도 차를 몰고 집에 돌아오면서 마음이 혼란스러웠고 기분도 약간 언짢았다. 내 생각 같아서는, 데이지가 당장 어린애를 안고 그 집을 뛰쳐나와야 했지만 그녀는 그럴 생각이 조금도 없는 것 같았다. 한편 톰으로 말하자면, '뉴욕에 여자를 두고 있다.'라는 사실보다 참으로 더 놀라운 것은 그가 책 한 권 때문에 의기소침해졌다는 사실이었다. 마치 강인한 육체적 자만심이 더 이상 그의 독단적인 마음을 지탱해 줄 수 없게 된 듯, 뭔가가 그로 하여금 진부한 사상의 가장자리를 갉아먹게 하고 있었던 것이다.

여관의 지붕들과 붉은색 새 휘발유 펌프가 불빛을 받으며 서 있는 길가 주유소 앞에는 벌써 여름이 한창 깊어 가고 있었다. 웨스트에그에 있는 집에 도착하자 나는 차고에 차를 넣어 둔 뒤 마당에 팽개쳐져 있는 잔디밭 고르는 롤러 위에 잠시 앉아 있었다. 바람이 불어와 나무들 사이에서 날개 부딪치는 소리로 밤이 소란스럽고 밝게 빛났고, 대지의 풀무가 개구리들에게 생기를 한껏 불어넣어 오르간 소리가 끊임없이 울려 퍼졌다. 지나가던 고양이의 그림자가 달빛에 어른거리는 것이 눈에 띄어 자세히 보려고 고개를 돌렸을 때, 내가 혼자 있는 것이 아니라는 사실을 깨달았다. 15미터 떨어진 곳에 또한 사람의 모습이 옆집의 그림자 속에서 나타나 두 손을 호주머니에 찌른 채 서서 은빛 후춧가루를 뿌려 놓은 듯한 별들을 바라보고 있는 게 아닌가. 한가로워 보이는 동작과 잔디를 굳게 딛고 서 있는 안정된 자세로 미뤄 보아, 이 지역의 하늘 중 어디까지가 자기 몫의 하늘인지 살펴보려고 나온 개츠비임을 알 수 있었다.

나는 그를 부르려고 마음먹었다. 미스 베이커가 저녁을 먹으면서 그에 관해 얘기했기 때문에 그것으로 소개는 충분할 것 같았다. 그러나 갑자기 그가 혼자 있고 싶다는 암시를 보냈기 때문에 나는 그를 부르지 않았다. 그는 이상한 방식으로 어두운 바다를 향해 두 팔을 뻗었는데, 나와 멀리 떨어져 있기는 했지만 확실히 부르르 몸을 떨고 있었다. 그래서 나도 모르게 바다 쪽을 바라보았다. 저 멀리, 부두의 맨 끝자락에 있는 것이 틀림없는 단 하나의 초록색 불빛이 작게 반짝이는 것을 빼고는 아무것도 보이지 않았다. 내가 다시 돌아다보았을 때 개츠비는 이미 사라진 뒤였다. 나는 어수선한 어둠 속에서 또다시 혼자가 되었다.

2

웨스트에그와 뉴욕시 중간쯤에는 황량한 지역을 피해 가기 위해 차도가 철로와 만나 400미터 정도 나란히 달리는 곳이 있다. 이곳이 바로 쓰레기 계곡[12]이다. 재가 밀처럼 자라 산마루와 언덕과 기괴한 정원을 이루는 환상적인 농장 말이다. 재는 이곳에서 집과 굴뚝, 굴뚝에서 피어오르는 연기 모양을 하고 있다가 안간힘을 내서 마침내 회백색 사람 모양이 되어 희뿌연 공기 속에서 어렴풋이 움직인다 싶으면 벌써 땅바닥에 무너져 내린다. 이따금씩 잿빛 차량들이 일렬로 줄을 지어 보이지 않는 길을 따라 기어가다가 오싹하도록 무섭게 삐걱거리

---

12) 뉴욕시 퀸스 자치구에 있는 코로나 쓰레기 처리장. 1920년대 초엽 플러싱강 주위 습지에 있었으며 온갖 쓰레기를 매립했다.

며 갑자기 멈춰 선다. 그러면 즉시 회백색 사람들이 납으로 만든 삽을 들고 몰려 올라가 앞을 내다볼 수 없는 구름을 휘저어 놓는다. 그러면 그들이 하는 아리송한 작업도 시야에서 모두 사라져 버리고 만다.

그러나 그 잿빛 땅과 그 위에 끊임없이 발작적으로 피어오르는 먼지 너머로 곧 T. J. 에클버그 박사의 두 눈을 볼 수 있다. T. J. 에클버그 박사의 두 눈은 푸르고 거대하다. 망막의 높이가 무려 1미터에 달한다. 얼굴은 없고 눈만 있지만, 보이지 않는 코에 걸려 있는 거대한 노란 안경 너머로 이쪽을 바라보고 있다. 분명히 어떤 익살맞은 안과 의사가 퀸스 자치구에서 영업을 좀 해 보려고 걸어 놓은 뒤 그 자신이 영원히 눈이 멀어 버렸거나 아니면 이 광고판을 까맣게 잊고 이사를 가 버린 게 틀림없었다. 오랜 세월 동안 페인트도 칠하지 않은 채 햇볕에 그을고 비를 맞아 좀 바랬지만 여전히 두 눈은 생각에 잠긴 듯 장엄한 쓰레기 매립지를 내려다보고 있었다.

쓰레기 계곡은 한쪽으로 작고 더러운 강과 접하고 있어서 개폐교가 화물선을 통과시키려고 올라갈 때면 기차가 멈추고 승객들은 삼십 분 동안 그 음울한 풍경을 바라보아야 한다. 기차는 그곳에서 적어도 일 분 동안은 정지하는데, 내가 톰 뷰캐넌의 정부(情婦)를 처음 만난 것도 바로 그 때문이었다.

톰에게 정부가 있다는 사실은 그의 이름이 알려진 곳이라면 어디에서나 화젯거리였다. 그를 아는 사람들은 그가 그 여자를 데리고 레스토랑에 들어가서 그녀를 테이블에 앉혀 둔 채 빈둥거리다 아는 사람이 나타나기만 하면 누구든 붙잡고 지껄여 댄다는 사실에 분개했다. 나는 그녀가 어떻게 생겼는 지 보고 싶기는 했지만 만나고 싶은 생각은 없었다. 그렇지만 나는 그녀를 만나고 말았다. 어느 날 오후 나는 톰과 함께 기 차를 타고 뉴욕에 가고 있었다. 기차가 쓰레기 계곡에 멈춰 서자 그는 자리에서 일어나더니 내 팔을 붙잡고 강제로 기차 에서 끌어내리다시피 했다.

"여기서 내리자고! 자네한테 내 애인을 소개해 줄게." 그가 고집스럽게 말했다.

그가 점심 식사 때 술을 진탕 마셔 취한 게 아닌가 싶었다. 나를 데리고 가겠다는 그의 결심은 거의 폭력에 가까웠다. 그 는 오만불손하게도 내가 일요일 오후에 별로 할 일이 없으려 니 생각한 모양이었다.

나는 석회 도료를 하얗게 바른 나지막한 철로 변 담을 넘 어 그를 따라갔고, 우리는 에클버그 박사의 시선을 끊임없이 받으며 길을 따라 100미터쯤 뒤쪽으로 걸어갔다. 보이는 건물 이라고는 오직 황무지 끝에 서 있는 작고 노란 벽돌 건물뿐이 었다. 그곳이 일종의 중심가인 셈이었지만 그 옆에는 아무것 도 없었다. 건물에는 상점이 셋 있었는데 그중 하나는 세를 놓 을 것이었고, 쓰레기 계곡 자락과 맞닿아 있는 다른 하나는 24시간 영업을 하는 음식점이었으며, 세 번째 상점은 자동차 정비소였다. 거기에는 "자동차 정비소, 조지 B. 윌슨. 자동차 사고팝니다."라는 팻말이 붙어 있었다. 나는 톰을 따라 그 정 비소 안으로 들어갔다.

장사가 잘 안 되는지 건물 내부는 텅 비어 있었다. 자동차라고는 어둠침침한 구석에서 먼지를 뒤집어쓰고 있는 부서진 포드 한 대뿐이었다. 문득 이 음산한 자동차 정비소는 한낱 속임수에 지나지 않으며 2층에는 호화롭고 낭만적인 방들이 숨어 있을지도 모른다는 생각이 떠올랐을 때 주인이 헝겊 조각에 손을 닦으며 사무실 문 앞에 모습을 드러냈다. 금발에 빈혈이라도 있는 듯 핏기 없는 얼굴이었지만 그런대로 잘생긴 편이었다. 우리를 보자 그의 옅은 푸른색 눈에 어렴풋이 희망의 빛이 감돌았다.

"잘 있었나, 윌슨. 장사는 잘되나?" 톰이 반갑다는 듯 그의 어깨를 툭 치며 말했다.

"그저 그렇죠, 뭐." 윌슨이 시큰둥하게 대답했다. "그 차는 언제 파실 겁니까?"

"다음 주에……. 지금 우리 정비사가 손을 보고 있거든."

"꽤 굼뜨군요, 그 친구. 안 그래요?"

"아니, 그렇지 않아. 자네가 그렇게 생각한다면 다른 곳에 팔아 버리겠어." 톰이 냉담하게 대답했다.

"그런 뜻이 아니고요. 제 말은 다만……" 윌슨이 재빨리 변명했다.

윌슨이 말끝을 흐렸고 톰은 조바심이 나는 듯 자동차 정비소 주위를 훑어보았다. 그때 계단을 내려오는 발소리가 들리더니 순간 살집이 있는 여자 하나가 사무실 문으로 들어오는 빛을 가로막고 섰다. 삼십 대 중반에 접어든 그녀는 약간 뚱뚱한 편으로 몇몇 여자들이 그러하듯 육중한 몸을 육감적으로 움직였다. 물방울무늬가 있는 검푸른 비단 드레스 위로 솟은 그녀의 얼굴은 예쁜 구석이라고는 찾아볼 수 없었지만 온몸의 신경이 연기를 내뿜듯 끊임없이 생동감을 발산하는 것을 금방 느낄 수 있었다. 그녀는 천천히 미소를 지으며 남편이 마치 무슨 유령이라도 되는 듯 지나치더니 톰과 악수를 하며 정면으로 그의 눈을 응시했다. 그러고 나서 입술에 침을 바르고 남편을 쳐다보지도 않은 채 나지막하고 거친 목소리로 그에게 이렇게 말했다.

"의자 좀 가져오지 않고요. 좀 앉으시게 해야죠."

"아, 그렇지." 윌슨은 서둘러 말하고는 회색 벽에 곧바로 연결되어 있는 작은 사무실로 갔다. 쓰레기 계곡 근처에 있는 것은 무엇이든 희뿌연 재를 뒤집어쓰고 있듯 그의 검은 양복과 윤기 없는 머리카락에도 먼지가 뽀얗게 덮여 있었다. 하지만 그의 아내에게는 재가 묻어 있지 않았다. 그녀가 톰에게 가까이 다가왔다.

"만나고 싶어. 다음 기차를 타." 톰이 열띤 어조로 말했다.

"알았어요."

"지하 신문 판매대에서 기다릴게."

그녀는 고개를 끄덕였고, 조지 윌슨이 사무실에서 의자 두 개를 들고 나타나자 톰한테서 떨어졌다.

우리는 길 아래쪽으로 내려가 눈에 띄지 않는 곳에서 그녀를 기다렸다. 독립 기념일을 며칠 앞둔 때여서 창백하고 깡마른 이탈리아계 아이 하나가 철도를 따라 폭죽을 한 줄로 쭉 늘어놓고 있었다.

"끔찍한 곳이잖나?" 톰이 에클버그 박사와 찡그린 얼굴을 주고받으며 말했다.

"정말로 끔찍하군."

"이곳을 떠나는 게 그녀에게도 좋아."

"남편이 반대하지 않을까?"

"윌슨? 그 친구는 아내가 뉴욕에 있는 여동생을 만나러 가는 줄 알아. 우둔하기 짝이 없어서 자기가 살아 있는지 죽어 있는지조차 모르는 위인이야."

그렇게 해서 톰 뷰캐넌과 그의 정부와 나는 함께 뉴욕으로 갔다. 정확히 말하자면 '함께'라고 할 수도 없는 것이, 윌슨 부인이 눈치껏 다른 칸에 탔기 때문이다. 톰은 기차를 타고 있을지도 모를 이스트에그 주민들의 감정을 그 정도는 배려할 줄 알았다.

그녀는 갈색 무늬가 있는 모슬린 드레스로 갈아입었는데, 톰이 뉴욕 플랫폼에서 기차에서 내리는 그녀를 부축할 때 그 옷은 그녀의 널찍한 엉덩이에 착 달라붙어 있었다. 신문 판매대에서 그녀는 《타운 태틀》[13]과 영화 잡지 한 권을 샀고, 역 구내매점에서 콜드크림과 조그마한 향수 한 병을 샀다. 지상으로 올라와서는 육중한 소음이 메아리치는 차도에서 택시를 네 대나 그냥 보내고 나서야 비로소 회색 시트로 장식한 라벤더색 새 택시를 골라잡았다. 이 택시를 타고 우리는 사람들로 붐비는 역을 빠져나와 햇빛이 반짝이는 거리로 미끄러져 갔

---

13) 가상의 잡지이다. 피츠제럴드는 1920년대에 발행되던 황색 잡지 《타운 토픽》을 염두에 두었던 듯하다.

다. 그러나 즉시 그녀는 재빨리 창에서 눈길을 돌리더니 상반신을 앞으로 굽히면서 앞쪽 유리를 두드렸다.

"저 개 한 마리 갖고 싶어요. 아파트에서 기르고 싶어요. 얼마나 좋을까…… 저 개를 기른다면." 그녀가 진지하게 말했다.

우리는 어이없게도 존 D. 록펠러[14]를 닮은 백발노인 쪽으로 차를 후진했다. 노인이 목에 걸고 있는 바구니 안에는 갓 태어난 듯한 강아지 열두어 마리가 웅크리고 있었다.

"무슨 종(種)이에요?" 노인이 택시 창문 쪽으로 가까이 다가오자 윌슨 부인이 진지하게 물었다.

"온갖 종류가 다 있습죠. 부인께선 어떤 종류를 원하시나요?"

"경찰견 한 마리를 사고 싶은데요. 그런 개는 없겠죠?"

노인은 미심쩍은 눈초리로 바구니를 들여다보다가 손을 넣어 발버둥 치는 강아지 한 마리를 목덜미를 잡아 들어 올렸다.

"그건 경찰견이 아니잖소." 톰이 말했다.

"네, 딱히 경찰견이라곤 할 수 없습죠." 노인이 실망한 듯한 목소리로 말했다. "에어데일에 가깝습죠." 노인은 갈색 수건 같은 개의 등허리를 쓰다듬었다. "이 털 좀 보세요. 대단한 털입죠. 감기에 걸리거나 해서 귀찮게 할 녀석이 아닙니다요."

"아이, 예뻐라." 윌슨 부인이 들뜬 목소리로 말했다. "얼마예요?"

"저놈 말입니까?" 노인은 그 강아지를 감탄스러운 눈길로

---

14) 스탠더드 석유 회사를 세운 미국의 백만장자.

바라보았다. "10달러는 주서야죠."

그 에어데일은 — 비록 다리가 놀랄 만큼 희기는 했지만 에어데일이라는 데는 의심할 여지가 없었다 — 새 주인이 된 윌슨 부인의 무릎 사이로 파고들었고, 그녀는 추위를 타지 않는다는 털을 황홀한 듯 쓰다듬었다.

"수컷이에요, 암컷이에요?" 그녀가 우아하게 물었다.

"그놈요? 수컷입죠."

"암캐야." 톰이 단호하게 말했다. "자, 여기 돈이 있소. 그 돈이면 아마 열 마리는 더 살 거요."

우리는 5번가를 향해 달렸다. 한여름 일요일 오후의 공기는 가히 목가적이라고 할 만큼 따뜻하고 부드러워서 흰 양 떼가 길모퉁이를 돌아 거리에 나타나더라도 놀랍지 않을 정도였다.

"차를 세우지. 난 여기서 내리겠어." 내가 말했다.

"아니, 안 돼." 톰이 재빨리 가로막았다. "자네가 아파트까지 가지 않으면 머틀이 섭섭해할 거야. 안 그래, 머틀?"

"함께 가요. 전화를 걸어 제 동생 캐서린을 부를게요. 주위 사람들한테서 굉장한 미인이라는 소리를 듣는 애라고요." 그녀가 조르다시피 했다.

"글쎄, 가고 싶긴 하지만……."

우리는 센트럴파크를 지나 웨스트 100번대 거리 쪽으로 계속 달렸다. 158번가에 이르자 택시는 흰 케이크를 잘라 놓은 것처럼 길게 늘어서 있는 아파트 한쪽에 멈춰 섰다. 왕궁에 돌아온 여왕처럼 당당한 시선으로 이웃을 훑어보면서 윌슨 부인은 개와 그 밖에 산 물건들을 들고 당당하게 안으로 들어

갔다.

"매키 부부를 부를 거예요. 물론 내 동생한테도 전화를 걸고요." 우리가 엘리베이터를 타고 올라가는 동안 그녀가 말했다.

아파트는 맨 위층에 있었다. 작은 거실과 작은 부엌, 목욕탕이 딸린 조그마한 침실 하나가 있는 집이었다. 거실은 태피스트리를 씌운 가구 한 세트가 문간까지 꽉 들어차 있었는데 거실에 비해 가구가 너무 커서 돌아다니다 보면 베르사유 정원에서 부인들이 그네를 타고 있는 장면 위로 자꾸 걸려 넘어질 것 같았다. 벽에는 희미한 바위에 앉아 있는 암탉을 지나치게 확대한 사진 한 장이 달랑 걸려 있었다. 그러나 멀리 떨어져서 보면 암탉은 부인용 모자처럼 보였고, 살찐 노부인의 얼굴이 방 안을 내려다보며 빙그레 웃고 있는 것 같았다. 탁자 위에는 『베드로라 하는 시몬』[15]이라는 책 한 권과 함께 낡은 《타운 태틀》 몇 권이 놓여 있었고, 브로드웨이의 스캔들을 실은 별 볼 일 없는 잡지 몇 권이 널려 있었다. 윌슨 부인은 강아지에 온통 정신이 팔려 있었다. 엘리베이터 보이는 짚을 가득 채운 상자와 우유를 사러 갔다가 시키지도 않은 크고 딱딱한 개 비스킷을 한 통 사 왔다. 그중 한 개는 오후 내내 우유 접시 속에서 버려진 채 썩어 갔다. 한편 톰은 잠가 두었던 옷장을 열고 위스키 한 병을 꺼내 왔다.

---

15) 로버트 키블이 쓴 대중 소설로 1921년에 영국에서 출간되었다. 피츠제 럴드는 이 소설을 '아주 부도덕한' 작품이라고 평했다.

나는 평생 술에 취한 적이 딱 두 번 있었는데 두 번째가 바로 그날 오후였다. 8시가 지나도 방 안에는 밝은 햇살이 가득 차 있었지만 거기서 일어난 일들이 하나같이 희미하고 몽롱한 기억으로밖에 남아 있지 않은 것도 그래서였다. 윌슨 부인은 톰의 무릎에 앉아서 몇 사람에게 전화를 걸었다. 나는 담배가 떨어져 길모퉁이에 있는 약국으로 담배를 사러 나갔다. 돌아와 보니 그들은 보이지 않았고, 나는 조용히 거실에 앉아 『베드로라 하는 시몬』을 읽었다. 내용이 형편없어서였는지 아니면 위스키 때문에 정신이 혼미해서였는지는 모르겠지만 무슨 얘기인지 통 알 수가 없었다.

톰과 머틀이 ── 한잔한 뒤부터 윌슨 부인과 나는 서로 말을 텄다 ── 다시 나타나자 손님들이 하나둘씩 도착하기 시작했다.

머틀의 여동생 캐서린은 서른 살쯤 되고 몸매가 날씬한, 닳고 닳은 여자로 뻣뻣한 붉은 단발머리에 얼굴에는 우유같이 흰 분을 바르고 있었다. 눈썹을 뽑고 그 위에 좀 더 예쁘게 보이도록 새로 그렸지만 뽑힌 자리에서 눈썹이 다시 돋아나는 바람에 얼굴이 지저분해 보였다. 그녀가 몸을 움직일 때면 두 팔에 달린 헤아릴 수 없이 많은 도기 팔찌가 위아래로 흔들리며 끊임없이 짤랑거리는 소리를 냈다. 주인처럼 당당히 서둘러 들어와서는 탐욕스러운 눈길로 가구를 둘러보는 모습이 마치 그녀가 집주인인가 하는 착각이 들 정도였다. 그래서 내가 여기서 사느냐고 물었더니 그녀는 호탕하게 웃으면서 내 질문을 큰 소리로 되풀이하고는 자기는 여자 친구와 함께 호텔에서 지낸다고 대답했다.

아래층에서 온 매키 씨는 얼굴이 창백하고 여자 같은 남자였다. 광대뼈에 흰 비누 거품 자국이 남아 있는 것으로 보아 방금 면도를 한 모양이었다. 방에 있는 사람들에게 인사하는 태도가 무척 예의 발랐다. 그는 자기가 '예술 작업'에 종사하고 있노라고 말했는데, 나는 나중에야 그가 사진작가라는 사실을 알고 벽에 걸려 있는 머틀 어머니의 유령 같은 희미한 확대 사진을 만든 장본인일 거라고 짐작했다. 그의 아내는 찢어지는 듯 날카로운 목소리에 힘이 없어 보였고 예쁘기는 했지만 끔찍한 여자였다. 그녀는 자기 남편이 결혼 후 100번 하고도 스물일곱 번이나 사진을 찍어 주었다고 자랑하며 떠벌렸다.

윌슨 부인은 조금 전에 옷을 갈아입었는데, 지금은 크림색 시폰으로 만든 정교한 드레스를 차려입고 있었다. 그 옷자락으로 방 안을 쓸고 다니는 동안 쉴 새 없이 부스럭거리는 소리가 났다. 옷이 날개라더니 옷 덕분에 인품마저 달라 보였다. 자동차 정비소에서 눈에 띄었던 강렬한 생명력은 상당한 거만함으로 변해 있었다. 그녀의 웃음이며, 그녀의 몸짓이며, 그녀의 말투는 시간이 지날수록 더욱 가식적으로 변했고, 그녀가 그렇게 부풀어 오를수록 방은 점점 더 비좁아지는 것만 같았다. 그러더니 마침내 그녀는 담배 연기 자욱한 공기 속에서 시끄럽게 삐걱거리는 회전축을 따라 빙글빙글 돌고 있는 것처럼 보였다.

"얘, 캐서린." 그녀가 뽐내는 듯한 높고 큰 목소리로 동생에게 말했다. "그런 놈들은 대개가 늘 너를 속여 먹으려 들 거야. 그저 돈만 생각하는 놈들이라고. 지난주에 내 발을 좀 봐 달라고 어떤 여자를 여기로 불렀는데, 청구서를 보니까 맹장 수술이라도 받았나 싶었다니까."

"그 여자 이름이 뭔데요?" 매키 부인이 물었다.

"에버하트 부인이에요. 집집마다 돌아다니면서 발을 봐 주는 여자죠."

"입으신 옷 예뻐요. 정말로 멋져요." 매키 부인이 말했다.

윌슨 부인은 경멸하듯 눈썹을 추켜올림으로써 그 칭찬을 묵살해 버렸다.

"형편없는 헌 옷 나부랭이예요. 아무렇게나 보여도 괜찮을 때 가끔 걸치죠." 그녀가 말했다.

"하지만 당신이 입으니까 아주 멋져요. 제 말이 무슨 뜻인지 아시잖아요." 매키 부인이 계속 말했다. "만약 제 남편 체스터가 당신의 그런 자태를 잡아 낸다면, 그럴듯한 작품을 만들 수 있을 거예요."

우리는 모두 말없이 윌슨 부인을 쳐다보았고, 그녀는 두 눈을 덮고 있는 머리카락을 쓸어 올리고 밝은 미소를 지으며 우리를 쳐다보았다. 매키 씨는 한쪽으로 고개를 돌린 채 그녀를 주시하다가 손을 눈앞에서 앞뒤로 천천히 움직였다.

"조명을 바꿔야겠어요." 잠시 뒤 그가 이렇게 말했다. "이목구비의 입체감을 드러내고 싶군요. 또한 뒤쪽 머리카락 전부를 살리면서 말이죠."

"조명은 바꾸지 않는 게 좋을 것 같아요. 제 생각에는……"

매키 부인이 소리쳤다.

그녀의 남편이 "쉿!" 하고 말을 끊자 우리 모두는 다시 한번 모델을 쳐다보았다. 그러자 톰은 소리 내어 하품을 하면서 자리에서 벌떡 일어났다.

"매키 부부가 마실 만한 게 있을 텐데. 머틀, 얼음하고 탄산수를 더 가져오지. 다들 잠자러 간다고 하기 전에 말이야."

"엘리베이터 보이한테 얼음을 가져오라고 시켰어요." 머틀은 하류층 사람들의 게으름에 실망했다는 듯 눈썹을 추켜올렸다. "하여간 그런 부류의 사람들이란! 쉴 새 없이 다그쳐야 한다니까."

그녀는 나를 보고 멋쩍은 미소를 지었다. 그러고 나서 강아지에게 달려가서 열렬히 입을 맞추더니 열두 명의 요리사가 자기 명령을 기다리고 있기라도 한 듯 휙 하고 부엌으로 들어갔다.

"롱아일랜드에서 멋진 사진들을 찍어 왔습니다." 매키 씨가 단호하게 말했다.

톰이 멍하니 그를 쳐다보았다.

"그중 둘은 액자에 끼워 아래층에 걸어 놓았지요."

"뭐가 둘이라는 거요?" 톰이 물었다.

"작품 말입니다. 그중 하나는 「몬턱포인트[16] — 갈매기」, 다른 하나는 「몬턱포인트 — 바다」라고 이름을 붙였지요."

머틀의 동생 캐서린이 긴 의자로 다가와 내 옆에 앉았다.

---

16) 뉴욕주 롱아일랜드 동쪽 끝에 있는 지역.

"당신도 롱아일랜드에 살아요?" 그녀가 물었다.

"웨스트에그에 삽니다."

"정말이에요? 한 달쯤 전에 그곳에서 열린 파티에 갔는데. 개츠비라는 사람의 집 말이에요. 혹시 그분 알아요?"

"바로 옆집에 살지요."

"한데 그분은 빌헬름 황제의 조카인가 사촌인가 된다더군요. 그분의 돈이 다 거기서 나온다죠."

"정말입니까?"

그녀는 그렇다고 고개를 끄덕이며 대답했다. "전 그 사람이 무서워요. 그 사람과는 무슨 일로도 엮이고 싶지 않아요."

그때 매키 부인이 갑자기 캐서린을 가리키며 말하는 바람에 내 이웃에 관한 솔깃한 정보는 거기에서 중단되고 말았다.

"여보, 내 생각엔 당신이 이분과 괜찮은 작품을 만들 수 있을 것 같아요." 그녀가 불쑥 말을 꺼냈지만 매키 씨는 귀찮다는 듯 고개를 끄덕이고는 톰을 향해 말했다.

"전 롱아일랜드에서 좀 더 일하고 싶어요. 할 수만 있다면요. 시작할 기회를 얻기만을 바랄 뿐이지요."

"머틀한테 한번 부탁해 봐요." 톰은 이렇게 말하고는 머틀이 쟁반을 들고 들어오자 큰 소리로 웃음을 터뜨렸다. "이 사람이 당신한테 소개장을 써 줄 거요. 머틀, 안 그래?"

"뭘 써 준다고요?" 그녀가 놀라서 물었다.

"당신 남편을 모델로 작품을 만들 수 있도록 당신이 남편에게 매키를 소개하는 소개장을 써 주라고." 그가 제목을 궁리하는 동안 그의 입술이 잠시 말없이 움직였다. "「주유소 펌프 앞에 서 있는 조지 B. 윌슨」이나 뭐 그 비슷한 제목으로 말이야."

캐서린은 내 가까이 몸을 기울이더니 귓속말로 속삭였다.

"저 두 사람 다 자기 배우자를 못마땅해해요."

"그래요?"

"참을 수가 없대요." 그녀는 머틀과 톰을 번갈아 바라보았다. "내 말은요, 서로 참을 수 없는데 왜 계속 살을 맞대고 사느냐는 거예요. 나 같으면 당장 이혼하고 둘이 결혼할 텐데."

"머틀도 윌슨을 안 좋아하나요?"

이 물음에 대한 답은 예상치 않은 곳에서 왔다. 우리 말을 엿듣고 있던 머틀이 직접 그렇다고 대답한 것이다. 그런데 그 대답은 공격적이면서도 음탕했다.

"봤죠?" 캐서린이 의기양양하게 말했다. 그녀는 다시 한번 목소리를 낮추었다. "두 사람을 떼어 놓고 있는 건 사실상 톰의 부인이에요. 그 여자는 가톨릭 신자라는데, 가톨릭에서는 이혼을 허락하지 않잖아요."

데이지는 가톨릭 신자가 아니었기 때문에 나는 이 그럴듯한 거짓말에 약간 충격을 받았다.

"두 사람은 결혼을 하면요, 잠잠해질 때까지 잠시 서부에 가서 살 거래요." 캐서린이 말을 이었다.

"유럽으로 가는 게 더 나을 텐데요."

"아, 유럽을 좋아해요?" 그녀가 놀라서 소리쳤다. "난 몬테카를로[17]에서 얼마 전에 돌아왔거든요."

"그랬군요."

"바로 작년이에요. 여자 친구와 함께 갔지요."

"오래 있었나요?"

"아뇨. 그냥 몬테카를로에만 갔다가 곧장 돌아왔어요. 마르세유를 경유해서 갔지요. 출발할 때 1200달러 넘게 갖고 갔는데 특실 도박장에서 이틀 만에 몽땅 날려 버렸죠. 돌아오는데 얼마나 고생을 했는지 몰라요. 맙소사, 그놈의 도시라면 이제 지긋지긋해요!"

늦은 오후의 하늘이 한순간 지중해의 푸른 바다처럼 창문에 화려하게 비쳤다. 바로 그때 매키 부인의 날카로운 목소리가 들려오는 바람에 정신이 번쩍 들어 방 안으로 시선을 돌렸다.

"나도 하마터면 실수를 할 뻔했어요." 그녀가 박력 있게 말했다. "몇 년 동안이나 나를 따라다니던 키 작은 유대인과 결혼할 뻔했거든요. 나보다 못한 사람이라는 걸 알았는데도요. 모두가 나한테 이렇게 말하더군요. '루실, 넌 그 남자에겐 너무 아까워!' 하지만 내가 체스터를 만나지 못했더라면 분명히 그 남자가 나를 차지했을 거예요."

"맞아. 하지만 내 말 좀 들어 봐." 머틀이 고개를 아래위로 끄덕이면서 말했다. "적어도 당신은 그와 결혼하지 않았잖아."

"그래요. 안 했지요."

---

17) 리비에라 해안에 있는 모나코의 도시. 카지노로 유명하다.

"한데 난 결혼했어. 그게 당신과 내가 다른 점이지." 머틀이 모호하게 말했다.

"언니, 언닌 왜 그 사람과 결혼한 거야? 아무도 강요하지 않았는데 말이야." 캐서린이 물었다.

머틀이 잠시 생각에 잠겼다.

"그 사람을 신사로 착각했기 때문이지." 마침내 머틀이 입을 열었다. "난 그 사람이 교양 있는 사람이라고 생각했거든. 하지만 알고 보니 내 신발을 핥을 자격도 없는 인간이더라고."

"그래도 언니는 한동안 그에게 미쳐 있었잖아." 캐서린이 대꾸했다.

"미쳐 있었다고!" 머틀은 도저히 믿기지 않는다는 듯 소리를 질렀다. "내가 그 작자에게 미쳐 있었다고 누가 그래? 저기 있는 저 양반에게 미치지 않은 것처럼, 그 인간에게도 미친 적이 없단 말이야."

그녀가 갑자기 나를 가리키자 다들 비난하는 듯한 눈초리로 나를 쳐다보았다. 나는 그녀의 과거 애정 행각과 아무 관계도 없다는 표정을 지어 보이려고 애썼다.

"내가 미쳐 있었던 건 막 결혼했을 때뿐이야. 하지만 곧 아차, 실수했구나 하고 깨달았지. 그 작자는 결혼식 때 예복을 빌려 입고도 나한테 입도 뻥긋하지 않았어. 그런데 어느 날 그 인간이 집에 없을 때 옷 임자가 옷을 찾으러 온 거야. '아, 그게 댁의 양복이었나요? 전 처음 듣는 얘기거든요.' 내가 물었지. 난 양복을 그에게 내주고 나서 드러누워 오후 내내 엉엉 울었어."

"정말이지 형부를 차 버려야 하는데." 캐서린이 또다시 나에게 말을 걸었다. "두 사람은 자동차 정비소에서 십일 년 동안이나 같이 살았어요. 그리고 톰은 언니의 첫 애인이죠."

방에 있는 사람들은 계속 위스키 병을 찾아 댔다. 벌써 두 번째 병을 마시고 있었다. "한 잔도 마시지 않고도 마신 것과 다름없이 기분을 낼 수" 있다는 캐서린 한 사람만 예외였다. 톰은 벨을 눌러 수위를 부르더니 저녁 식사가 충분히 될 만한 어떤 유명한 샌드위치를 사 오라고 시켰다. 나는 밖으로 나가 부드러운 황혼에 휩싸인 동쪽 공원으로 산책을 가고 싶었지만, 나가려고 할 때마다 귀에 거슬리는 자극적인 이야기가 밧줄처럼 내 발목을 잡아당겨 의자에 앉아 버리곤 했다. 그런데도 도시의 하늘 위로 줄지어 있는 노란 창문들은 조금씩 어둠이 깔리는 길거리에서 우연히 고개를 처들고 올려다보는 사람들에게 인간의 비밀을 속삭여 주고 있음에 틀림없었으리라. 나 또한 위쪽을 올려다보며 궁금하게 생각하는 사람 중 하나였다. 만화경(萬華鏡)처럼 변화무쌍한 삶에 매혹당하기도 하고 혐오감을 느끼기도 하면서 나는 집 안에 있는 동시에 집 밖에도 있는 기분이었다.

머틀은 의자를 잡아당겨 나에게 가까이 다가오더니 느닷없이 더운 입김을 내뿜으며 그녀가 톰을 처음 만났을 때의 이야기를 털어놓았다.

"기차를 타면 언제나 마지막까지 남는 자리가 있었어요. 서로 마주 보는 자리인데, 거기서 일이 벌어졌지요. 나는 동생과 함께 밤을 보낼 작정으로 뉴욕에 가는 길이었어요. 저이는 신사복을 입고 번쩍이는 에나멜가죽 구두를 신고 있었는데, 차마 눈을 뗄 수가 없더군요. 하지만 저이가 나를 쳐다볼 때마다 나는 저이 머리 위쪽에 있는 광고를 보는 척했지요. 역에 도착했을 때 저이가 바로 내 곁에 있었고, 흰 와이셔츠 앞가슴으로 내 팔을 누르고 있었어요…….. 그래서 나는 그에게 경찰관을 부르겠다고 협박했지만 거짓말이라는 걸 저이는 잘 알았죠. 나는 너무 흥분한 나머지 저이와 함께 택시를 잡아타고 가면서도 지하철을 탄 게 아니란 걸 깨닫지 못할 정도였지요. 그때 난 머릿속으로 줄곧 '그래, 넌 영원히 사는 게 아니잖아. 넌 영원히 살 수 없다고.'라고 생각했지요."

머틀은 매키 부인 쪽으로 몸을 돌렸고, 방 안 가득 그녀의 어색한 웃음이 흘러넘쳤다.

"이봐요." 머틀이 소리쳤다. "오늘 이 옷을 벗자마자 당신에게 줄게. 나는 내일 한 벌 더 사면 되니까. 쇼핑할 물건들 목록을 만들어 둬야겠어. 마사지 기구, 파마 기구, 개 목줄, 스프링 달린 예쁜 재떨이 그리고 여름 내내 시들지 않고 어머니 무덤을 장식해 줄 까만 비단 매듭 화환. 쇼핑할 물건들을 잊어버리지 않게 적어 둬야겠어."

9시가 되었다. 그다음에 다시 시계를 쳐다보았을 때에는 벌써 10시였다. 매키 씨가 꽉 쥔 두 주먹을 무릎 위에 올려놓고 의자에서 잠들어 있는 모습이 마치 정력적인 활동가를 찍어 놓은 사진 같았다. 나는 손수건을 꺼내 오후 내내 신경에 거슬리던 그의 뺨에 말라붙은 비누 거품 자국을 닦아 주었다.

강아지는 탁자 위에 앉아 담배 연기 자욱한 방 안을 둘러

보면서 이따금 작은 소리로 끙끙거렸다. 사람들은 사라졌다가 다시 나타났고, 어디론가 떠날 계획을 세웠고, 그러다가 대화를 나누던 상대를 서로 잃어버리고 찾아다니다가 몇 미터 떨어지지 않은 곳에서 다시 찾아냈다. 자정이 가까워질 무렵 톰 뷰캐넌과 윌슨 부인은 얼굴을 맞대고 윌슨 부인이 데이지의 이름을 언급할 권리가 있느냐를 두고 열띠게 말다툼을 벌이고 있었다.

"데이지! 데이지! 데이지!" 윌슨 부인이 외쳤다. "내가 부르고 싶으면 언제든지 부를 거예요! 데이지! 데이……."

그 순간 톰 뷰캐넌이 능숙하게 손바닥으로 그녀의 코를 잽싸게 후려갈겼다.

잠시 후 목욕탕 바닥에는 피 묻은 수건들이 널려 있었고, 여자들이 꾸짖는 소리가 들렸으며, 이런 소란보다 훨씬 더 높은 소리로 아프다고 울부짖는 소리가 들렸다. 매키 씨는 잠에서 깨어나 어안이 벙벙한 상태로 문 쪽으로 나아가더니 중간에 돌아서서 방 안의 광경을 쳐다보았다. 구급약을 들고서 비좁은 가구 사이를 뛰어다니며 화를 내기도 하고 위로를 건네기도 하는 자신의 아내와 캐서린, 상심한 표정으로 긴 의자 위에 누워 꽤 많은 피를 흘리며 베르사유 장면을 짜 넣은 태피스트리를 망가뜨리지 않으려고 그 위에 《타운 태틀》을 펼치고 있는 머틀의 모습이 보였다. 매키 씨는 다시 몸을 돌려 문 쪽으로 나갔다. 샹들리에에 걸어 두었던 모자를 집어 들고 나도 그의 뒤를 따랐다.

"언제 점심이나 하러 오시죠." 신음 소리를 내는 엘리베이터를 타고 내려가는 동안 그가 제안했다.

"어디서요?"

"어디서든지요."

"레버에서 손을 떼 주세요." 엘리베이터 보이가 말을 잘랐다.

"미안하네. 만지고 있는 줄 몰랐어." 매키 씨가 위엄 있게 말했다.

"좋습니다. 기꺼이 가지요." 나는 그의 점심 초대에 응했다.

……그다음에 나는 그의 침대 옆에 서 있었고, 그는 속옷 차림으로 침대 시트에 들어가 두 손에 커다란 포트폴리오를 들고 앉아 있었다.

"「미녀와 야수」……「고독」……「식료품 가게의 늙은 말」……「브루클린 다리」……."

그리고 나서 나는 펜실베이니아역의 추운 지하 대합실에 반쯤 잠든 상태로 누워 조간신문 《트리뷴》을 보며 새벽 4시 기차를 기다렸다.

3

옆집에서는 여름 내내 밤마다 음악 소리가 흘러나왔다. 개
츠비의 푸른 정원에서는 남녀가 속삭임을 주고받으며 샴페인
을 사이에 두고 별빛 아래에서 부나비처럼 오갔다. 오후 만조
때 나는 그의 손님들이 부잔교(浮棧橋) 탑에서 다이빙을 하거
나 해변의 뜨거운 모래 위에서 일광욕하는 모습을 지켜보았
다. 한편 그의 모터보트 두 대가 폭포처럼 거품을 일으키며
수상 스키용 널빤지를 끌어 롱아일랜드 해협의 물길을 갈라
놓기도 했다. 주말이면 그의 롤스로이스가 버스가 되어 아침
9시부터 자정이 넘도록 시내에서 파티에 오가는 사람들을 실
어 날랐고, 그의 스테이션왜건은 기차를 타고 오는 손님들을
맞으려고 노란 딱정벌레처럼 부지런히 돌아다녔다. 그리고 월
요일에는 특별히 채용된 정원사를 포함한 하인 여덟 명이 하

루 종일 걸레, 바닥 닦는 솔, 망치, 정원용 가위 등을 들고 지난밤에 망가진 곳을 열심히 손보았다.

매주 금요일에는 뉴욕에 있는 과일 가게에서 다섯 상자 분량의 오렌지와 레몬이 배달되었다. 그리고 월요일이 되면 이 오렌지와 레몬은 반쪽으로 쪼개진 껍질만 피라미드처럼 쌓여 뒷문으로 빠져나갔다. 식당에는 주스 뽑는 기계가 있어 집사가 엄지손가락으로 작은 단추를 200번만 누르면 삼십 분 안에 무려 200잔의 오렌지 주스를 만들어 낼 수 있었다.

적어도 이 주에 한 번씩 파티를 준비하는 사람들이 수백 미터의 야회용 천막과 갖가지 색깔의 전구를 가져와서 개츠비의 거대한 정원을 크리스마스트리처럼 장식했다. 뷔페 테이블에는 화려한 전채 요리와 양념을 해서 구운 햄, 알록달록한 샐러드, 밀가루를 발라 튀긴 돼지고기, 거무스름한 금빛으로 구운 칠면조 등이 즐비하게 차려져 있었다. 중앙 홀에는 진짜 청동 레일로 장식한 바를 설치해 놓았고, 그 위에는 진과 각종 독주와 코디얼이 가득했다. 코디얼은 워낙 오랫동안 잊혔던 술이라 나이 어린 여자 손님들은 제대로 구별할 수도 없었다.

7시쯤 오케스트라가 도착했다. 보잘것없고 시시한 5인조 악단이 아니라 오보에, 트롬본, 색소폰, 비올라, 코넷, 피콜로, 저음과 고음의 드럼까지 갖춘 완벽한 오케스트라였다. 해변에서 마지막까지 수영하던 사람들이 돌아와 위층에서 옷을 갈아입었다. 뉴욕에서 온 자동차들이 진입로 깊숙이까지 다섯 겹으로 주차되어 있었고, 벌써부터 홀과 살롱과 베란다에는 화려한 원색 옷을 입고 최신 유행의 기묘한 단발머리에 카스티야 산(産) 숄보다도 더 좋은 고급 숄을 두른 여자들로 붐볐다. 바는 최고조로 흥청거렸고, 칵테일 쟁반이 빙빙 돌아 바깥 정원까지 나가자 마침내 잡담과 웃음소리와 즉흥적인 풍자로 분위기가 무르익었다. 사람을 소개받고도 그 자리에서 금방 잊어버리는가 하면, 서로 이름도 모르는 여자들끼리 신바람 나서 대화를 나누기도 했다.

지구가 태양에서 점점 멀어질수록 불빛들은 더욱 밝아지고, 이제 오케스트라가 노란 칵테일 음악을 연주하기 시작하면 오페라 같은 고음의 목소리는 한층 더 높아진다. 시간이 지날수록 유쾌한 말 한마디에도 더 쉽게 웃음이 터져 나온다. 모여 있는 손님들은 더욱 빨리 바뀌고, 손님들이 속속 새로 도착하면서 단숨에 흩어졌다가 다시 모인다. 벌써 이리저리 배회하는 사람들, 즉 좀 더 진득하게 자리 잡고 있는 사람들 사이를 비집고 돌아다니는 자신만만한 여자들도 있다. 그들은 짜릿하게 즐거운 순간 그룹의 중심이 되기도 하고, 승리감에 취해 끊임없이 바뀌는 불빛 아래 변화무쌍한 얼굴들과 목소리와 색깔 사이를 미끄러지듯 누비고 다니기도 한다.

흔들거리는 오팔로 장식한 접시 같은 여자 중 하나가 갑자기 용기를 과시하듯 공중에서 칵테일 잔을 번쩍 잡아 들고 쏟아 버리더니 조 프리스코[18]처럼 손을 놀리며 천막 연단 위에서 혼자 춤을 춘다. 그러자 한순간 모두 숨을 죽인다. 오케스

---

18) 미국의 코미디언이자 댄서. '블랙 보텀'이라는 춤을 만들어 냈다.

트라 지휘자가 그녀의 춤에 맞춰 리듬을 바꾸고, 그녀가 「시사 풍자극」[19]에 나오는 질다 그레이[20]의 대역 배우라는 헛소문이 나돌자 갑자기 여기저기서 술렁대기 시작한다. 바야흐로 파티가 시작된 것이다.

개츠비의 집을 처음 방문하던 날 밤, 나는 정식으로 초대받은 몇 안 되는 손님 중의 하나였다. 대부분은 초대받지 않고 그냥 온 사람들이었다. 그들은 롱아일랜드로 실어다 주는 자동차를 탄 다음 개츠비의 집 문 앞에서 내렸다. 거기서 일단 개츠비를 아는 사람이 소개를 해 주면 그들은 놀이 공원의 행동 규칙에 따라 행동했다. 때때로 그들은 개츠비의 집에 왔다가 개츠비를 만나지도 않은 채 돌아가기도 했는데, 그런 단순한 마음이 곧 초대장과 다름없었던 셈이다.

나는 정식으로 초대를 받았다. 토요일 아침 일찍 개똥지빠귀 알처럼 푸른 제복을 차려입은 운전기사가 자기 주인이 전하는 지극히 형식적인 초대장을 들고 우리 집 잔디밭으로 건너왔다. 내용인즉, 그날 밤 그의 '보잘것없는 파티'에 왕림해 주신다면 더없는 영광으로 생각하겠다는 것이었다. 그는 나를 몇 번 본 적이 있는데 오래전부터 나를 방문하고 싶었지만 사정이 여의치 않아서 그러지 못했노라고 했다. 초대장 끝에는 위엄 있는 필치로 '제이 개츠비'라고 서명되어 있었다.

19) 1907년부터 해마다 공연된 브로드웨이 뮤지컬 쇼. 플로렌즈 지그펠드가 감독했기 때문에 「지그펠드 시사 풍자극」이라고 부르기도 한다.
20) 「지그펠드 시사 풍자극」에 출연한 유명 배우로, '시미'라는 춤을 만들어 널리 알려졌다.

7시가 조금 지났을 무렵 나는 흰 플란넬 양복을 차려입고 그의 잔디밭으로 건너갔고, 이리저리 오가는 낯선 사람들 틈에서 조금 겸연쩍은 기분으로 어슬렁거렸다. 비록 통근 열차에서 간혹 본 듯한 눈에 익은 얼굴도 있기는 했지만 말이다. 나는 무엇보다도 젊은 영국인들이 꽤 많이 눈에 띄는 데 놀랐다. 그들은 모두 옷을 잘 차려입고 있었지만 어딘지 굶주린 듯한 표정이었고, 나지막하고 진지한 목소리로 믿음직하고 부유해 보이는 미국인들과 이야기를 나누고 있었다. 그들은 채권이든 보험이든 자동차든 모두 뭔가를 팔고 있는 것이 틀림없었다. 적어도 그들은 눈먼 돈이 가까이 있음을 너무도 잘 알았고 어떻게 말만 잘하면 그 돈이 자신의 손에 들어오리라고 확신하고 있었다.

나는 파티 장소에 도착하자마자 주인을 찾으려고 했다. 한두 사람에게 그가 어디 있느냐고 물어보았지만 그들은 놀란 듯 나를 바라보았고 그가 어디에 있는지 아는 바가 없다고 딱 잘라 말하기에 나는 칵테일 테이블 쪽으로 슬그머니 꽁무니를 빼고 말았다. 거기야말로 이 정원 안에서 외톨이인 사람이 할 일 없어 보이거나 혼자임을 들키지 않고 얼쩡거릴 수 있는 유일한 장소였다.

더없이 어색한 기분을 덜기 위해 한잔 마시고 거나하게 취해 볼까 하는 참에 조던 베이커가 집 안에서 나오더니 대리석 계단 꼭대기에 서서 몸을 약간 뒤로 젖힌 채 깔보는 듯하면서도 흥미롭다는 표정으로 정원 아래를 내려다보았다.

싫든 좋든, 나는 지나가는 사람들에게 진지하게 말을 건네

려면 그전에 미리 누군가와 한패가 될 필요가 있다는 사실을 깨닫고 있었다.

"안녕하십니까!" 나는 그녀 쪽으로 다가가면서 크게 소리를 질렀다. 내 목소리가 정원을 가로질러 부자연스러울 정도로 크게 들리는 것 같았다.

"당신이 올지도 모른다고 생각했어요. 이웃에 산다는 걸 기억하고 있었거든요……." 내가 다가가자 그녀가 멍한 표정으로 대꾸했다.

그녀는 이제부터 곧 나를 잘 돌봐 주겠다고 약속이라도 하듯 아무 감정 없이 불쑥 내 손을 잡더니 층계 밑에 서 있는, 노란색 드레스를 입은 두 여자의 말에 귀를 기울였다.

"안녕하세요! 당신이 이기지 못해서 유감이에요." 두 여자가 함께 소리쳤다.

골프 시합을 두고 하는 이야기였다. 그녀는 지난주에 결승전에서 졌던 것이다.

"당신은 우리가 누군지 모를 거예요. 한 달 전에 여기서 만났는데." 노란 드레스를 입은 두 여자 중 하나가 말했다.

"그 뒤로 머리를 염색하셨네요." 조던이 대꾸했고, 나는 놀라 움찔했다. 그러나 그 여자들이 별생각 없이 계속 걸어가는 바람에 그녀의 말은 때 이르게 뜬 달을 향해 내뱉은 격이 되고 말았다. 요리 조달업자의 바구니에서 꺼내 놓은 저녁 식사 같은 달 말이다. 황금빛으로 그은 조던의 날씬한 팔이 내 팔을 감았고 우리는 계단을 내려가 정원 주위를 산책했다. 황혼 속에서 칵테일 쟁반이 우리에게 전달되자 우리는 노란 드레스를 입은 두 여자 그리고 저마다 우리에게 '멈블' 씨라고 소개한 세 남자와 함께 한 식탁에 앉았다.

"이런 파티에 자주 오나요?" 조던이 옆자리에 앉아 있는 여자에게 물었다.

"지난번 당신을 만났을 때가 마지막이었어요." 그 여자가 민첩하고 자신에 찬 목소리로 대답했다. 그녀는 친구 쪽으로 고개를 돌렸다. "루실, 너도 그렇지 않니?"

루실이라는 여자 역시 그렇다고 했다.

"난 이런 파티가 좋아요. 행동거지에 신경을 쓰지 않아도 되니 언제나 즐길 수 있거든요. 지난번에 여기 왔을 때는 의자에 걸려 옷이 찢어졌는데 그분이 내 이름과 주소를 묻더군요. 그러고는 일주일도 안 되어 크루아리에[21] 의상실에서 새 이브닝드레스 한 벌을 소포로 보내왔어요." 루실이 말했다.

"그래서 그것을 받았나요?" 조던이 물었다.

"물론이죠. 오늘 밤 그 옷을 입고 오려고 했지만 가슴 부분이 너무 커서 줄여야 해서요. 보라색 구슬이 달린 옅은 푸른색 드레스예요. 무려 265달러나 한다고요."

"그렇게 지나친 호의를 보이는 사람에게는 뭔가 수상한 구석이 있는 법이에요. 그 사람은 누구와도 말썽이 생기는 걸 원치 않아요." 또 다른 여자가 신나게 말했다.

"누가 그렇다는 겁니까?" 내가 물었다.

---

21) 1920년대 초 뉴욕시에는 이런 이름의 옷 가게가 없었다. 피츠제럴드는 맨해튼 5번가에 있던 모자 가게 '폴러 푸아레'에서 이름을 따온 듯하다.

"개츠비 씨요. 어떤 사람한테 들은 얘기로는요……."

두 여자와 조던은 허물없는 사이처럼 몸을 기울였다.

"어떤 사람한테 들은 얘기로는요, 그 남자는 사람을 죽인 적이 있대요."

우리는 모두 전율을 느꼈다. 세 명의 멈블 씨도 몸을 앞쪽으로 기울이고 열심히 듣고 있었다.

"난 그렇게 생각하지 않아. 그 사람이 전쟁 중에 독일 스파이였다는 말이 더 맞는 것 같아." 루실이 의심스럽다는 투로 말했다.

세 남자 중 하나가 확인이라도 해 주듯 고개를 끄덕였다.

"나는 독일에서 함께 자랐고 그에 관해서라면 모르는 것이 없는 사람한테서 그 얘기를 들었지요." 그가 우리에게 단정적으로 말했다.

"아, 아니에요. 그럴 리가 없어요. 왜냐하면 그 사람은 전쟁 중에 미군에 소속되어 있었거든요." 첫 번째 여자가 말했다. 우리가 그 말을 믿는 듯하자 그녀는 부쩍 열의를 보이며 몸을 앞으로 기울였다. "그가 가끔 주위에 아무도 없다고 생각할 때 짓는 표정을 보세요. 살인을 한 사람이 틀림없어요."

그녀는 눈살을 찡그리며 몸서리를 쳤다. 루실도 몸서리를 쳤다. 우리는 모두 고개를 돌려 개츠비가 어디 있는지 보려고 주위를 살폈다. 이 세상에는 수군거릴 만한 것이 별로 없다는 것을 잘 아는 사람들조차 그에 관해 수군거린다는 것은 그만큼 개츠비가 세상 사람들에게 낭만적인 추측을 불러일으키고 있다는 증거였다.

첫 번째 만찬이 나오기 시작할 무렵 ─ 자정이 되면 한 차례 더 나온다 ─ 조던은 정원의 다른 쪽 테이블에 자리 잡고 있는 자기 일행과 함께 식사하자며 나를 초대했다. 거기에는 결혼한 커플 세 쌍과 조던의 경호원 격으로 따라온 남자가 있었다. 그런데 그는 거칠고 풍자적인 얘기가 입에 붙은 끈덕진 대학생으로 조던이 조만간 자신에게 어떤 식으로든 굴복할 거라고 생각하는 모양이었다. 이들은 여기저기 돌아다니지 않고 한결같이 위엄 있는 태도를 유지하면서 시골의 차분하면서도 고상한 품위를 대표하는 역할을 떠맡고 있었다. 이스트에그 사람들은 짐짓 자신을 낮추는 듯한 겸손한 태도로 웨스트에그 사람들을 대하면서도 그들의 만화경 같은 쾌락을 조심스럽게 경계하고 있었다.

"우리, 밖으로 나가요." 어딘지 어색하고 어울리지 않는 분위기 속에서 삼십 분 정도를 보낸 뒤 조던이 속삭였다. "제가 있기엔 너무 점잖은 자리 같아요."

우리는 자리에서 일어났고, 그녀는 그 대학생에게 우리가 집주인을 찾으러 간다고 말했다. 그녀는 내가 개츠비를 한 번도 만나 본 적이 없기 때문이라고 했는데 그 말에 나는 왠지 마음이 불안했다. 대학생은 냉소적이면서 침울한 표정으로 고개를 끄덕였다.

우리가 제일 먼저 둘러본 바는 사람들로 붐볐지만 그곳에 개츠비는 없었다. 계단 꼭대기에도, 베란다에도 없었다. 어쩌다가 장엄해 보이는 문을 열고 천장이 높은 고딕식 서재로 들어가게 되었다. 영국산 참나무를 조각해 장식한 서재는 외국의 유적을 통째로 옮겨다 놓은 것 같았다.

건장한 중년 남자 하나가 커다란 올빼미 눈 모양의 안경을 끼고 약간 술에 취한 듯 큼직한 테이블 끄트머리에 앉아서 불안정한 눈빛으로 서가를 응시하고 있었다.[22] 우리가 들어서자 그는 흥분하여 의자를 한 번 획 돌리더니 조던을 머리에서 발끝까지 훑어보았다.

"어떻게 생각하시오?" 그가 성급하게 물었다.

"뭘 말입니까?"

그는 서가를 향해 손을 흔들어 댔다.

"저것들 말이오. 사실 직접 진위 여부를 확인할 필요도 없어요. 내가 이미 조사했으니까. 저것들은 다 진짜요."

"저 책들 말입니까?"

그는 고개를 끄덕였다.

"진짜 중에서도 진짜요……. 페이지도 빠진 게 없고 모든 게 다 있어요. 난 저것들이 그저 마분지로 만든 장식용 책일 거라고 생각했거든. 그런데 완전히 진짜인 거요. 이렇게 페이지도 있고……. 자, 여기 좀 보시오! 내가 직접 보여 드리리다."

우리가 당연히 의심하리라 생각한 그는 서가로 달려가 『스토더드 강연집』[23] 1권을 들고 돌아왔다.

---

22) 피츠제럴드의 절친한 친구인 작가 링 라드너를 모델로 삼은 것으로 알려져 있다. 라드너는 안경을 끼지도 몸집이 좋지도 않았지만 '올빼미 눈'이라는 별명을 갖고 있었다.

23) 미국의 저술가 존 L. 스토더드가 1897년부터 출간한 모두 열다섯 권에 이르는 강연집. 실제로는 여행기에 가깝다.

"자. 보시오!" 그가 의기양양하게 소리쳤다. "이건 진짜로 인쇄한 책이란 말이오. 처음에는 나도 속았지요. 이 집 주인은 데이비드 벨라스코[24] 같은 존재요. 이건 실로 대단한 위업이오. 얼마나 철두철미하냔 말이오! 놀라운 리얼리즘이라고요! 정도를 넘어서지도 않고……. 페이지를 칼로 자르지 않았소. 한데 여긴 왜 들어온 거요? 뭐, 찾는 물건이라도 있소?"

그는 나에게서 책을 낚아채서는 벽돌이 한 장이라도 빠지면 서가 전체가 무너질지도 모른다고 투덜거리며 급히 서가에 다시 꽂아 놓았다.

"누가 당신들을 데리고 왔소? 아니면 그냥들 온 거요? 나는 누가 데려다줍디다. 대부분이 누군가를 따라서 왔더군." 그가 따지듯 물었다.

조던은 재미있다는 듯 아무 대답도 없이 경계를 늦추지 않고 그를 바라보았다.

"나는 루스벨트라는 여자가 데려다줍디다." 그가 말을 이었다. "클로드 루스벨트 부인이오. 그녀를 아시오? 지난밤 어딘가에서 그녀를 만났지요. 나는 오늘까지 일주일 내내 술을 퍼마셨고, 그래서 서재에 와 앉아 있으면 술이 좀 깰 거라고 생각했소."

"그래, 깨셨나요?"

"조금은 깬 것 같소. 아직 확실하지는 않지만. 여기에 들어

---

24) 브로드웨이의 연극 감독. 사실주의 전통에 따라 현실과 매우 흡사하게 만든 무대 장치로 유명하다.

온 지 겨우 한 시간밖에 되지 않았거든. 내가 당신들한테 저 책 얘기를 했던가? 저것들은 진짜 책이오. 저 책들은……."

"벌써 얘기하셨어요."

우리는 그와 공손하게 악수를 하고 다시 밖으로 나갔다.

정원의 천막에서는 무도회가 벌어지고 있었다. 늙은이들은 품위도 지키지 않고 끝없이 원을 그리느라 젊은 여자들을 뒤로 밀어내고 있었고, 춤을 잘 추는 커플들은 구석에서 비틀거리면서도 우아하게 서로를 안고 춤을 추고 있었다. 그리고 혼자 온 여자들은 대부분 홀로 춤을 추거나 잠시 오케스트라에서 밴조나 타악기 연주자를 거들고 있었다. 한밤중이 되자 흥겨워하는 소리가 한층 고조되었다. 유명한 테너 가수가 이탈리아어로 노래를 불렀고, 이름난 알토 가수가 재즈풍으로 노래를 불렀다. 그 사이사이에 정원 곳곳에서 눈길을 끄는 '묘기'가 벌어졌고, 다른 한쪽에서는 행복하지만 공허한 웃음소리가 터져 나와 여름 하늘로 솟아올랐다. 무대에 오른 '쌍둥이'들은 — 바로 노란 드레스를 입고 있던 아가씨들이었다 — 시대극 의상을 입고 짐짓 어린애 흉내를 내고 있었다. 핑거볼보다 더 큰 잔으로 샴페인이 돌았다. 하늘에는 달이 좀 더 높이 떠올랐다. 롱아일랜드 해협에 떠 있는 세모꼴의 은빛 비늘이 잔디 위에서 두들겨 대는 둔탁하고 작은 밴조 소리에 맞춰 조금씩 떨리고 있었다.

나는 여전히 조던 베이커와 함께 있었다. 우리는 내 또래의 남자 한 명과 조금만 우스갯소리를 해도 미친 듯이 웃어 대는 수선스럽고 체구가 작은 아가씨와 같은 테이블에 앉아 있었다. 그제야 나는 흥이 나기 시작했다. 핑거볼 두 잔 정도의 샴페인을 마시자 눈앞에서 벌어지는 파티의 광경이 뭔가 의미 있고 중요하며 심원한 것으로 바뀌었다.

소란이 잠시 가라앉은 사이에 내 또래의 남자가 나를 보고 미소를 지었다.

"낯이 익습니다. 혹시 전쟁 때 제3사단에 근무하지 않았습니까?" 그가 정중하게 말했다.

"아, 그렇습니다만. 제9기관총 대대에 있었지요."

"난 1918년 6월까지 제7보병 연대에 있었거든요. 전에 어디선가 뵌 것 같았습니다."

우리는 한동안 비가 잦고 음산한 프랑스의 작은 마을에 관해 이야기를 나누었다. 얼마 전에 모터보트를 한 대 구입했는데 이튿날 아침에 타 볼 생각이라고 말하는 것으로 보아 그는 이 근처에 사는 게 틀림없었다.

"같이 타지 않겠습니까, 형씨? 바로 이 해협의 바다에서 말이지요."

"몇 시에요?"

"그쪽이 편한 시간이라면 아무 때나요."

막 그의 이름을 물어보려는 순간 조던이 주위를 둘러보며 미소를 지었다.

"이제는 기분이 좋으신 모양이죠?" 그녀가 물었다.

"많이 좋아졌어요." 나는 이렇게 대답하고 나서 방금 만난 남자 쪽으로 얼굴을 돌렸다. "저한테는 좀 익숙하지 않은 파티입니다. 아직 주인도 만나 보지 못했거든요. 전 저쪽 집에 삽니다……." 나는 손을 들어 저 멀리 보이지 않는 울타리를 가리켰다. "개츠비라는 분이 운전기사를 통해 제게 초대장을 보내왔더군요."

잠시 그는 내 말을 알아듣지 못한 듯 나를 쳐다보았다.

"내가 개츠비입니다." 그가 불쑥 말했다.

"뭐라고요!" 나는 소리를 질렀다. "아, 실례했습니다."

"아시는 줄 알았습니다, 형씨. 제가 주인 노릇을 제대로 못 했군요."

그는 사려 깊은 미소를 지었다. 아니, 사려 깊은 것 이상의 의미가 담겨 있는 미소였다. 영원히 변치 않을 듯한 확신을 내비치는, 평생 가도 네댓 번밖에는 만날 수 없는 보기 드문 미소 말이다. 한순간 외부 세계를 대면하고 있는 ― 또는 대면하고 있는 듯한 ― 미소였고, 또한 어쩔 수 없이 당신을 좋아할 수밖에 없으며 당신에게 온 정신을 쏟겠다고 맹세하는 듯한 미소였다. 당신이 이해받고 싶은 만큼 당신을 이해하고, 당신이 스스로 믿는 만큼 당신을 믿으며, 당신이 전달하고 싶어 하는 최상의 호의적인 인상을 분명히 전달받았노라고 말해 주는 미소였다. 바로 그 순간 그 미소가 갑자기 사라져 버렸다 ― 어느새 내 앞에는 서른 하고도 한두 살 더 먹은 단정하지만 좀 버릇없는 젊은이가 있을 뿐이었다. 그런데 그의 격식을 차린 말투는 어리석다는 인상에서 가까스로 벗어날 정도였다. 자기소개를 하기 얼마 전까지만 해도 말을 조심스럽게 골라 쓰고 있다는 인상이 강하게 들었다.

개츠비가 자신의 정체를 밝힌 뒤 바로 집사가 급히 그에게

다가와 시카고에서 전화가 걸려 왔다고 전했다. 그는 우리를 한 사람씩 차례로 돌아보면서 고개를 살짝 숙이며 실례하겠다고 말했다.

"뭐든지 필요하신 게 있으면 부탁하십시오, 형씨." 그가 나에게 간곡히 말했다. "그럼 이만 실례하겠습니다. 나중에 다시 뵙지요."

그가 자리를 뜨자마자 나는 즉시 조던 쪽으로 몸을 돌렸다. 내가 얼마나 놀랐는지 그녀에게 확인시켜 줘야 할 것 같았기 때문이다. 나는 개츠비 씨가 혈색 좋고 뚱뚱한 중년 신사일 거라고 생각했던 것이다.

"저 사람은 도대체 뭐 하는 사람입니까? 뭐 아는 게 있나요?" 내가 물었다.

"그냥 개츠비라는 이름을 가진 사람일 뿐이에요."

"어디 출신이냔 말이지요. 그리고 뭘 하는 사람이고요?"

"이젠 당신도 그 화제에 발동이 걸리셨군요." 그녀는 살짝 미소를 띠며 대답했다. "글쎄요, 언젠가 내게 자신이 옥스퍼드 대학 출신이라고 말해 주더군요."

개츠비의 희미한 배경이 드디어 형태를 잡아 가는 듯했지만 그녀의 다음 말이 찬물을 끼얹었다.

"하지만 난 믿지 않아요."

"왜 믿지 않죠?"

"잘 모르겠어요." 그녀가 힘주어 말했다. "어쩐지 그가 그 학교를 다녔을 것 같지 않아요."

그녀의 말투 어딘가에서 "내 생각엔 그 사람이 살인을 한 것 같아요."라고 한 다른 여자의 말이 떠오르자 호기심이 일었다. 개츠비가 루이지애나주의 습지대 출신이거나 뉴욕시의 남쪽 이스트사이드 아래쪽 출신이라고 해도 믿었을는지 모른다. 그럴싸한 일이니까. 하지만 젊은 사람들이 —— 적어도 시골에서 자란 나의 미천한 경험으로 미뤄 본다면 —— 어디인지도 모를 곳에서 뻔뻔스럽게 흘러 들어와 롱아일랜드 해협에 궁전 같은 저택을 사지는 않았다.

"어쨌든 그 사람은 굉장히 성대한 파티를 열지요." 자질구레한 얘기라면 딱 질색이라는 듯 조던은 화제를 돌렸다. "그리고 난 이렇게 성대한 파티가 좋아요. 남의 눈에 잘 띄지 않잖아요. 작은 파티에는 프라이버시가 없거든요."

베이스 드럼 소리가 크게 울리더니 갑자기 오케스트라 지휘자의 목소리가 정원의 떠들썩한 소리를 압도하면서 크게 울렸다.

"신사 숙녀 여러분." 그가 큰 소리로 외쳤다. "개츠비 씨의 요청으로 여러분을 위해 블라디미르 토스토프[25] 씨의 최근 작품을 연주하도록 하겠습니다. 이 작품은 지난 5월 카네기홀에서 성황리에 연주되었습니다. 신문을 읽으신 분은 아시겠지만 커다란 센세이션을 불러일으킨 작품이지요." 그는 일부러 공손한 태도로 유쾌하게 미소를 짓고는 이렇게 덧붙였다. "반응이 엄청났지요!" 그러자 모든 사람이 웃음을 터뜨렸다.

---

25) 실제 작곡가가 아니라 피츠제럴드가 러시아 작곡가 비슷하게 이름 붙인 허구의 인물이다.

"이 작품은 「블라디미르 토스토프의 세계 재즈사」로 알려져 있습니다." 그가 힘차게 말을 맺었다.

토스토프의 음악은 내 귀에 제대로 들어오지 않았다. 연주가 시작되자마자 대리석 계단 위에 혼자 서서 여기저기 모여 있는 사람을 흐뭇한 시선으로 둘러보고 있는 개츠비의 모습이 눈에 띄었기 때문이다. 햇볕에 그은 피부는 보기 좋게 팽팽했고, 짧게 깎은 머리카락은 날마다 단장하는 것처럼 단정해 보였다. 그에게서 수상쩍은 그림자는 하나도 찾아볼 수 없었다. 술을 마시지 않는다는 사실 말고는 손님들과 다른 점이 별로 없는 것 같았다. 손님들이 흥에 겨워 떠드는 소리가 커질수록 그는 더욱 빈틈없어 보였다. 「세계 재즈사」 연주가 끝나자 강아지처럼 다정하게 남자의 어깨 위에 머리를 기대는 여자도 있었고, 누군가가 받쳐 주겠거니 생각하고는 남자들의 팔 쪽으로, 심지어 사람들 속으로 장난스럽게 몸을 젖혀 넘어지는 여자들도 있었다. 하지만 누구 한 사람 개츠비한테 몸을 던지지 않았고, 프랑스식 단발머리를 한 여자 중 누구도 개츠비의 어깨를 건드리지 않았으며, 개츠비를 중심으로 노래를 부르는 사중창단도 없었다.

"실례합니다."

개츠비의 집사가 갑자기 우리 옆에 나타났다.

"미스 베이커이십니까?" 그가 물었다. "죄송합니다만 개츠비 씨가 조용히 단둘이서 뵙고 싶다고 하십니다."

"나하고요?" 그녀가 놀라서 소리쳤다.

"네, 그렇습니다."

그녀는 놀랍다는 듯 나한테 눈썹을 추켜올려 보이면서 천천히 자리에서 일어나 집사를 따라 집 쪽으로 걸어갔다. 그녀는 이브닝드레스를 차려입고 있었지만, 이브닝드레스뿐만 아니라 어떤 옷을 입어도 꼭 운동복을 입은 듯했다. 그녀는 맑고 상쾌한 아침에 골프장에서 처음 골프를 배우는 사람처럼 경쾌하게 움직였다.

나는 혼자 남았고, 시간은 벌써 새벽 2시로 접어들고 있었다. 테라스 위쪽에 걸려 있는 창 많은 길쭉한 방에서 한동안 소란스럽지만 흥미를 끄는 소리가 들려왔다. 코러스를 하는 여자 둘과 함께 음담패설을 하면서 나더러 같이 어울리자던 조던의 대학생 경호원을 피해 나는 집 안으로 들어갔다.

큼직한 방은 사람들로 가득 차 있었다. 노란 드레스를 입은 아가씨 중 하나는 피아노를 치고 있었고, 그녀 옆에는 유명한 코러스 출신의 키가 크고 머리카락이 붉은 젊은 부인이 서서 노래를 부르고 있었다. 샴페인을 꽤 많이 마신 그 여자는 노래를 부르는 동안 터무니없게도 세상사가 온통 슬프디슬픈 일뿐이라고 결론을 내린 듯했다. 그녀는 노래를 부를 뿐만 아니라 또한 흐느껴 울고 있었다. 노래를 부르다 멈출 때마다 숨을 헐떡이며 단속적으로 흐느끼고, 다시 떨리는 소프라노로 가사를 이어 나갔다. 눈물이 그녀의 두 뺨을 타고 흘러내렸다 ─ 물론 눈물이 주르르 흘러내리는 것은 아니고 두껍게 칠한 속눈썹에 닿아 먹물이 되어 검은 실개천처럼 천천히 얼굴 위를 흘러내렸다. 얼굴에 그려진 악보대로 노래하는 모양이라고 누군가가 우스갯소리를 하자 그녀는 두 손을 번쩍 들어 올리고 의자에 푹 파묻혀 취한 채로 깊은 잠에 곯아떨어졌다.

"저 여자는 자기가 남편이라고 주장하는 어떤 남자와 다퉜어요." 내 곁에 있는 여자가 설명해 주었다.

나는 주위를 살펴보았다. 아직까지 남아 있는 여자들은 대부분 남편이라는 남자들과 다투고 있었다. 조던의 일행으로 이스트에그에서 온 두 부부조차 말싸움을 한 뒤 서로 떨어져 있었다. 한 남자가 호기심에 가득 차서 젊은 여배우에게 말을 걸자 그의 아내는 품위 있게 무관심한 척하며 짐짓 웃어넘기려고 하다가 순식간에 완전히 이성을 잃고 측면 공격을 퍼부었다. 말이 끊어진 틈을 타서 갑자기 각이 진 다이아몬드처럼 성마르게 남편에게 다가가 그의 귀에 대고 "당신 약속했잖아요!" 하고 소리를 질렀다.

집에 가기 싫어하는 것은 바람난 사내들뿐만이 아니었다. 지금 홀은 유감스럽게도 술에 취하지 않은 두 남자와, 몹시 화가 난 그들의 부인들이 점령하고 있었다. 부인들은 약간 격양된 목소리로 서로를 위로하고 있었다.

"내가 기분을 좀 내려고 할 때면 으레 우리 집 양반은 집에 가자고 해요."

"그렇게 이기적인 소리는 평생 처음 듣네요."

"우리는 언제나 맨 먼저 집에 가요."

"우리도 그래요."

"어쩌지, 오늘 밤은 우리가 거의 맨 마지막까지 남아 있는 손님이 되었는데." 두 남자 중 하나가 나지막한 목소리로 말했다. "오케스트라는 벌써 삼십 분 전에 가 버렸고."

남편들이 그렇게 심술궂게 나오니 믿기 어렵다고 부인들이 입을 모았지만 언쟁은 짧은 승강이로 끝나 버리고 두 부인은 발버둥 치면서 밤 속으로 끌려 나가고 말았다.

홀에서 하인이 모자 가져오기를 기다리는 사이 서재 문이 열리더니 조던 베이커와 개츠비가 함께 걸어 나왔다. 개츠비가 뭔가 마지막으로 그녀에게 말을 하고 있었지만, 손님 몇이 그에게 작별 인사를 하려고 다가가자 그의 열성적인 태도가 갑자기 형식적인 태도로 딱딱하게 굳어졌다.

조던의 일행이 현관에서 그녀를 재촉하고 있었지만 그녀는 악수를 하느라고 잠시 머뭇거렸다.

"방금 참으로 놀라운 얘기를 들었어요. 우리가 저기서 얼마나 오래 있었나요?" 그녀가 속삭였다.

"글쎄요, 한 시간쯤 됐을 거요."

"이건……. 정말로 놀라운 얘기예요." 그녀가 얼빠진 표정으로 반복했다. "하지만 아무한테도 말하지 않겠다고 맹세했으니 당신을 이렇게 애태울 수밖에 없네요." 그녀는 내 얼굴에다 대고 우아하게 하품을 했다. "저에게 연락 주세요……. 전화부에서…… 시고니 하워드 부인 이름으로…… 제 숙모예요……." 그녀는 이렇게 말하면서 서둘러 걸어 나갔다. 갈색 손을 흔들어 쾌활하게 인사하면서 문간에 서 있는 그녀의 일행 속으로 사라져 버렸다.

나는 처음 방문한 주제에 너무 늦게까지 남아 있는 게 좀 부끄러웠지만 개츠비를 중심으로 모여 있는 손님들과 마지막까지 어울렸다. 초저녁부터 그를 찾아다녔으며 아까 정원에서 알아보지 못해서 미안하다는 말을 하고 싶었다.

"그런 말씀 마십시오." 그가 힘주어 대답했다. "그렇게 신경 쓰지 마세요, 형씨." 나를 안심시키듯 어깨를 토닥이는 그의 손길이 '형씨'라는 친근한 표현보다 훨씬 친밀하게 느껴졌다. "내일 아침 9시에 모터보트 타기로 한 것 잊지 마십시오."

그때 집사가 그의 뒤에서 말했다.

"필라델피아에서 전화가 걸려 왔습니다."

"알았어. 잠깐만 기다려. 곧 간다고 해……. 자, 그럼 안녕히 들 가십시오."

"안녕히 주무세요."

"안녕히 가세요." 그는 미소를 지었다. 마치 그가 오랫동안 그러기를 늘 원했던 것처럼, 갑자기 내가 맨 마지막까지 남아 있는 손님 사이에 있다는 사실에 어떤 기분 좋은 의미심장함이 담겨 있는 듯했다.

"안녕히 가시오, 형씨……. 안녕히 주무시오."

하지만 층계를 내려가면서 나는 파티가 아직 완전히 끝나지 않았다는 것을 깨닫게 되었다. 정문에서 15미터쯤 떨어진 곳에 열두서너 개가 넘는 헤드라이트가 기괴하고 떠들썩한 광경을 비추고 있었다. 개츠비의 차고를 나온 지 채 이 분도 안 된 신형 쿠페 승용차가 바퀴 하나가 빠진 채 오른쪽을 위로 하고 길 옆 도랑 속에 처박혀 있었다. 담이 삐죽 튀어나와 있어 타이어가 빠진 모양으로, 호기심 많은 운전기사 대여섯 명이 주의 깊게 쳐다보고 있었다. 그러나 그들이 차를 멈추고 길을 가로막고 있는 동안 뒤에 있는 차들이 신경질적으로 경적을 울려 대는 바람에 안 그래도 정신없는 광경이 더욱 혼란스러웠다.

기다란 먼지막이 코트를 입은 남자가 부서진 차에서 내려와 길 한복판에 서서 유쾌하면서도 당황스러운 표정으로 차를 쳐다본 뒤 타이어를 쳐다보고, 다시 타이어에서 구경꾼들로 시선을 옮겼다.

"이런! 차가 도랑에 빠졌군그래." 그가 소리쳤다.

차가 빠졌다는 사실에 그는 몹시 놀란 모양이었다. 나는 처음에는 놀라는 모습이 예사롭지 않구나 생각하다가 이내 그가 누군지 알아보았다. 바로 아까 개츠비의 서재에 죽치고 앉아 있던 단골손님이었다.

"어떻게 된 겁니까?"

그는 어깨를 으쓱거렸다.

"난 기계에 대해선 문외한입니다." 그가 단호하게 말했다.

"하지만 어쩌다 저렇게 됐지요? 벽으로 몰아넣은 겁니까?"

"저한테 묻지 마십시오." 이 사건에 대해 아는 바 없다는 듯 올빼미 눈의 남자가 말했다. "난 운전에 대해 잘 몰라요…….아무것도 모르는 것과 다름없지요. 어쨌든 일이 이렇게 되고말았고, 내가 아는 건 고작 그것뿐이오."

"참, 운전에 서툴면 한밤중에 운전을 하지 말았어야죠."

"하지만 난 운전하려던 게 아니었소." 그가 화가 나서 설명했다. "전혀 그럴 생각이 없었다고요!"

구경꾼들은 겁에 질린 듯 입을 다물었다.

"그럼 자살하려고 했나요?"

"바퀴 하나만 빠진 게 천만다행이지요! 서툰 운전사가 운전을 하려고도 하지 않았다니!"

"모르시는 말씀!" 범인 취급을 받던 사람이 덧붙였다. "내가 운전한 게 아니란 말이오. 차 안에 사람이 또 있소이다."

이 말을 듣고 사람들은 충격을 받았고, 그제야 자동차 문이 천천히 열리면서 "아, 아, 아!" 하는 신음 소리가 들렸다. 군중은 — 이제 정말 군중이라 불러도 좋은 정도가 되었다 — 무의식적으로 뒤로 물러섰고, 자동차 문이 활짝 열리자 유령이라도 본 것처럼 모두 꼼짝하지 않았다. 그러자 창백한 사람 하나가 매달린 채 비틀거리며 아주 천천히, 그야말로 아주 천천히 부서진 차에서 나오더니 발에 잘 맞지도 않는 큼직한 무용 신발을 신은 발로 시험해 보듯 땅을 디뎠다.

밝은 헤드라이트 불빛 때문에 앞이 잘 보이지 않는 데다 끊임없이 울려 대는 경적 때문에 유령 같은 그 사람은 먼지막이 코트를 입은 사람을 알아볼 때까지 잠시 몸을 가누지 못한 채 불안하게 서 있었다.

"어떻게 된 일이오?" 그가 조용히 물었다. "휘발유가 떨어진 거어요?"

"저기 좀 봐요!"

대여섯 명이 동시에 손가락으로 빠져나간 타이어를 가리켰다. 그는 잠깐 그것을 응시하더니 하늘에서 떨어진 것이 아닌가 싶은 듯 하늘을 쳐다보았다.

"바퀴가 빠져 버렸어요." 누군가가 설명했다.

그러자 그는 고개를 끄덕거렸다.

"처음에 난 차가 멈추운 걸 몰라았어요."

그 사람은 잠시 말이 없었다. 그러고 나서 길게 숨을 푹 내쉬더니 두 어깨를 펴고 결연한 목소리로 이렇게 말했다.

"주유우소가 어디 있는지 아시는 분 있소오이까?"

적어도 열 명이 넘는 사람들이 — 그들 중 일부는 차에서 기어 나온 사람보다 상태가 더 나을 게 없었지만 — 그에게 바퀴가 더 이상 자동차에 붙어 있지 않다고 설명해 주었다.

"차를 뒤로 빼요." 그가 잠시 뒤 제안했다. "후진 기어를 넣어 봐요."

"하지만 바퀴가 빠져 버렸다니까 그러시네!"

그는 머뭇거렸다.

"한번 시도해 본다고 나쁠 건 없잖아요." 그가 말했다.

빵빵거리는 경적 소리가 점점 커지자 나는 몸을 돌려 잔디밭을 가로질러 집으로 향했다. 나는 힐끗 뒤를 한 번 돌아보았다. 그날도 어김없이 웨이퍼 과자²⁶⁾ 같은 달이 개츠비의 저택 위를 환히 비추고 있었다. 전과 같이 아름답게 밤하늘을 장식했고, 아직도 환하게 불 밝힌 정원의 웃음소리와 말소리보다 더 오래도록 남아 있었다. 그때 갑자기 창문과 큼직한 문에서 공허감이 흘러나와 현관에 서서 한 손을 쳐들고 정중하게 작별 인사를 보내고 있는 집주인의 모습을 완벽한 고독으로 에워싸기 시작했다.

---

26) 밀가루, 설탕, 달걀, 레몬즙 따위를 섞어 틀에 넣고 살짝 구운 다음 두 쪽 사이에 크림이나 초콜릿을 끼워서 만드는 과자.

지금까지 내가 써 놓은 것을 읽어 보면 몇 주일 간격으로 사흘 밤 동안 일어난 사건들에 내가 완전히 사로잡혀 있는 것 같은 인상을 줄는지 모른다. 하지만 그와 반대로 이 모든 일은 다만 사람들로 붐비던 어느 여름에 일어난 우연한 사건들에 지나지 않는다. 시간이 한참 지난 뒤까지도 나는 그 사건들보다는 내 개인적인 일에 훨씬 더 관심이 많았다.

나는 주로 일을 하며 시간을 보냈다. 이른 아침 내가 프로비티 신탁 회사를 향해 뉴욕시 남쪽의 하얀 건물들 사이를 급히 내려갈 때면 태양은 내 그림자를 서쪽으로 드리웠다. 나는 친하게 지내는 사무원이나 젊은 채권 판매업자 들과 함께 어둡고 북적대는 식당에서 돼지 소시지 작은 것과 으깬 감자, 커피로 점심을 때웠다. 나는 저지시티에서 살면서 경리과에서 일하고 있는 아가씨와 짧게나마 연애도 했다. 그런데 그녀의 오빠가 나를 못마땅한 눈빛으로 흘겨보기 시작하는 바람에, 그녀가 7월에 휴가를 떠나자 그것을 계기로 우리의 관계가 조용히 정리되도록 내버려 두었다.

나는 보통 예일 클럽[27]에서 저녁을 먹었다. 무슨 이유 때문인지는 알 수 없지만 이때가 하루 중 가장 우울한 시간이었다. 식사를 마치고 나면 위층 도서실에 올라가 한 시간 넉넉히 투자와 채권에 관해 공부했다. 클럽에는 시끄러운 녀석도 몇 명 있긴 했지만 그들은 도서실까지는 절대로 들어오지 않기

27) 예일 대학교 졸업생과 교수를 위한 클럽으로 맨해튼 그랜드센트럴역 근처에 있다.

때문에 그곳은 공부하기 좋은 장소였다. 공부를 끝낸 뒤 밤 날씨가 따뜻하면 나는 매디슨가를 따라 어슬렁어슬렁 내려가 그 유서 깊은 머리 호텔을 지나 33번가 너머 펜실베이니아역 까지 걸어갔다.

나는 뉴욕이 좋아지기 시작했다. 활기 넘치고 모험으로 가득한 밤의 분위기와 끊임없이 명멸하는 남녀와 자동차 들이 들뜬 눈동자에 안겨 주는 만족감이 마음에 들기 시작한 것이다. 나는 5번가를 걸어 올라가 군중 속에서 낭만적인 여자들을 골라내 몇 분 안에 그들의 삶 속에 들어가는 상상을 하며 즐겼다. 어느 누구도 그 사실을 눈치채거나 그러지 말라고 말리지 않을 것이다. 때로는 마음속으로 보이지 않는 길모퉁이에 있는 아파트까지 그 여자들을 따라가 그들이 문을 열고 따뜻한 어둠 속으로 사라지기 전에 뒤돌아서서 나를 향해 미소 짓는 모습을 혼자 상상해 보기도 했다. 때때로 나는 마법에 걸린 듯한 대도시의 황혼 녘에 주체할 수 없는 고독감을 느꼈고, 사람들에게서도 그런 느낌을 받았다. 가령 식당에서 외롭게 저녁 식사 시간을 기다리면서 쇼윈도 앞에서 서성대는 가난한 젊은 사무원들, 밤과 삶에서 가장 강렬한 순간들을 낭비하며 어스름 속을 헤매는 젊은 사무원들에게서 말이다.

다시 8시가 되어 40번가의 어두운 골목에 극장가를 향하는 택시들이 부릉부릉 소리를 내며 다섯 줄로 서 있을 때, 나는 가슴이 철렁 내려앉는 느낌이었다. 택시에 탄 사람들은 차가 떠나기를 기다리며 서로 몸을 기댔고, 노래도 불렀으며, 들리지 않지만 무슨 농담을 듣고 웃어 대기도 했다. 담뱃불의 움직임만으로 택시 안의 알 수 없는 몸짓을 어렴풋하게나마 알아볼 뿐이었다. 나 역시 즐거운 일을 향해 서둘러 가고 있다고 상상하고 그들의 은밀한 흥분을 나누며 그들에게 행운을 빌어 주었다.

나는 한동안 조던 베이커를 보지 못하다가 한여름에야 그녀를 다시 만났다. 처음에는 그녀가 골프 챔피언이라 모든 사람이 그녀의 이름을 알았기 때문에 우쭐한 마음에 그녀와 여기저기 쏘다녔다. 그러다가 상황이 그 이상의 뭔가로 발전했다. 실제로 그녀를 사랑하지는 않았지만 애정이 깃든 호기심 같은 감정을 느끼게 되었다. 그녀가 세상을 향해 쳐든 따분해하는 거만한 얼굴에는 뭔가가 숨겨져 있었다. 비록 처음에는 그렇지 않았더라도 대부분의 가식은 결국 뭔가를 숨기고 있게 마련이다. 그런데 어느 날 나는 마침내 그것이 무엇인지 알아냈다. 우리가 워릭[28]에서 열린 파티에 함께 갔을 때 그녀가 빌려 온 자동차의 지붕을 열어 놓은 채 빗속에 세워 두고는 그것에 대해 거짓말을 했던 것이다. 그러자 문득 나는 데이지의 집에 갔던 날 밤에는 미처 떠오르지 않았던 그녀에 관한 이야기가 기억났다. 처음으로 참가한 중요한 골프 대회에서 거의 신문에까지 날 뻔한 한 소동이 있었다. 준결승 때 치기 어려운 곳에 떨어진 골프공을 치기 쉬운 곳으로 슬쩍 옮겨 놓았다는 소문이 돌았던 것이다. 그 사건은 스캔들 수준으로까지 확대되다가 갑자기 유야무야되고 말았다. 캐디 한 사람이 진

---

28) 뉴욕주 북쪽에 위치한 교외로 주로 중산층이 산다.

술을 번복했고, 단 한 명뿐이던 목격자는 어쩌면 자신이 잘못 보았을지도 모른다고 발뺌했던 것이다. 그러나 그 사건과 그 이름은 내 뇌리에 여전히 남아 있었다.

조던 베이커는 영리하고 약삭빠른 사람을 본능적으로 피했다. 이제 와 생각해 보니 규범에서 조금이라도 어긋나는 행동이 용납되지 않는 곳에서 오히려 마음이 놓이기 때문인 듯했다. 그녀는 어떻게 구제할 수 없을 정도로 부정직했다. 불리한 입장에 서는 것을 참지 못했고, 상황이 마음에 들지 않으면 이 세상에 차갑고 오만한 미소를 보이면서도 자신의 강인하고 발랄한 육체의 욕구를 충족시키려고 아주 어릴 적부터 속임수와 거래해 왔던 것 같다.

그렇다고 해서 내 마음이 달라진 것은 아니었다. 여자의 부정직함이란 그렇게 심하게 나무랄 것이 못 된다. 그때 나는 문득 순간적으로 섭섭한 마음이 들었지만 곧 잊어버리고 말았다. 우리가 자동차 운전에 관해 묘한 대화를 주고받은 것도 바로 그 워릭에서 열린 파티에서였다. 이야기의 발단은 그녀가 노동자들 곁으로 차를 바싹 몰고 가다가 그만 차의 흙받기로 그중 한 사람의 윗도리 단추를 가볍게 건드린 일이었다.

"운전 솜씨가 형편없군요. 좀 더 조심하든가, 아니면 아예 운전을 하지 말든가 해야겠어요." 내가 다그쳤다.

"조심하고 있어요."

"아니, 조심하지 않잖아요."

"그럼 다른 사람들이 조심하겠죠." 그녀가 대수롭지 않게 대꾸했다.

"아니, 그게 무슨 상관이란 말이오?"

"그 사람들이 비켜 갈 게 아니냔 말이에요." 그녀는 계속 자기 주장을 굽히지 않았다. "사고가 나려면 양쪽 다 실수를 해야 한다고요."

"만약 당신처럼 부주의한 사람을 만나면 어쩌려고요?"

"그럴 일이 없기를 바라야지요. 난 조심성 없는 사람을 끔찍이도 싫어하거든요. 당신을 좋아하는 이유도 거기 있지요." 그녀가 대답했다.

햇빛 때문에 긴장한 그녀의 잿빛 눈은 곧장 앞을 바라보고 있었지만 그녀는 의도적으로 우리의 관계를 변화시켰던 것이다. 잠깐 동안 나는 그녀를 사랑한다고 생각했다. 하지만 나는 생각이 느린 데다가 욕망에 브레이크를 거는 내면의 규칙도 많이 지니고 있었다. 무엇보다도 먼저 고향에서 있었던 연애 사건에서 확실히 빠져나오는 것이 급선무라는 것을 잘 알았다. 나는 일주일에 한 번씩 "당신의 사랑하는 닉"이라고 서명한 편지를 그녀에게 보냈지만, 그때 생각나는 것이라고는 그 아가씨가 테니스를 칠 때 윗입술에 콧수염처럼 살며시 땀방울이 맺힌다는 것뿐이었다. 하지만 그 정도의 관계일지라도 확실히 끊어 버리지 않고서는 자유로워질 수 없었다.

사람은 누구나 자신이 기본 덕목 중 적어도 한 가지는 갖추고 있다고 생각하는데 나에게도 그러한 덕목이 있다. 즉 나는 내가 아는, 얼마 안 되는 정직한 사람 중 하나이다.

4

일요일 아침, 교회 종소리가 해변가 마을에 울려 퍼지는 동안 세상 사람들이 자신의 아내를 데리고 개츠비의 저택으로 돌아와 잔디밭에 찬란한 빛을 뿌리고 있었다.

"그 사람은 밀주업자[29]래요." 젊은 부인들은 개츠비의 칵테일과 꽃 사이를 오가며 말했다. "자기가 폰 힌덴부르크[30]의 조카이자 그 악마와 육촌 사이라는 사실을 알아낸 남자를 죽였대요. 여보, 장미꽃 한 송이 집어 줘요. 그리고 저기 있는 크리스털 잔에 마지막 한 방울까지 따라 줘요."

---

29) 수정헌법 18조에 따라 미국에서는 1919년부터 1933년까지 금주법이 시행되었다. 이때 불법으로 밀주를 판매하는 사람을 '밀주업자'라고 불렀다.
30) 독일의 군인이자 정치가. 1차 세계 대전 중 독일군 원수로 참전했으며 공화국 제2대 대통령을 지낸 뒤 아돌프 히틀러에게 권좌를 물려주었다.

언젠가 나는 기차 시간표의 빈자리에다 그해 여름 개츠비의 저택에 왔던 사람들의 이름을 적어 놓은 적이 있다. 이제는 쓸모없는 낡은 종이 쪼가리가 되어 접힌 부분이 다 해진 그 시간표 위쪽에는 "이 시간표는 1922년 7월 5일까지만 유효함." 이라고 적혀 있었다. 그러나 나는 지금도 희미하게 남아 있는 그 이름들을 알아볼 수 있다. 아마 그 이름들은 개츠비의 환대를 받고도 그에 관해 아무것도 모른다고 아리송한 찬사를 보내던 사람들에 대해 개략적으로 말하는 것보다 훨씬 뚜렷한 인상을 줄 것이다.

이스트에그에서는 체스터 베커 부부, 리치 부부, 예일 대학교에서 알고 지내던 번슨이라는 남자, 지난여름 메인주에서 물에 빠져 죽은 웹스터 시베트 박사가 왔다. 혼빔 부부, 윌리 볼테어 부부, 항상 구석에 모여 있다가 누가 가까이 접근하면 마치 염소처럼 코를 벌름거리던 블랙벅 문중 사람들이 모두 몰려왔다. 또한 아이스메이 부부, 크리스티 부부(차라리 휴버트 아우어바흐와 크리스티 씨의 아내라고 해야 할 것이다.)와 소문에 따르면 어느 겨울 오후 특별한 이유도 없이 머리카락이 솜처럼 하얗게 변했다는 에드거 비버가 왔다.

내 기억으로는 클래런스 엔다이브도 이스트에그에서 온 사람이었다. 그는 딱 한 번, 하얀 니커보커스[31]를 입고 왔는데, 그때 정원에서 에티라는 부랑자와 싸움을 벌였다. 롱아일랜드의 좀 더 멀리 떨어진 곳에서는 치들 부부, O. R. P. 슈레이

---

31) 무릎 근처에서 졸라매게 되어 있는 느슨한 바지.

더 부부, 조지아주의 스톤월 잭슨 에이브럼스 부부, 피시가드 부부, 리플리 스넬 부부가 왔다. 스넬은 주 형무소에 들어가기 사흘 전 개츠비의 집에 왔는데 몹시 술에 취해 자갈 깔린 진입로에 자빠져 있다가 율리시스 수웨트 부인의 자동차에 그만 오른손을 치이고 말았다. 댄시 부부도 왔고, 예순이 훨씬 넘은 S. B. 화이트베이트, 모리스 A. 플링크, 해머헤드 부부 그리고 담배 수입업자인 벨루거와 그의 딸들도 왔다.

웨스트에그에서는 폴 부부, 멀레디 부부, 세실 로벅과 세실 쉰, 주 의회 상원 의원인 굴릭, '필름스 파 엑설런스' 영화사를 장악하고 있는 뉴턴 오키드, 에크하우스트, 클라이드 코언, 돈 S. 슈워츠(아들), 아서 매카티 등이 왔는데, 그들은 하나같이 영화와 이런저런 관계가 있는 사람들이었다. 또한 캐틀립 부부, 뱀버그 부부, 뒷날 자기 아내를 살해한 바로 그 멀둔과 형제간인 G. 얼 멀둔도 왔다. 흥행사인 다 폰타노도 왔고, 에드 리그로스와 제임스 B. ('롯것'[32]) 페리트, 드종 부부, 어니스트 릴리가 왔다. 그들은 도박을 하러 온 것이었는데, 페리트가 정원을 어슬렁거리고 다니면 그의 호주머니가 깨끗이 털렸고, 그것은 이튿날 '연합 운송' 회사의 주가가 올라야 한다는 뜻이었다.

클립스프링어라는 사람은 그 저택에 하도 자주 그리고 하도 오래 머무른 탓에 '하숙생'으로 통했다. 그에게 다른 집이 있었는지 의심스럽다. 연극에 관계하는 인사들로는 거스 웨이

---

32) 독주(毒酒). 또는 싸구려 술이나 질이 낮은 술.

즈, 호레이스 오도너번, 레스터 마이어, 조지 덕위드, 프랜시스 불이 왔다. 또한 뉴욕시에서 온 인사로는 크롬 부부, 백히슨 부부, 데니커 부부, 러셀 베티, 코리건 부부, 켈러허 부부, 듀워 부부, 스컬리 부부, S. W. 벨처, 스머크 부부, 지금은 이혼한 젊은 퀸 부부 그리고 타임스 스퀘어³³⁾에서 지하철에 뛰어들어 자살한 헨리 L. 팔미토가 있었다.

베니 매클리너핸은 언제나 젊은 아가씨 네 명을 데리고 왔다. 올 때마다 다른 여자들이었지만 외모가 몹시 비슷해 아무래도 전에 온 적이 있는 듯했다. 나는 그들의 이름을 잊어버렸다. 재클린이라는 이름이 있었던 것 같고, 콘수엘라나 글로리아, 주디, 그것도 아니라면 준이라는 이름도 있었던 것 같다. 그들의 성(姓)은 꽃 이름이나 달[月] 이름을 딴 음악적인 것이었거나, 아니면 미국의 엄청난 대자본가들의 좀 더 엄숙한 이름이었을 텐데, 꼬치꼬치 캐물으면 아마 그 자본가들의 사촌뻘이 된다고 고백했을지도 모른다.

이 사람들 말고는 포스티나 오브라이언이 적어도 한 번은 왔던 것으로 기억나고, 베데커 가문의 딸들과 전쟁 중에 총에 맞아 코가 날아가 버린 청년 브루어, 올브럭스버거 씨와 그의 약혼녀인 미스 하그, 아디터 피츠피터스, 미국 재향 군인회 회장을 지낸 P. 주웨트 씨, 자신의 운전기사라고 알려진 남자와 같이 온 미스 클로디아 히프, 그리고 우리가 공작이라고 부른

---

33) 뉴욕시 맨해튼 한가운데에 있는 거리로 극장과 식당이 즐비한 번화가이다.

무슨 왕자인가 하는 사람이 있었는데 그의 이름은 설령 알았다 해도 지금은 잊어버리고 말았다.

이 사람들 모두가 그해 여름 개츠비의 저택에 왔다.

7월 하순 어느 날 아침 9시에 개츠비의 호화로운 자동차가 돌이 깔린 진입로를 비틀거리며 올라와 우리 집 문 앞에 멈추고 3음계 멜로디로 경적을 울려 댔다. 그가 나를 찾아온 것은 이때가 처음이었다. 비록 나는 그가 여는 파티에 두 번이나 참석했고, 그의 모터보트를 탄 적도 있으며, 그의 간곡한 초대로 그의 저택 해변을 자주 이용했지만 말이다.

"잘 있었소, 형씨? 오늘 나하고 점심이나 합시다. 제 차로 함께 갈까 생각했소만."

그 사람은 미국인 특유의 여유 있는 동작으로 자동차 흙받기 위에서 몸의 균형을 잡고 있었다. 아마 그런 동작은 젊은 시절에 무거운 물건을 들거나 너무 오랫동안 똑바로 앉아 있어 본 적이 없는 데다가 우리가 산발적으로 벌이는, 우아하지만 긴장되는 경기 때문에 생긴 습관이리라. 이런 특성은 끊임없이 꼼꼼하게 격식을 차리면서도 안절부절못하는 모습으로도 나타났다. 그는 잠시도 가만히 있는 법이 없었다. 항상 발로 어딘가를 가볍게 두들겨 대거나 참을성 없이 손을 쥐었다 폈다 하곤 했다.

그는 감탄하며 자동차를 바라보는 나를 쳐다보았다.

"차 멋있죠, 형씨?" 그는 자동차를 좀 더 잘 보이게 하려고 차에서 뛰어내렸다. "전에 이런 차를 본 적이 있나요?"

나는 본 적이 있었다. 누구나 다 보았을 것이다. 짙은 크림색에 니켈 장식이 번쩍이고, 괴물처럼 길쭉한 차체 곳곳에 뽐내는 듯 모자 상자와 음식 상자, 공구함이 놓여 있고, 앞 유리는 미로처럼 복잡하게 되어 있어 태양을 열두세 개쯤 반사하는 차 말이다. 여러 겹의 유리로 된 일종의 녹색 가죽 온실 같은 자동차를 타고 우리는 시내를 향해 출발했다.

나는 전달에 그와 대여섯 번쯤 이야기를 나눴지만 실망스럽게도 그에게는 화젯거리가 별로 없었다. 그래서 뭐라고 못 박을 수는 없지만 중요한 인물일 거라는 첫인상은 차츰 사라지고 단순히 이웃의 호화로운 여관 주인으로 보이기 시작했다.

그러던 무렵 당혹스럽게 자동차를 함께 타고 가게 된 것이다. 웨스트에그에 도착하기도 전에 개츠비는 우아한 말투를 버리고는 캐러멜색의 양복 무릎을 그저 탁탁 치기 시작했다.

"이보시오, 형씨." 그가 갑자기 입을 열었다. "나에 대해 어떻게 생각하시오?"

나는 약간 당황하여 그 질문에 어울릴 말을 찾아 대충 얼버무리기 시작했다.

"그럼 내가 살아온 인생 얘기를 좀 해 드려야겠군요." 그가 내 말을 가로막았다. "다른 데서 들은 온갖 소문으로 나를 오해하지 않았으면 하니까요."

보아하니 그는 자기 집 홀에서 오고 간 이야기에 담긴 황당한 비난들을 아는 모양이었다.

"하느님께 맹세코 진실을 말씀드리지요." 그는 신의 처벌을 멈추게 하려는 듯 갑자기 오른손을 쳐들었다. "난 중서부의 어느 부잣집에서 태어났어요……. 가족은 모두 죽고 없습니다. 미국에서 자랐지만 교육은 옥스퍼드에서 받았어요. 선조 대대로 그곳에서 교육을 받아 왔거든요. 집안 전통이죠.”

그는 곁눈질로 나를 슬쩍 쳐다보았다. 그 순간 조던 베이커가 왜 그가 거짓말을 하고 있다고 생각하는지 알 수 있었다. 그는 “교육은 옥스퍼드에서 받았”다는 말을 급히 서둘러서 하거나, 마치 전에도 그 말 때문에 괴롭힘을 당한 적이 있는 것처럼 그 말을 삼켜 버리거나, 아니면 그 대목에서 목구멍이 콱 막혀 버린 것 같았다. 이런 의심이 일자 그가 들려주는 과거는 산산조각이 났고, 그에게 조금 음흉한 구석이 있지 않나 하는 생각이 들었다.

“중서부 어디 출신입니까?” 내가 아무렇지도 않게 물었다.

“샌프란시스코요.”

“그렇군요.”

“가족이 모두 죽는 바람에 거액의 유산을 상속받게 됐지요.”

갑작스러운 가족의 죽음에 대한 기억이 아직도 마음에서 떠나지 않는다는 듯 그의 음성은 자못 숙연했다. 한순간 나는 그가 나를 놀리고 있는 게 아닌가 하는 의심이 들었지만 한번 힐끗 쳐다보고 나니 그렇지 않다는 확신이 들었다.

“그 뒤 전 인도의 젊은 왕자처럼 유럽의 모든 수도에서…… 파리, 베네치아, 로마 말이지요…… 살면서 보석, 주로 루비를 수집하고, 사파리 사냥을 하고, 취미로 그림도 좀 그리며 살았어요. 오래전에 있었던 매우 슬픈 일을 잊으려고 하면서 말입니다."

나는 터무니없는 그의 말에 어이가 없어 그만 웃음이 터져 나오려는 것을 간신히 참았다. 실오라기마저 훤히 들여다보일 만큼 너무 상투적이어서 머리에 터번을 두른 '캐릭터'가 톱밥을 질질 흘리면서 불로뉴 숲에서 호랑이를 추격하는 이미지밖에 떠오르지 않았다.

"그러다가 전쟁이 터졌지요, 형씨. 나에겐 반가운 구원과 다름없었어요. 그래서 그 기회를 맞아 죽으려고 무진 애를 썼지만, 내 목숨은 마법에 걸린 것 같았어요. 전쟁이 시작되었을 때 나는 중위로 임관했지요. 아르곤 숲[34] 전투에서 기관총 부대 둘을 너무 전진시키는 바람에 아군과의 사이에 1킬로미터가량 틈이 생겨 보병 부대가 앞으로 나올 수 없는 상황이 되었어요. 그래서 루이스식 기관총 16정을 가진 병사 130명이 이틀 낮 이틀 밤을 꼬박 그곳에서 머물렀고, 마침내 보병 부대가 도착했을 때 적군 시체 더미 속에서 독일군 사단의 휘장을 세 개 발견했지요. 덕분에 나는 소령으로 특진했고, 가는 곳마다 연합국 정부에서 훈장을 달아 주더군요. 심지어 몬테네그로, 저 아드리아해에 있는 그 작은 몬테네그로에서까지 훈장을 달아 줬다니까요!"

그 작은 몬테네그로! 그는 목소리를 높여 그 말을 발음하면서 고개를 끄덕였다. 미소를 지으면서 말이다. 그 미소는 몬

---

34) 프랑스 동부의 숲이 우거진 구릉지. 1차 세계 대전 당시 이곳에서 미국군이 독일군에게 압승을 거두었다.

테네그로의 수난의 역사를 이해하며 그곳 사람들의 용감한 투쟁을 동정하는 듯했다. 또한 몬테네그로의 작지만 따뜻한 마음으로부터 경의를 받게 된 일련의 국가 정세를 완전히 이해하는 미소였다. 바야흐로 내 불신은 매혹의 수면 아래에 가라앉고 말았다. 마치 열두 권쯤 되는 잡지를 급히 훑어보는 것과 같다고나 할까?

개츠비는 호주머니에 손을 집어넣더니 리본에 매달린 쇳덩이 하나를 내 손바닥에 떨어뜨렸다.

"몬테네그로에서 준 거지요."

놀랍게도 그 훈장은 진짜처럼 보였다. '다닐로 훈장'이라고 쓴 금속의 가장자리에는 '몬테네그로, 니콜라스 왕'이라는 글자가 둥그렇게 새겨져 있었다.

"뒤집어 보세요."

나는 '제이 개츠비 소령의 무공을 기리며'라는 문구를 소리 내어 읽었다.

"여기 또 내가 늘 갖고 다니는 게 있지요. 옥스퍼드 시절의 기념품입니다. 트리니티 대학교[35] 구내에서 찍은 겁니다……. 내 왼쪽 옆에 있는 친구가 현재 동캐스터 백작이지요."

사진 속에는 화려한 블레이저 운동복을 입은 청년 대여섯이 아치 아래서 빈둥거리고 있고, 뒤쪽으로 일군의 첨탑이 보였다. 지금보다 약간 젊어 보이는 개츠비가 크리켓 배트를 들고 있었다.

---

35) 영국 옥스퍼드 대학교에 속한 단과 대학.

그렇다면 이것은 모두 사실이었다. 나는 베네치아의 대운하에 있는 왕궁 같은 그의 저택에서 불타오르는 듯 번득이는 호랑이 가죽을 보았다. 루비 상자를 열고 진홍빛으로 반짝이는 보석을 바라보며 마음의 상처를 달래고 있는 그의 모습을 보았다.

"오늘 어려운 부탁을 하나 드리려고 합니다." 그가 만족스러운 표정으로 기념품들을 호주머니에 집어넣으며 말했다. "그러자면 나에 관해 좀 알아 두는 게 좋겠다고 생각했지요. 나를 별 볼 일 없는 사람이라고 생각하지 않길 바랐어요. 아시다시피 난 주로 낯선 사람들과 지내는데, 그건 나에게 일어난 슬픈 일을 잊으려고 여기저기 떠돌아다니기 때문이지요." 그는 잠시 머뭇거렸다. "오늘 오후에 그 얘기를 듣게 될 겁니다."

"점심 먹으면서요?"

"아뇨, 오후에요. 난 우연히 당신이 미스 베이커와 차를 마시기로 했다는 사실을 알게 되었지요."

"미스 베이커를 사랑하신다는 말인가요?"

"그게 아니에요, 형씨. 난 그녀를 사랑하지 않습니다. 하지만 미스 베이커는 친절하게도 이 문제에 관해 당신에게 말을 해 주겠다고 하더군요."

나는 '이 문제'라는 것이 도대체 무엇인지 눈곱만큼도 이해가 가지 않았지만 흥미롭다기보다는 좀 귀찮다는 생각이 들었다. 나는 제이 개츠비 씨 이야기를 하려고 조던에게 차를 마시자고 한 게 아니었다. 그 부탁이란 것이 터무니없는 일일 거라는 확신이 들자 잠깐이나마 사람들이 득실거리는 그의 잔디밭에 발을 들여놓은 것이 후회되었다.

그는 더 이상 말하려 하지 않았다. 뉴욕시에 가까워지자 그의 태도는 더욱 반듯해졌다. 우리는 옆구리에 붉은 띠를 두른 대양 횡단 선박들이 언뜻언뜻 비치는 포트루스벨트[36]를 지나 거무스레하니 빛이 바랬지만 아직 사람들이 드나드는 1900년대의 술집들이 줄지어 있는 빈민굴의 자갈길을 빠른 속도로 지나갔다. 그러자 이윽고 쓰레기 계곡이 양쪽으로 펼쳐졌다. 그곳을 지나가는 동안 정비소에서 윌슨 부인이 기운차게 헐떡거리며 펌프를 누르고 있는 모습이 언뜻 보였다.

우리는 흙받기를 날개처럼 펴고 롱아일랜드시티를 절반쯤 가볍게 지나갔다. 절반쯤에서 잠시 멈춘 것은 고가 철도의 기둥 사이를 돌 때 "탁, 탁, 탁!" 하는 귀에 익은 오토바이 소리가 들리면서 경찰관 하나가 미친 듯이 우리 옆을 바짝 따라왔기 때문이다.

"알았소, 형씨." 개츠비가 소리쳤다. 우리는 속력을 늦추었다. 개츠비는 지갑에서 하얀 카드를 하나 꺼내더니 경찰관의 눈앞에 대고 흔들어 보였다.

"됐습니다." 경찰관이 거수경례하며 말했다. "개츠비 씨, 다음부터는 알아 모시겠습니다. 실례가 많았습니다!"

"그게 뭐였습니까? 옥스퍼드 사진이라도 보여 준 겁니까?" 내가 물었다.

---

36) 롱아일랜드에는 이런 지명이 없다. '포트워싱턴'이 있지만 맨해튼에서 멀리 떨어져 있다.

"언젠가 경찰서장한테 호의를 베푼 적이 있거든요. 그랬더니 해마다 크리스마스카드를 보내와요."

거대한 다리 위에서는 햇빛이 들보 사이로 움직이는 자동차들 위로 끊임없이 어른거렸고, 강 건너로는 하얀 각설탕 덩어리 같은 도시가 솟아 있었다. 바라건대 모두가 냄새나지 않는 깨끗한 돈으로 세워졌으면 하는 도시였다. 퀸스보로 다리에서 바라보는 뉴욕은 언제나 처음 보는 도시 같았고, 여전히이 세상의 모든 신비와 아름다움에 대한 터무니없는 첫 약속을 간직하고 있었다.

시신 한 구가 꽃으로 장식한 영구차에 실려 지나가고 있었고, 차양을 내린 마차 두 대와 고인의 친구들을 태운 좀 더 밝은 분위기의 마차들이 그 뒤를 따랐다. 그 친구들은 남동부 유럽인 특유의 짧은 윗입술과 슬픈 눈빛으로 우리를 내려다보았다. 나는 그들이 이처럼 우울한 휴일에 개츠비의 화려한 차를 보았다고 생각하니 기분이 좋았다. 우리가 블랙웰아일랜드[37]를 지날 때 백인 기사가 운전하는 리무진 한 대가 우리 앞을 지나갔는데, 그 안에는 맵시 있게 차려입은 흑인 남자 둘과 여자 하나, 모두 세 명이 타고 있었다. 그들이 거만하게 경쟁이라도 하듯 우리를 향해 달걀 노른자위 같은 눈동자를 굴리는 것을 보고 나는 크게 웃음을 터뜨렸다.

'이 다리를 넘어섰으니 이제 무슨 일이든 일어날 수 있을 거

---

37) 퀸스와 맨해튼 사이를 흐르는 이스트강에 위치한 섬. 자선 병원과 형무소가 있던 이 섬은 1921년 '웰페어아일랜드'로 이름이 바뀌었다가 1973년에 다시 '프랭클린루스벨트아일랜드'로 바뀌었다.

야. 정말로 무슨 일이든……' 나는 혼자 생각에 잠겼다.

심지어 개츠비 같은 인물의 존재도 특별히 놀랄 일이 아닐 터였다.

소란스러운 정오였다. 선풍기가 잘 돌아가는 42번가의 지하 레스토랑에서 개츠비와 점심을 먹기 위해 만났다. 바깥 거리의 햇살 때문에 눈을 끔벅거리다가 대기실에서 다른 사람과 이야기를 나누고 있는 그를 겨우 알아보았다.

"캐러웨이 씨, 이쪽은 내 친구 울프심38) 씨입니다."

체구가 작고 코가 납작한 유대인 한 사람이 큼직한 머리를 쳐들더니 양쪽 콧구멍에 코털이 무성하게 자란 얼굴로 나를 쳐다보았다. 잠시 후 나는 어슴푸레함 속에서 그의 조그마한 두 눈을 찾아냈다.

"……그래서 난 그를 한 번 쳐다보았지……." 울프심이 진지하게 내 손을 흔들어 대며 말했다. "……한데 내가 어떻게 했을 것 같나?"

"무슨 말씀이신지?" 내가 정중하게 물었다.

그러나 그가 내 손을 놓고 다양한 감정을 표현하는 코로 개츠비를 가리키는 것으로 보아 나에게 건넨 말이 아닌 게 틀림없었다.

"캐츠포한테 돈을 건네주며 이렇게 말했지. '좋아, 캐츠포. 입을 다물기 전까진 그자에게 땡전 한 푼도 주지 마.'라고 말

---

38) 도박사이자 조직 폭력계의 거물인 아널드 로스스타인을 모델로 한 인물.

이야. 그랬더니 그 자리에서 즉시 입을 다물더군."

개츠비가 우리 두 사람의 팔을 잡고 레스토랑 안으로 들어가자 울프심은 막 꺼내려던 말을 삼키고 최면술에 걸린 사람처럼 멍한 상태에 빠졌다.

"하이볼[39]로 드릴까요?" 수석 웨이터가 물었다.

"근사한 레스토랑이군." 울프심이 천장에 장로교회풍으로 그려진 요정들을 쳐다보면서 말했다. "하지만 난 길 건너편 레스토랑이 더 좋아!"

"그래, 하이볼로 주게나." 개츠비가 웨이터에게 말한 뒤 울프심에게 말했다. "거긴 너무 더워요."

"덥고 비좁은 건 사실이야……. 하지만 온갖 추억이 깃들어 있는 곳이거든." 울프심이 말했다.

"거기가 어딘데요?" 내가 물었다.

"옛 메트로폴[40] 말입니다."

"옛 메트로폴이라." 울프심 씨는 침울한 얼굴로 생각에 잠겼다. "죽은 사람의 얼굴과 떠나가 버린 사람의 얼굴로 가득 차 있지. 이제 영원히 가 버린 친구들의 얼굴로 말이야. 거기서 로지 로즌설[41]이 총에 맞은 일은 평생 잊을 수가 없어. 그때 우린 여섯이서 테이블에 앉아 있었고, 로지는 밤새도록 무진장 먹고 마시고 했지. 새벽이 되어갈 무렵 웨이터가 이상한 표

---

39) 위스키나 브랜디에 소다수나 물을 타고 얼음을 넣은 음료.
40) 브로드웨이와 43번가 근처에 위치한 호텔.
41) 갱 단원으로 1912년 메트로폴 호텔에서 반대파 갱 단원에게 살해되었다. 본명은 허먼 로즌설로 '로지'는 그의 애칭이다.

정을 지으며 그에게 다가와 밖에서 누가 잠깐 보자고 한다는 거야. 로지가 '좋아.'라고 하면서 자리에서 일어나려고 하기에 나는 그를 끌어다 다시 의자에 앉혔어.

'만나고 싶으면 그 개자식들보고 직접 이리로 오라고 해, 로지. 이 방 밖으로 한 발이라도 나가면 절대 안 돼.'

새벽 4시 무렵이었으니 아마 블라인드를 올렸더라면 밝은 새벽빛을 볼 수 있었을 거야."

"그래, 그 사람이 나갔나요?" 내가 순진하게 물었다.

"물론 나갔고말고." 분노가 치미는 듯 울프심의 코가 나를 향해 번쩍 빛났다. "그는 문 쪽으로 가면서 이렇게 말했어. '웨이터가 내 커피를 가져가지 못하게 해!' 그러고 나서 그가 보도로 걸어 나가자 놈들은 그의 불룩한 배에다 총을 세 방 갈기고는 차를 타고 달아나 버렸어."

"그중 네 명은 전기의자에서 사형을 당했지요." 내가 기억을 더듬으며 말했다.

"베커까지 넣으면 모두 다섯 명이지." 그는 나를 향해 흥미로운 표정으로 코를 벌름거렸다. "사업 거래선을 찾고 있는 모양이로군."

이 두 문장이 어떻게 서로 연결될 수 있는지 당혹스러웠다. 개츠비가 나 대신 대답했다.

"아, 아닙니다. 이 친구는 그 사람이 아니에요!" 그가 큰 소리로 외쳤다.

"아니라고?" 울프심은 실망한 듯한 표정이었다.

"이 사람은 그냥 친구예요. 그 이야기는 다음에 하자고 말씀드렸는데요."

"미안하이. 사람을 잘못 봤군그래." 울프심이 말했다.

즙이 많은 잘게 썬 고기가 나오자 울프심은 옛 메트로폴의 감상적인 분위기는 완전히 잊어버리고 게걸스럽게 먹기 시작했다. 그러면서도 눈으로는 아주 천천히 식당을 두루 살폈다. 등을 돌려 바로 뒤에 있는 사람들까지 살펴보고 나서야 한 바퀴 살피는 일이 모두 끝났다. 만약 내가 없었더라면 아마 우리 식탁 밑까지도 들여다보았을 것이다.

"이봐요, 형씨." 개츠비가 나한테로 몸을 기울이며 말했다. "오늘 아침 차에서 당신 기분을 상하게 하지 않았는지 모르겠습니다."

예의 그 미소가 다시 얼굴에 떠올랐지만 이번에는 나도 굽히지 않았다.

"나는 비밀을 싫어합니다. 그리고 당신이 왜 툭 터놓고 원하는 걸 말하지 않는지 알 수 없군요. 왜 이 모든 걸 미스 베이커를 통해서 해야 합니까?" 내가 대답했다.

"아, 비밀이랄 건 아무것도 없어요." 그는 나를 안심시키듯 말했다. "아시다시피 미스 베이커는 훌륭한 선수가 아닙니까? 그래서 옳지 않은 일은 절대로 할 리 없어요."

갑자기 그는 시계를 보더니 자리를 박차고 일어나 울프심과 나를 테이블에 남겨 둔 채 급히 밖으로 나갔다.

"전화를 걸 일이 있어서 그래." 그의 뒷모습을 눈으로 좇으며 울프심이 말했다. "좋은 친구지, 안 그런가? 얼굴도 미남인데다 나무랄 데 없는 신사야."

"그래요."

"그는 영국의 오그스퍼드[42] 출신이야."

"아, 네."

"그는 영국에 있는 오그스퍼드 대학교에 다녔어. 오그스퍼드 대학을 아시나?"

"네, 들어 봤습니다."

"세계에서 제일 유명한 대학 중의 하나야."

"개츠비 씨를 아신 지 오래되었나요?" 내가 물었다.

"몇 년 됐지." 그가 만족한 듯 대답했다. "운 좋게도 전쟁 직후에 그와 알게 되었지. 한 시간 동안 그와 얘기하고 나니 교양 있는 사람을 만났구나 하는 생각이 들었어. '집에 데려가서 어머니와 누이동생에게 소개해 주고 싶은 사람이구면.' 하고 혼잣말을 할 정도였어." 그는 잠시 말을 끊었다. "아, 내 커프스단추를 처다보고 있군그래."

사실 나는 단추를 보고 있지 않았지만 그가 그렇게 말하는 바람에 처다보게 되었다. 이상하게도 친근감이 드는, 상아로 만든 단추였다.

"최상품 인간의 어금니로 만든 거요." 그가 나에게 알려 주었다.

"그렇군요!" 나는 그 단추들을 자세히 살펴보았다. "참 기발한 발상이로군요."

"그렇지." 그는 윗도리 속으로 소매를 추켜올렸다. "그래, 개

---

42) 옥스퍼드를 가리킨다. 울프심은 사투리를 쓴다.

츠비는 여자들에 대해 퍽 조심스럽게 굴지. 친구 마누라는 쳐다보지도 않으려고 해."

본능적으로 신뢰하고 있는 장본인이 돌아와 식탁에 앉자 울프심은 커피를 훌쩍 마시고 자리에서 일어섰다.

"점심 잘 먹었네. 젊은 사람들이 귀찮아하기 전에 난 그만 가 보도록 하지." 그가 말했다.

"서두를 필요 없어요, 마이어." 개츠비가 별 성의도 보이지 않으며 말했다. 울프심은 마치 일종의 축복의 기도라도 올리듯 손을 들어 올렸다.

"호의는 고맙네만 난 세대가 다르다네." 그가 정중하게 말했다. "자네들은 여기 앉아서 스포츠나 젊은 아가씨들에 대해 이야기하라고. 그리고……." 그는 다음 말은 알아서 상상하라는 듯 다시 한번 손을 흔들어 보였다. "나로 말하자면, 금년 나이가 쉰이니 더 이상 자네들을 귀찮게 하고 싶지 않네."

악수를 하고 돌아설 때 보니 슬프게 생긴 그의 코가 바르르 떨리고 있었다. 나는 혹시 그의 기분을 상하게 할 만한 말을 하지는 않았나 싶었다.

"저 사람은 이따금 아주 감상적이 될 때가 있어요. 오늘이 바로 그런 날이에요. 뉴욕 인근에선 꽤 독특한 인물이죠……. 브로드웨이에서 살다시피 해요." 개츠비가 설명했다.

"도대체 뭐 하는 사람인데요……? 연극배우입니까?"

"아뇨."

"그럼 치과 의사인가요?"

"마이어 울프심이? 아뇨, 그는 도박사입니다." 개츠비가 망설이다가 냉담하게 덧붙였다. "1919년 월드 시리즈를 조작한[43] 장본인이지요."

"월드 시리즈를 조작해요?" 내가 되물었다.

그 말을 듣자 나는 머리가 다 찔했다. 물론 1919년에 월드 시리즈가 조작된 사실을 기억하고 있었지만, 그 사건은 우연히 발생한 일이라고, 불가피한 여러 상황이 얽힌 결과라고만 생각했더랬다. 한 인간이 5000만 명이나 되는 사람들의 믿음을 갖고 놀 수 있다는 생각은 전혀 하지 못했던 것이다. 그것도 금고를 폭파시키는 강도처럼 집요하게 말이다.

"어떻게 그런 일이 일어날 수 있습니까?" 내가 잠시 뒤 물었다.

"기회를 잡았던 거지요."

"왜 감옥에 들어가 있지 않죠?"

"그 사람을 잡아넣지는 못해요, 형씨. 머리가 잘 돌아가는 사람이니까요."

니는 점심 값을 내겠다고 고집했다. 웨이터가 거스름돈을 가지고 왔을 때, 사람들이 붐비는 레스토랑 건너편에 있는 톰 뷰캐넌이 눈에 띄었다.

"잠깐만 저를 따라오세요. 인사할 사람이 있어서요." 내가

---

43) 흔히 '블랙삭스 부정 사건'으로 알려져 있다. 1919년 시카고 화이트삭스 팀 소속의 선수 여덟 명이 뇌물을 받고 신시내티 레즈에 져 주었다는 혐의를 둘러싼 추문이다. 당시 배후 조종 인물로 아널드 로스스타인이 지목되었다.

말했다.

톰은 우리를 보자 자리에서 벌떡 일어나 우리 쪽으로 대여섯 걸음 다가왔다.

"도대체 그동안 어디 있었나? 자네한테서 연락이 오지 않는다고 데이지가 몹시 화내고 있어." 그가 반가워하며 물었다.

"이쪽은 개츠비 씨 그리고 이쪽은 뷰캐넌 씨입니다."

그들은 짧게 악수를 나누었고, 개츠비의 얼굴이 굳으면서 당황스러워하는 어색한 표정이 떠올랐다.

"도대체 그동안 어디에서 뭘 하고 지낸 거야? 오늘은 어쩌다 이렇게 멀리까지 식사를 하러 왔고?" 톰이 나에게 다그쳐 물었다.

"개츠비 씨와 함께 점심을 하고……."

내가 개츠비 쪽으로 몸을 돌렸지만 그는 어느새 자리를 뜨고 없었다.

1917년 10월 어느 날이었지요…….

(그날 오후 조던 베이커는 플라자 호텔 커피숍에서 딱딱한 의자에 몸을 꼿꼿이 세우고 앉아 이렇게 말했다.)

……저는 보도로 갔다가 잔디밭으로 갔다가 하면서 이리저리 걷고 있었어요. 잔디밭 쪽이 더 기분이 좋았지요. 밑창에 고무가 붙어 있는 영국산 구두를 신고 있어서 부드러운 땅에 쏙쏙 박혔거든요. 또 새로 산 체크무늬 스커트를 입고 있었는데 바람에 조금 날렸어요. 그럴 때마다 집집마다 문 앞에 걸려 있는 붉은색과 흰색, 푸른색 깃발이 팽팽하게 펼쳐지면서

불만스럽다는 듯 '탓, 탓, 탓' 하는 소리를 냈지요.

깃발과 잔디밭 모두 데이지 페이네 것이 제일 컸어요. 데이지는 저보다 두 살 위로 열여덟 살이었어요. 루이빌의 젊은 아가씨 중에서 제일 인기가 있었지요. 그녀는 흰옷을 차려입고 흰색의 작은 로드스터를 몰고 다녔어요. 데이지의 집에는 하루 종일 전화벨이 울려 댔죠. 캠프 테일러에서 온 흥분한 젊은 장교들이 그날 밤 '단 한 시간이라도' 그녀를 독차지하려고 야단법석을 떨었거든요.

그날 아침 데이지의 집 맞은편에 가 보니 흰색 로드스터가 길모퉁이에 서 있고, 그 차 안에 처음 보는 중위와 그녀가 함께 앉아 있는 모습이 보였어요. 서로에게 어찌나 푹 빠져 있는지 제가 1.5미터쯤 떨어진 곳까지 가까이 가도록 알아보지 못하는 거예요.

"안녕, 조던." 데이지가 놀란 듯한 표정으로 소리쳤어요. "이리 좀 와 봐."

그녀가 저와 말하고 싶어 한다고 생각하니 기분이 우쭐해졌어요. 저보다 나이가 위인 여자들 중에서 데이지가 제일 좋았거든요. 그녀는 붕대 만들러 적십자사에 가는 길이냐고 물었어요. 그렇다고 대답했지요. 그랬더니 자기는 그날 갈 수 없다고 전해 달라고 하더군요. 그 장교는 데이지가 말하는 동안 줄곧 그녀를 쳐다보고 있었는데, 젊은 아가씨라면 누구나 받고 싶을 만한 시선이었지요. 제게는 무척 로맨틱해 보여 지금까지도 기억이 나요. 그 장교의 이름이 바로 제이 개츠비였고, 저는 그 뒤로 사 년 넘게 그 사람을 보지 못했어요…… 심지어 그 뒤 롱아일랜드에서 만났을 때도 그가 그 사람인 줄 몰랐죠.

그게 1917년의 일이었어요. 그 이듬해 내게도 남자 친구가 몇 사람 생겼고, 골프 시합에 나가기 시작하면서 데이지를 자주 만나지 못했어요. 그녀가 어울리는 사람들은 꼭 그녀보다 약간 나이가 많았어요. 그런데 이상한 소문이 돌기 시작했죠……. 어느 겨울밤, 데이지가 해외로 파견되는 한 군인을 배웅하러 뉴욕으로 가려고 가방을 챙기다가 어머니한테 들켰다는 거예요. 뉴욕에 가지 못하게 된 그녀는 몇 주일 동안 집안 식구들하고는 말도 하지 않았대요. 그런 일이 있은 뒤 그녀는 더 이상 군인들과 사귀지 않았고, 그 대신 군대에 갈 수 없는 평발이나 근시 남자들하고만 돌아다녔어요.

하지만 이듬해 가을이 되자 데이지는 다시 평소와 마찬가지로 명랑해졌어요. 세계 대전이 휴전에 들어간 뒤 사교계에 데뷔하더니 2월에 뉴올리언스 출신 남자와 약혼했다는 얘기가 있었죠. 그런데 6월이 되자 데이지는 시카고의 톰 뷰캐넌과 결혼했어요. 루이빌에서는 일찍이 보지 못한 그야말로 성대한 결혼식이었지요. 신랑은 기차 객실 네 대에 백 명이나 되는 하객을 데리고 와서 실바크 호텔 한 층을 통째로 빌렸어요. 결혼식 전날에는 그녀에게 35만 달러짜리 진주 목걸이를 선물했어요.

저는 신부 들러리였어요. 결혼식 전날 밤 피로연이 열리기 삼십 분 전에 신부 방에 들어가 보니 그녀는 꽃 장식을 한 드레스를 차려입고 6월의 여름밤처럼 아름다운 모습으로 침대에 누워 있었어요……. 그런데 코가 삐뚤어지게 곤드레만드레 취해 있는 거예요. 한 손에는 백포도주 병을 쥐고, 다른 손에는 편지 한 통을 들고 있었어요.

"축하해 줘. 술을 마셔 본 적이 없는데, 아 왜 이렇게 술맛이 좋을까!" 그녀가 중얼거렸지요.

"데이지, 도대체 왜 이러는 거야?"

저는 덜컥 겁이 났어요. 정말로요. 그렇게 술 취한 여자를 한 번도 본 적이 없었거든요.

"자, 여기 있어." 그녀는 침대 위에 올려놓은 휴지통을 뒤지더니 진주 목걸이를 꺼냈어요. "이걸 갖고 내려가서 임자가 누구든 그 사람한테 돌려줘. 가서 데이지의 마으음이 변했다고 전해 주고. '데이지의 마으음이 변했다.'라고 말이야!"

데이지는 울기 시작했어요……. 울고 또 울었지요. 저는 뛰어나가 데이지 어머니의 가정부를 찾아 데려왔어요. 우리는 문을 걸어 잠근 뒤 찬물을 채운 욕조 속에 그녀를 집어넣었어요. 그래도 손에 쥔 편지를 놓으려고 하지 않더군요. 그 편지를 갖고 욕조 속에 들어가더니 물에 담가 쥐어짜서 섯은 공처럼 만들고 눈송이처럼 조각조각 흩어지는 것을 보고서야 그것을 비누 접시에 버리게 해 주었어요.

하지만 다른 말은 한마디도 하지 않았어요. 우리는 그녀에게 암모니아 냄새를 맡게 해서 정신을 차리게 한 뒤 그녀의 이마에 얼음을 얹어 주고 다시 드레스를 입혀 주었지요. 그리고 삼십 분 뒤 방에서 나왔을 때 진주 목걸이는 제대로 목에 걸려 있었고요. 그 해프닝은 그렇게 끝이 났어요. 이튿날 5시에 그녀는 눈 하나 깜박하지 않고 톰 뷰캐넌과 결혼식을 올렸고, 석 달 예정으로 남태평양으로 신혼여행을 떠났지요.

두 사람이 신혼여행에서 돌아왔을 때 샌타바버라[44]에서 만났는데, 저는 남편에게 그렇게 반해 있는 여자는 처음 보았어요. 그가 잠깐이라도 방을 나가면 불안하게 방 안을 돌아보며 이렇게 말하는 거예요. "톰이 어디 간 거야?" 그러곤 문에 그가 나타날 때까지 얼빠진 표정을 하고 있는 거예요. 모래사장에 앉아서 남편의 머리를 무릎에 올려놓은 채 한 시간씩이나 손으로 그의 눈가를 쓰다듬고 문지르며 더없이 행복한 표정으로 내려다보곤 했지요. 그들이 함께 있는 모습은 감동적이었어요…… 그때가 8월이었지요. 제가 샌타바버라를 떠난 지 일주일 뒤 톰이 몰던 차가 벤투라 가도[45]에서 왜건과 충돌해 그만 앞바퀴가 빠져 버린 사고가 있었어요. 같이 타고 있던 여자의 팔이 부러지는 바람에 몇몇 신문에 났지요. 샌타바버라 호텔에서 청소부로 일하는 여자였어요.

이듬해 4월, 데이지는 딸을 낳았고 그들은 일 년 동안 프랑스로 건너가 지냈지요. 저는 어느 해 봄 칸[46]에서 그들을 만났고 그다음엔 도빌[47]에서 보았는데, 그 뒤 그들은 시카고로 돌아와 정착했어요. 아시다시피 데이지는 시카고에서 여간 인기

---

44) 캘리포니아주 태평양 연안에 있는 휴양 도시.
45) 로스앤젤레스와 샌타바버라 사이에 있는 고속도로. 경치가 아름답기로 유명하다.
46) 프랑스 리비에라 해안에 있는 휴양 도시.
47) 프랑스 서북쪽 해안에 있는 휴양 도시.

가 있지 않았어요. 두 사람은 젊고 돈 많고 난폭한 무리와 어울려 다녔지만 그녀는 아주 평판이 좋았지요. 아마 술을 마시지 않았기 때문일 거예요. 술꾼들 틈에서 술을 마시지 않는다는 건 커다란 이점이 있거든요. 입조심도 할 수 있고, 설사 어떤 작은 실수를 한다고 해도 시간을 맞출 수 있잖아요. 다른 사람들이 잔뜩 술에 취해 그 실수를 알아보지 못하거나 상관하지 않도록 말이에요. 데이지는 외도 같은 것은 꿈도 꾸지 못했을 거예요……. 하지만 그녀의 목소리에는 뭔가 심상치 않은 데가 있었죠…….

그런데 여섯 주 전쯤에 데이지가 몇 년 만에 처음으로 개츠비의 이름을 다시 들은 거예요. 바로 제가 당신에게 물었을 때에요……. 기억나세요? 웨스트에그에 사는 개츠비라는 사람을 아느냐고 물었잖아요. 당신이 집으로 돌아간 뒤 내 방에 들어와 나를 깨우더니 이렇게 물어보더군요. "개츠비라니, 어느 개츠비 말이야?" 그래서 제가 이러저러한 사람이라고 말해 줬지요……. 저는 반쯤 잠들어 있었거든요……. 그러자 그녀는 아주 이상야릇한 목소리로 자기가 아는 사람이 틀림없다고 하는 거예요. 그제야 비로소 저는 데이지의 하얀 자동차에 타고 있던 장교와 개츠비를 연관시키게 됐지요.

조던 베이커가 이야기를 모두 마쳤을 때는 플라자 호텔을 떠난 지 삼십 분이 지난 뒤로, 우리는 관광용 사륜마차를 타고 센트럴파크를 지나고 있었다. 해는 벌써 웨스트 50번가의 영화배우들이 사는 높은 아파트 뒤로 넘어갔고, 여자아이들

의 맑은 목소리가 풀 위의 귀뚜라미처럼 무더운 황혼을 뚫고
솟아올랐다.

나는 아라비아의 족장

그대의 사랑은 나의 것

그대가 잠들어 있는 한밤중에

그대의 텐트 속으로 몰래 들어가리……[48]

"참으로 기묘한 우연이군요." 내가 말했다.

"하지만 그건 우연이 아니었어요."

"아니라니요?"

"개츠비가 그 집을 산 것은, 데이지가 바로 그 만 건너편에
살고 있기 때문이었으니까요."

그렇다면 그 6월의 밤에 그가 그토록 애타게 바라보던 것
은 밤하늘의 별만이 아니었다. 개츠비는 아무런 목적도 없는
호화로움의 자궁에서 갑자기 태어나 생생한 모습으로 나에게
다가왔던 것이다.

"그는 알고 싶어 해요……" 조던이 말을 이었다. "……어느
날이든 오후에 당신이 데이지를 집으로 초대하면 자기도 불러
줄 수 있는지 말이에요."

그토록 겸손한 부탁을 듣자 나는 너무 놀라서 몸이 다 떨

---

48) 해리 B. 스미스와 프랜시스 윌러가 작사하고 테드 스나이더가 곡을 붙인
「아라비아 족장」이라는 노래로 1921년에 미국에서 크게 유행하였다.

릴 지경이었다. 그는 오 년을 기다려 우연히 날아드는 나방들에게 별빛을 나눠 줄 저택을 구입한 것이다. 정작 자신은 어느 날 오후 낯선 사람의 집 정원에 '건너갈' 수 있도록 말이다.

"그렇게 간단한 걸 부탁하려고 내게 이 얘길 전부 해야 했나요?"

"그는 두려워하고 있어요. 그렇게 오랫동안 기다려 왔으니까요. 또 당신 기분을 상하게 할까 봐 걱정하는 마음도 있고요. 그러면서도 그 사람은 자못 완강한 구석이 있지요."

뭔가 불안한 마음이 들었다.

"왜 그 사람은 당신에게 직접 만나게 해 달라고 부탁하지 않는 겁니까?"

"그 사람은 데이지에게 자기 집을 보여 주고 싶은 거예요. 당신 집이 바로 그 옆에 있잖아요." 그녀가 설명했다.

"아, 그렇군요!"

"언젠가 밤에 그녀가 자기 파티에 우연히 들르기를 바랐나 봐요." 조던이 말을 이었다. "하지만 그녀는 오지 않았어요. 그래서 그는 아무렇지도 않은 듯 사람들에게 그녀를 아는지 묻기 시작했고, 그렇게 해서 처음으로 찾아낸 사람이 저였죠. 파티에서 저를 부른 바로 그날 말이에요. 그 사람은 얼마나 조심스럽게 계획을 짰는지 몰라요. 물론 저는 즉시 뉴욕에서 점심을 같이 하자고 했지요…… 제 말을 듣더니 금방이라도 화를 낼 것 같더군요.

'상식에서 벗어나는 행동은 하기 싫습니다!' 그는 계속해서 이렇게 말하는 거예요. '바로 옆집에서 만나고 싶어요.'

당신이 톰과 각별한 사이라는 얘기를 해 주자 그는 계획을 모두 포기하려 했어요. 그는 톰에 대해 아는 게 거의 없어요. 혹시나 데이지의 이름이 눈에 띌까 해서 몇 해 동안 시카고 신문을 읽었다고는 해도 말이지요."

벌써 날이 어두워지고 있었다. 우리가 탄 마차가 작은 다리 아랫길로 들어섰을 때 나는 한 팔로 조던의 황금빛 어깨를 감고 내 쪽으로 끌어당기며 저녁을 같이 하지 않겠냐고 제의했다. 갑자기 데이지와 개츠비에 대한 생각이 머릿속에서 사라졌다. 그 대신 세상을 냉소적으로 대하는 깔끔하고 강인하며 조금은 머리 나쁜 여자, 내 둥근 팔에 안겨 유쾌히 몸을 기대고 있는 이 여자에게 온정신이 팔려 있었다. 짜릿한 흥분과 함께 경구 한 구절이 귓가에 울려 대기 시작했다. "이 세상에는 쫓기는 자와 쫓는 자, 바쁘게 뛰는 자와 지쳐 버린 자가 있을 따름이로다."

"그리고 데이지한테도 자기 삶이 있어야 해요." 조던이 나에게 중얼거렸다.

"데이지는 개츠비를 만나고 싶어 하나요?"

"그녀는 아직 아무것도 몰라요. 개츠비는 그녀가 이 사실을 모르길 원해요. 당신은 그냥 데이지에게 차를 마시러 오라고 초대하기만 하면 돼요."

장벽처럼 늘어선 어두운 나무를 지나자 59번가 앞으로 한 블록 가득 아늑하지만 창백한 불빛이 공원 안쪽을 비추었다. 개츠비나 톰 뷰캐넌과는 달리 나에게는 어두운 처마 밑이나 눈이 부시도록 번쩍이는 간판을 따라 떠도는 형체 없는 얼굴

을 한 여자가 없었다. 그래서 나는 두 팔을 조이며 옆에 있는
여자를 바짝 끌어당겼다. 조소하는 듯한 창백한 입으로 그녀
가 미소를 짓자 이번에는 내 얼굴 쪽으로 다시 한번 바짝 끌
어당겼다.

5

그날 밤 웨스트에그의 집에 돌아왔을 때 나는 잠깐이나마 우리 집에 불이 난 줄 알았다. 새벽 2시인데도 웨스트에그 반도 한 모퉁이 전체가 불빛으로 활활 타오르고 있었기 때문이다. 그 불빛은 관목에 비쳐 환상적으로 보이는가 하면, 길가 전선에도 가늘고 길쭉한 빛이 번쩍이게 했다. 길모퉁이 하나를 돌아선 뒤에야 비로소 나는 그것이 꼭대기에서 지하실까지 환하게 불을 밝혀 놓은 개츠비 저택의 빛이라는 사실을 깨달았다.

처음에는 또 파티가 열리나 보다 하고 생각했다. 시끌벅적한 파티를 벌이다가 '숨바꼭질'이나 '밀어내기 놀이'를 하느라 온 집 안을 활짝 열어젖히고 놀이터로 만든 줄 알았다. 그러나 아무 소리도 들리지 않았다. 다만 나무에 스치는 바람이 전깃줄을 흔들어 대는 바람에 마치 집이 어둠을 향해 윙크를 하는 것처럼 불이 깜박거리고 있었을 뿐이다. 내가 탄 택시가 부르릉거리며 달아나자 개츠비가 잔디밭을 가로질러 나를 향해 걸어오는 모습이 보였다.

"집이 마치 세계 박람회장 같군요." 내가 말했다.

"그렇게 보입니까?" 그는 멍하니 자기 집 쪽으로 눈을 돌렸다. "방을 좀 돌아보고 있었지요. 우리 코니아일랜드49)에 갈까요, 형씨? 제 자동차로 말입니다."

"그러기에는 너무 늦었어요."

"그럼 풀장에 뛰어드는 건 어때요? 여름 내내 한 번도 이용하지 않았거든요."

"전 잠을 좀 자야겠어요."

"그럼 할 수 없군요."

그는 조바심을 억누르고 나를 바라보며 기다렸다.

"미스 베이커와 이야기를 나눴습니다." 내가 잠시 뒤 말했다. "내일 데이지에게 전화를 걸어 우리 집에 차를 마시러 오라고 할 겁니다."

"아, 그거 잘됐군요." 그가 무관심한 듯 대꾸했다. "당신에게 폐를 끼치고 싶지 않습니다만."

"언제가 좋겠습니까?"

"당신은 언제가 좋습니까?" 그는 내 말을 재빨리 되받아 물었다. "정말 폐가 되고 싶지 않아서요."

---

49) 뉴욕시 맨해튼 근교 브루클린에 있는 유원지.

"내일모레가 어떻습니까?"

그는 잠시 생각에 잠겼다. 그러고 나서 내키지 않는다는 듯 이렇게 대답했다.

"잔디를 깎았으면 하는데요."

우리는 동시에 잔디밭을 쳐다보았다. 초라한 우리 집 잔디가 끝나고 색이 짙고 잘 가꿔진 그의 저택의 잔디가 시작하는 경계선이 아주 뚜렷해 보였다. 나는 그가 우리 잔디를 말하는 것이 아닌가 하는 생각이 들었다.

"의논드릴 작은 일이 하나 더 있는데요." 그는 모호하게 말하면서 머뭇거렸다.

"그럼 아예 며칠 뒤로 연기할까요?" 내가 물었다.

"저어, 그게 아닙니다. 적어도……." 그는 말만 꺼내 놓고 우물쭈물했다. "저어, 내 생각엔…… 글쎄, 한데 말이지요. 형씨, 돈을 그렇게 많이 버는 편은 아니지요?"

"네, 그다지 많이 벌지 못합니다만."

이 대답에 안심이 되었는지 그는 확신을 갖고 말을 이어 나갔다.

"그럴 줄 알았습니다. 실례였다면 용서하십시오……. 아시다시피, 나는 부업으로 조그마한 사업을 하고 있습니다. 그래서 생각해 봤는데, 당신 수입이 그리 많지 않다면……. 채권 판매 일을 하고 계시지요, 형씨?"

"그러려고 하고 있지요."

"그럼 이 일에 구미가 당길 겁니다. 시간을 별로 들이지 않고서도 꽤 많은 돈을 벌 수 있거든요. 가끔 비밀에 부쳐야 하는 일이 생기기는 하지만."

만약 다른 상황에서 이런 이야기가 오고 갔다면 이 일은 내 인생에서 커다란 위기가 되었을 것이다. 그러나 이때는 그 제안이 내가 신경 써 준 것에 대한 보답임이 명백했기 때문에 나는 그 자리에서 거절하는 것 외에 달리 선택의 여지가 없었다.

"지금 하고 있는 일도 벅찹니다. 고맙긴 하지만 다른 일은 할 수가 없어요." 내가 대답했다.

"울프심하고 거래할 필요가 없는 일인데요." 그는 점심 식사 때 나온 '사업 거래선'이라는 말 때문에 내가 뒷걸음을 친다고 생각하는 모양이었다. 나는 그런 것이 아니라고 분명히 못 박았다. 그는 내가 뭐라고 대화를 시작하기를 바라면서 좀 더 기다렸지만, 나는 이미 다른 일에 온통 정신이 팔려 있어 아무런 반응을 보이지 않았다. 그러자 그는 하는 수 없이 그냥 집으로 돌아갔다.

그날 밤 내 마음은 가볍고 행복했다. 우리 집 현관에 들어서면서 잠 속으로 걸어 들어가는 듯했다. 그래서 나는 개츠비가 코니아일랜드에 갔는지 가지 않았는지, 또 자기 집에 요란스럽게 불을 밝힌 사이 그가 몇 시간이나 '방들을 둘러보았는지' 알지 못한다. 이튿날 아침 나는 사무실에서 데이지에게 전화를 걸어 우리 집으로 차를 마시러 오라고 초대했다.

"톰은 데리고 오지 않으면 좋겠다." 나는 그녀에게 주의를 주었다.

"뭐라고요?"

"톰은 데리고 오지 말라고."

"'톰'이 누군데요?" 그녀가 순진한 목소리로 물었다.

약속한 날은 비가 퍼부었다. 11시가 되자 비옷을 입은 사람이 잔디 깎는 기계를 끌고 우리 집 문을 두드리더니 개츠비 씨가 우리 집 잔디를 깎으라고 보냈다고 했다. 순간 나는 핀란드인 가정부에게 다시 와 달라고 일러두는 것을 잊어버린 것이 생각났다. 그래서 웨스트에그 마을로 차를 몰고 가서 하얗게 회칠을 한 비에 젖은 골목에서 그 여자를 찾아낸 다음 컵 몇 개와 레몬과 꽃을 샀다.

꽃은 사지 않아도 되는 것이었다. 2시쯤 개츠비의 저택에서 수많은 화분과 함께 온실 전체를 옮겨 오다시피 했기 때문이다. 그리고 나서 한 시간 뒤 흰 플란넬 양복에 은색 셔츠를 입고 황금색 넥타이를 맨 개츠비가 성마르게 현관문을 열어젖히며 허겁지겁 들어왔다. 얼굴은 창백하고 잠을 자지 못했는지 눈 밑에는 거무스레한 흔적이 있었다.

"준비가 다 되었나요?" 들어오자마자 그가 물었다.

"잔디를 말하는 거라면 보기 좋게 잘되었지요."

"무슨 잔디 말입니까?" 그가 멍청하게 물었다. "아, 뜰의 잔디 말이군요." 그는 창밖을 내다보고 있었지만 표정으로 보아 딱히 무언가를 보고 있는 것 같지는 않았다.

"아주 보기 좋군요." 그가 모호하게 말했다. "어떤 신문을 보니까 4시쯤에 비가 그친다고 하더군요. 《저널》에서 본 것 같은데. 준비는 다 되었나요? ……차를 마시는 데 필요한 것 말입니다."

내가 그를 데리고 식료품 저장실로 가자 그는 핀란드인 가

128

정부를 못마땅한 듯 쳐다보았다. 우리는 함께 상점에서 배달되어 온 레몬 케이크 열두 개를 자세히 살펴보았다.

"이 정도면 괜찮을까요?" 내가 물었다.

"물론이지요. 물론이고말고요! 아주 훌륭해요!" 그러고는 "……형씨." 하고 힘없는 목소리로 덧붙였다.

비는 3시 30분쯤 해서 뜸해지더니 축축한 안개로 바뀌었고, 안개 속으로 이따금씩 엷은 빗방울들이 이슬처럼 흘러내렸다. 개츠비는 멍한 시선으로 클레이의 『경제학』[50]을 들여다보다가 핀란드인 가정부가 부엌 마룻바닥을 울리며 걷는 소리에 놀라기도 하고, 보이지 않지만 밖에서 놀라운 사건들이 일어나고 있다는 듯 때때로 흐려진 창 쪽으로 시선을 던지기도 했다. 마침내 그는 자리에서 벌떡 일어서더니 모호한 목소리로 집에 가 봐야겠다고 말했다.

"왜 그러십니까?"

"아무도 차를 마시러 오지 않는군요. 시간이 너무 늦었어요!" 그는 마치 다른 데 약속이 있기라도 한 듯 자기 시계를 들여다보았다. "하루 종일 기다릴 순 없잖아요."

"바보처럼 굴지 마세요. 아직 4시 이 분 전밖에 되지 않았어요."

마치 내가 억지로 주저앉히기라도 한 듯 개츠비는 비참한 모습으로 자리에 다시 앉았고, 바로 그때 자동차 한 대가 우

---

50) 영국의 경제학자 헨리 클레이가 쓴 경제학 저서. '일반 독자를 위한 입문서'라는 부제가 붙어 있고 1918년 맥밀런 출판사에서 출간되었다.

리 집의 좁은 길로 돌아 들어오는 소리가 들렸다. 우리는 함께 벌떡 일어났고, 나는 약간 어리둥절한 모습으로 뜰로 나갔다.

물방울이 떨어지는 라일락 나무 밑으로 큼직한 오픈카 한 대가 진입로를 따라 올라와 멈췄다. 보라색 삼각 모자 아래 옆으로 살짝 고개를 숙인 데이지의 얼굴이 밝고 황홀한 미소를 띠며 나를 처다보았다.

"오빠, 정말로 여기 사는 거예요?"

활기 넘치는 물결 같은 그녀의 목소리는 빗속에서 한껏 기운을 북돋아 주는 강장제와 같았다. 나는 뭐라고 대답하기 전에 올라갔다 내려갔다 하는 그 소리를 귀로만 따라갈 수밖에 없었다. 푸른 페인트로 주욱 그어 내린 듯 젖은 머리카락 한 가닥이 그녀의 뺨으로 흘러내려 있었고, 내가 자동차에서 내리는 그녀를 도와주려고 잡은 손은 빗물에 젖어 번들거렸다.

"나를 사랑하나요?" 그녀가 내 귀에다 대고 나지막하게 속삭였다. "그게 아니라면 왜 혼자만 오라고 했죠?"

"그건 래크렌트성(城)[51]의 비밀이지. 운전기사더러 멀리 가서 한 시간 정도 있다 오라고 해."

"퍼디, 한 시간 뒤에 돌아와요." 기사에게 말하고 나서 그녀는 엄숙한 목소리로 중얼거렸다. "저 사람 이름은 퍼디예요."

"휘발유 때문에 그의 코도 어떻게 된 모양이지?"

"그렇진 않을 거예요. 그런데 그건 왜요?" 그녀가 천진난만

---

51) 영국계 아일랜드 소설가 마리아 에지워스(1767~1849)가 쓴 소설 제목. 이 작품의 결말에서 독자들은 이 성의 소유자가 과연 누구인지 의문을 품게 된다.

하게 말했다.

우리는 집 안으로 들어갔다. 놀랍게도 거실은 아무도 없이 텅 비어 있었다.

"그거 참 이상한데!" 내가 소리를 질렀다.

"뭐가 이상해요?"

가벼우면서도 위엄 있게 현관문을 두드리는 소리가 들리자 그녀는 그쪽으로 고개를 돌렸다. 내가 나가서 문을 열어 주었다. 개츠비가 죽은 사람처럼 창백한 얼굴로 아령이라도 쥐고 있는 것처럼 윗도리 주머니에 두 손을 깊숙이 찌른 채 슬픈 표정으로 내 눈을 응시하며 물웅덩이 속에 서 있었다.

두 손을 여전히 윗도리 주머니에 찌른 채 그는 내 옆을 지나 복도로 걸어 들어갔고, 마치 전깃줄에 닿은 것처럼 갑자기 휙 몸을 돌리더니 거실 안으로 사라져 버렸다. 그 모습은 조금도 우습지 않았다. 나는 심장이 거칠게 뛰는 것을 느끼면서 점점 거세지는 빗줄기를 막기 위해 문을 닫았다.

한 삼십 초 동안 아무 소리도 나지 않았다. 그러더니 거실에서 목이 막힌 듯한 중얼거림과 짧은 웃음소리 같은 것이 들렸고, 이어서 데이지의 꾸민 듯한 맑은 목소리가 들렸다.

"다시 만나게 되어 정말로 기뻐요."

그리고 말이 끊겼다. 견딜 수 없는 침묵이었다. 나는 복도에서 할 일이 없었기 때문에 거실 안으로 들어갔다.

개츠비는 여전히 두 손을 호주머니에 찌른 채 억지로 아주 편안한 척하며, 심지어는 좀 따분하다는 듯 벽난로 장식에 몸을 기대고 있었다. 너무 뒤로 젖힌 나머지 그의 머리가 고장

난 벽난로 장식 시계의 글자판에 닿았다. 그는 이런 자세로 겁먹고 있으면서도 우아한 모습으로 딱딱한 의자 끝에 앉아 있는 데이지를 정신이 혼란한 눈빛으로 내려다보고 있었다.

"우린 전에 만난 적이 있지요." 개츠비가 중얼거렸다. 그는 순간적으로 나를 힐끔 쳐다보았고, 그의 입술은 웃으려다가 만 모양으로 벌어져 있었다. 그 순간 다행히도 시계가 그의 머리에 눌려 위험하게 옆으로 기울자 그는 몸을 돌려 떨리는 손가락으로 시계를 붙잡아 제자리에 올려놓았다. 그러고는 뻣뻣하게 소파에 앉아 팔꿈치를 팔걸이에 올려놓고 손으로 턱을 괴었다.

"시계를 건드려 죄송합니다." 그가 말했다.

이제는 오히려 내 얼굴이 뻘겋게 달아올랐다. 머릿속에는 할 말이 가득 차 있었지만 나는 그 흔한 말 한마디 찾아낼 수 없었다.

"낡은 시계인걸요." 내가 두 사람에게 바보처럼 말했다.

한순간 다들 시계가 바닥에 떨어져 산산조각이 났다고 여기는 것 같았다.

"우린 여러 해 동안 서로 만나지 못했어요." 데이지는 될 수 있는 대로 아무렇지도 않은 듯한 목소리로 말했다.

"11월이면 오 년이 됩니다."

개츠비의 기계적인 대답에 우리는 적어도 잠깐 동안이나마 당황했다. 내가 가까스로 머리를 짜내 부엌에 가서 차를 마련하는 것을 도와 달라며 두 사람을 자리에서 일어나게 한 바로 그 순간, 마귀 같은 핀란드인 가정부가 쟁반에 차를 받쳐 들고 들어왔다.

반갑게 찻잔과 케이크를 받으며 법석대는 가운데 자연스럽게 어떤 신체적 예절이 갖추어졌다. 개츠비는 눈에 띄지 않는 곳으로 옮겨 가 데이지와 내가 이야기를 나누는 동안 긴장되고 불행해 보이는 눈빛으로 진지하게 우리 두 사람을 번갈아 쳐다보았다. 그러나 조용히 침묵을 지키자고 만난 것이 아니었기에 나는 첫 번째 기회를 틈타 양해를 구하고 자리에서 일어섰다.

"어디 갑니까?" 즉시 개츠비가 놀라면서 물었다.

"금방 돌아올 겁니다."

"가기 전에 얘기할 게 있는데요."

그는 서둘러 나를 쫓아 부엌으로 들어오더니 문을 닫고는 비참한 목소리로 "아, 맙소사!" 하고 속삭였다.

"왜 그러십니까?"

"이건 끔찍한 실수예요." 그가 머리를 좌우로 흔들며 말했다. "끔찍한, 정말 끔찍한 실수라고요."

"당황해서 그래요. 그뿐입니다." 그리고 나는 때를 맞추어 이렇게 덧붙였다. "데이지 역시 당황해하고 있고요."

"그녀가 당황해한다고요?" 그는 믿을 수 없다는 듯 되풀이했다.

"당신이 당황한 것만큼 말이지요."

"그렇게 큰 소리로 말하지 마십시오."

"당신은 꼭 어린애처럼 구는군요." 나는 버럭 화를 냈다. "게다가 무례하기까지 하고요. 데이지는 지금 저기 혼자 앉아 있습니다."

그는 손을 들어 내 말을 막고는 비난하는 눈빛으로 나를 보았는데, 그 눈빛은 지금까지도 차마 잊히지 않는다. 그런 뒤 그는 조심스럽게 문을 열고 거실로 돌아갔다.

나는 뒤쪽 길로 걸어 나갔다. 개츠비가 삼십 분 전에 안절부절못하며 집을 한 바퀴 돌았을 때 그랬던 것처럼 말이다. 그러고는 무성한 잎이 지붕처럼 비를 막아 주는, 커다란 옹이가 진 검은 나무 쪽으로 뛰어갔다. 비가 다시 퍼붓기 시작했고, 개츠비의 정원사가 잘 깎아 주었지만 여전히 엉성한 우리 집 잔디밭에는 작은 진흙 구덩이와 선사 시대의 늪 같은 것들이 곳곳에 생겨나 있었다. 나무 밑에서는 개츠비의 거대한 집 말고는 아무것도 보이지 않았다. 그래서 나도 칸트가 교회의 첨탑을 바라보았듯이[52] 삼십 분 동안 그 거대한 집을 바라보았다. 십 년 전에 한 양조업자가 '시대'의 유행에 따라 지은 집으로, 만약 근방에 있는 조그마한 집들의 주인이 모두 짚으로 지붕을 덮는다면 그가 오 년 동안 세금을 대신 내 주겠다고 했다는 이야기가 전해 온다. 그런데 이웃들이 거절한 탓에 그는 한 가문을 세우려는 그의 계획을 포기할 수밖에 없었는지도 모른다. 그 뒤 곧바로 그 양조업자는 몰락했다. 그의 자식들은 문에서 검은 장의(葬儀) 화환을 떼기도 전에 그 집을 팔아 버렸다. 미국 사람들이란 어쩌다 자진해서 농노가 되려고

---

52) 독일의 철학자 이마누엘 칸트(1724~1804)는 명상에 잠길 때면 교회의 첨탑을 쳐다보는 습관이 있었다고 한다.

할 때도 있지만 소작농으로 남아 있으려고 늘 완강하게 고집을 부려 왔던 것이다.

삼십 분이 지나자 다시 햇살이 비치면서 식료품상의 자동차가 개츠비네 하인들이 먹을 저녁 식사거리를 싣고 저택의 진입로를 따라 돌아 올라오고 있었다. 나는 개츠비가 지금은 한 숟가락도 들고 싶지 않을 거라고 생각했다. 가정부 하나가 저택 위쪽의 창문들을 열기 시작했고, 창문마다 잠깐씩 나타나 중앙에 있는 커다란 내닫이창으로 몸을 내밀더니 뭔가 생각에 잠긴 듯한 얼굴로 정원에 침을 뱉었다. 이제 두 사람 곁으로 돌아갈 시간이었다. 계속 내리는 빗소리는 그들이 중얼거리는 목소리처럼 감정의 기복에 따라 어떤 때는 조금 높아지기도 하고 어떤 때는 낮아지기도 했다. 그러나 비가 그치고 다시 조용해지자 집 안에도 고요가 내려앉은 것 같았다.

나는 집 안으로 들어갔다. 난로를 뒤집어엎지 않았다뿐이지 부엌에서 온갖 시끄러운 소리를 낸 뒤에 들어갔다. 그러나 그들이 무슨 소리를 들은 것 같지는 않았다. 그들은 긴 의자 양쪽 끝에 앉아서 마치 누군가가 무슨 질문을 던졌거나 던진 질문이 허공에 떠 있기라도 한 듯 서로 마주 보고 있을 뿐 아까의 당황한 모습은 흔적도 찾아볼 수 없었다. 데이지의 얼굴에는 눈물 자국이 있었고, 내가 들어가자 그녀는 벌떡 일어나 거울 앞에 가서 손수건으로 눈물 자국을 닦기 시작했다. 그러나 개츠비에게는 그야말로 놀랍다고밖에 할 수 없는 변화가 일어났다. 그는 글자 그대로 찬란한 빛을 내뿜고 있었다. 희열을 드러내는 말이나 몸짓은 없었지만 새로운 행복의 광휘가 그로부터 뿜어 나와 작은 방을 가득 채우고 있었다.

"아, 돌아왔군요, 형씨." 그가 마치 몇 년 동안이나 나를 만나지 못한 사람처럼 말했다. 순간적으로 나는 그가 악수를 하려는 게 아닌가 생각했다.

"비가 그쳤습니다."

"그래요?" 내가 무슨 말을 하는지 알아차리고 방 안에 반짝이는 방울 같은 햇살이 비쳐 들고 있다는 것을 깨닫자 그는 기상 캐스터처럼, 정기적으로 비치는 햇살을 열광적으로 환영하는 후원자나 되는 것처럼 밝게 미소를 지었다. 그러고는 그 소식을 데이지에게 전해 주었다. "어떻게 생각해요? 비가 그쳤다네요."

"제이, 기뻐요." 뼈저리게 슬프고 아름다움으로 가득 찬 목소리로 그녀는 예기치 않은 기쁨을 표현할 뿐이었다.

"당신과 데이지를 우리 집에 초대하고 싶습니다. 데이지에게 집을 구경시켜 주고 싶어요." 그가 말했다.

"나도 함께 말입니까?"

"물론이지요, 형씨."

데이지는 세수를 하려고 위층으로 올라갔다. 나는 화장실에 있는 수건이 깨끗하지 못한 것이 생각나 창피했지만 이미 때는 늦었다. 그동안 개츠비와 나는 잔디밭에서 그녀를 기다렸다.

"우리 집 근사하죠, 안 그래요?" 그가 나에게 물었다. "집 앞 전체에 햇살이 비치는 모습 좀 보십시오."

나는 집이 아주 훌륭하다는 데 동의했다.

"그래요." 그의 두 눈은 아치형 문 하나, 네모난 탑 하나를 샅샅이 훑어보았다. "저 집을 살 돈을 버는 데 꼬박 삼 년이나 걸렸어요."

"재산을 상속받은 걸로 알고 있는데요."

"그랬지요, 형씨." 그가 무의식적으로 대답했다. "하지만 공황 때 거의 다 잃어버렸어요……. 전쟁의 공황 말입니다."

그는 자기가 지금 무슨 말을 하는지 거의 모르는 것 같았다. 내가 무슨 사업을 하느냐고 묻자 "그건 내 문제예요."라고 대답했기 때문이다. 자신이 잘못 대답했다는 사실을 그가 깨달은 것은 얼마 뒤였다.

"아, 여러 가지 일을 했지요." 그가 얼른 고쳐 말했다. "약국 사업[53]도 하고, 석유 사업도 하고요. 하지만 지금은 다 그만두었지요." 그는 좀 더 경계하는 눈초리로 나를 쳐다보았다. "그날 밤 내가 제안한 것에 대해 생각해 봤나요?"

내가 미처 대답하기 전에 데이지가 집에서 나왔다. 그녀의 드레스에 두 줄로 나란히 달려 있는 놋쇠 단추가 햇빛을 받아 반짝거렸다.

"저 어마어마하게 큰 저택에 살아요?" 그녀가 손으로 가리키며 외쳤다.

"어디, 마음에 들어요?"

"네, 마음에 들어요. 하지만 어떻게 저기서 혼자 사는지 모

---

53) 금주법이 시행되던 기간 동안 약국에서는 의사의 처방으로 위스키를 팔 수 있었다. 일부 약국은 밀주 판매업의 창구로 이용되었다.

르겠군요."

"저 집은 밤낮으로 재미있는 사람들로 북적거린답니다. 흥미로운 일을 하는 사람들 말이지요. 유명 인사들 말입니다."

우리는 롱아일랜드 해협을 따라 지름길로 가는 대신 도로 쪽으로 내려가 큼직한 뒷문으로 들어갔다. 데이지는 뭔가에 홀린 듯 뭐라고 중얼거리며 하늘을 배경으로 솟아 있는 중세 봉건 시대풍 저택의 실루엣에 찬사를 보내는가 하면, 노란 수선화의 진한 향기와 산사나무와 자두 꽃의 가벼운 향기와 제비꽃의 옅은 금빛 향기가 가득한 정원에 감탄하기도 했다. 그런데 이상한 것은, 우리가 대리석 계단까지 다가갔는데도 문을 드나드는 화려한 드레스 자락도 눈에 띄지 않고 나무에서 지저귀는 새 소리 말고는 아무 소리도 들리지 않는다는 점이었다.

그리고 안에 들어가서 우리가 마리 앙투아네트 음악실과 왕정복고 시대의 살롱을 어정거리는 동안, 우리가 다 지나갈 때까지 숨을 죽이고 조용히 있으라는 명령을 받고 손님들이 소파와 테이블 뒤에 있는 숨어 있는 게 아닐까 하는 생각이 들었다. 개츠비가 '머튼 대학교[54] 서재'의 문을 닫는 순간 나는 올빼미 눈의 사나이가 유령처럼 웃음을 터뜨리는 소리를 틀림없이 들은 것 같았다.

우리는 위층으로 올라가 장밋빛과 보랏빛 비단으로 장식하

---

54) 영국 옥스퍼드 대학교에 속한 단과 대학. 개츠비의 서재는 이곳 도서관을 본떠 만들었다.

고 온갖 싱싱한 꽃들로 생기가 도는 고풍스러운 침실들, 의상실과 당구장, 움푹 파인 욕조가 있는 욕실을 지나갔다. 한번은 파자마 바람에 머리카락이 헝클어진 사내가 방바닥에서 운동을 하고 있는 방에 불쑥 들어가기도 했다. 그는 '하숙생' 클립스프링어였다. 나는 그날 아침 그가 정신없이 해변을 돌아다니는 것을 보았다. 마침내 우리는 개츠비의 방에 들어갔는데, 침실과 욕실, 애덤식 서재[55]로 이루어져 있었다. 우리는 거기에 앉아 그가 벽 찬장에서 꺼내 온 샤르트뢰즈를 한 잔씩 마셨다.

그는 한 번도 데이지한테서 눈을 떼지 않았다. 그녀의 사랑스러운 눈동자가 보이는 반응 정도에 따라 자기 집의 모든 것을 재평가하는 것 같았다. 놀랍게도 그녀가 실제 눈앞에 있는 이상 다른 것은 더 이상 의미가 없다는 듯이 그는 이따금씩 자신의 소유물들을 멍한 시선으로 둘러보았다. 한번은 그만 계단에서 굴러떨어질 뻔하기도 했다.

그의 침실은 화장대 위에 놓인 순금 화장 도구만 제외한다면 모든 방 가운데에서 가장 소박했다. 데이지가 기쁜 얼굴로 브러시를 집어 머리를 빗어 내리자 개츠비는 의자에 앉아서 눈을 가리고는 웃기 시작했다.

"이보다 더 웃길 순 없어요, 형씨. 나는 할 수 없어요……. 아무리 해 보려고 해도……." 그가 유쾌하게 말했다.

---

55) 18세기 스코틀랜드의 건축가이자 실내 장식가인 애덤 형제, 즉 로버트 애덤과 제임스 애덤 스타일로 꾸몄다는 뜻이다.

그는 분명히 두 번째 단계 상태를 지나 이제 세 번째 단계로 접어들고 있었다. 처음에는 당황했다가 그다음에는 어쩔 줄 모르고 기뻐하는 단계를 지나 지금은 그녀가 자기 앞에 있다는 사실에 감탄하고 있었다. 그는 아주 오랫동안 그 생각에만 몰두하고 끝까지 그것만을 꿈꾸어 왔으며, 말하자면 상상하기 어려울 정도로 이를 악물고 긴장한 상태로 기다려 왔던 것이다. 이제 그 반작용으로 너무 많이 감아 놓은 시계처럼 태엽이 풀리고 있었다.

잠시 뒤 그는 다시 정신을 가다듬고 양복과 실내복 그리고 넥타이와 와이셔츠가 벽돌처럼 차곡차곡 높게 쌓여 있는 큼직한 특허 옷장 두 개를 열어 보였다.

"영국에서 옷을 사서 보내 주는 사람이 있어요. 봄가을로 계절이 바뀔 때마다 물건을 골라서 보내오지요."

그는 와이셔츠 더미 하나를 끄집어내어 셔츠를 하나씩 우리 앞에 던졌다. 얇은 린넨 셔츠, 두꺼운 실크 셔츠, 고급 플란넬 셔츠가 떨어질 때마다 개켜져 있던 자국이 펴지며 가지각색으로 테이블 위를 덮었다. 우리가 감탄하는 동안 그는 셔츠를 더 많이 가져왔고, 부드럽고 값비싼 셔츠 더미는 점점 더 높이 올라갔다. 산호빛과 능금빛 초록색, 보랏빛과 옅은 오렌지색의 줄무늬, 소용돌이무늬, 바둑판무늬 셔츠 들에는 인디언블루색으로 그의 이름 머리글자가 새겨져 있었다. 갑자기 데이지가 이상한 소리를 내며 셔츠에 머리를 파묻고 왈칵 울음을 터뜨렸다.

"너무나 아름다운 셔츠들이에요." 겹겹이 쌓인 셔츠 더미 속에 그녀가 훌쩍거리는 소리가 묻혀 버렸다. "슬퍼져요, 난 지금껏 이렇게…… 이렇게 아름다운 셔츠를 본 적이 없거든 요."

집 안을 구경한 뒤 우리는 저택의 대지와 수영장, 모터보트 와 한여름의 꽃밭을 둘러볼 생각이었다. 그러나 개츠비 저택 의 창밖으로 다시 비가 내리기 시작하자 우리는 나란히 서서 롱아일랜드 해협의 파도치는 수면을 바라보았다.

"안개만 끼지 않았더라면 만 건너에 있는 당신 집이 보였을 겁니다. 당신 집의 부두 끝에는 항상 밤새도록 초록색 불이 켜져 있더군요." 개츠비가 말했다.

데이지가 느닷없이 개츠비의 팔짱을 끼었지만 그는 자기가 방금 한 말에 정신이 팔려 있는 것 같았다. 아마 그 불빛이 지 니던 엄청난 의미가 이제 영원히 사라져 버렸다는 생각이 불 현듯 떠올랐는지도 모른다. 그를 데이지와 갈라놓았던 그 엄 청난 거리와 비교해 보면 그 불빛은 그녀와 아주 가까이, 거 의 손으로 만질 수 있을 정도로 가까이 있는 것 같았다. 달 가 까이 있는 어떤 별처럼 가깝게 보였던 것이다. 하지만 이제 그 것은 다시 한낱 부두에 켜져 있는 초록색 불빛에 지나지 않았 다. 그에게 마법을 부리던 물건 중 하나가 줄어든 셈이었다.

나는 어스름 속에서 잘 보이지 않는 온갖 물건을 눈여겨보 면서 방 안을 어슬렁거렸다. 그의 책상 위쪽 벽에 걸려 있는, 요트복을 입은 노인의 사진이 내 시선을 끌었다.

"저 사람은 누굽니까?"

"저분요? 댄 코디 씨예요, 형씨."

언젠가 들어 본 적이 있는 이름 같았다.

"지금은 세상을 떠났습니다. 몇 해 전만 해도 나와 가장 가깝게 지내던 사람이었지요."

큼직한 사무용 책상 위에는 마찬가지로 요트복을 입은 개츠비의 조그마한 사진도 있었다. 개츠비는 반항이라도 하듯 머리를 젖히고 있었는데, 열여덟 살 때쯤 찍은 사진 같았다.

"사진 멋진데요!" 데이지가 소리쳤다. "이 퐁파두르 머리 스타일[56] 말이에요! 이런 머리를 했다고 말한 적 없었잖아요……. 요트 얘기도 하지 않았고요."

"여길 좀 봐요." 개츠비가 급히 말했다. "여기에 스크랩해 둔 신문 기사들이 많아요……. 모두 당신에 관한 것들이지요."

그들은 나란히 서서 신문 기사를 살펴보았다. 내가 그에게 루비를 보여 달라고 말하려는 순간 전화벨이 울렸고, 그러자 개츠비가 수화기를 집어 들었다.

"네……. 글쎄요. 지금은 곤란해요……. 지금은 얘기하기 곤란하다니까요, 형씨. '작은' 도시라고 했잖아요……. 작은 도시가 어딘지는 그 친구가 잘 알 거요……. 글쎄, 디트로이트가 작은 도시라고 생각한다면 그런 친구를 어디에 써먹겠소……."

그는 전화를 끊었다.

"어서 이쪽으로 좀 와 봐요!" 데이지가 창가에서 소리쳤다.

---

56) 앞머리를 뒤로 둥글게 말아 올리고 양 옆머리는 위로 빗어 올려 앞머리와 합쳐지게 하는 모양.

여전히 비가 내리고 있었지만 서쪽에서는 어둠이 갈라져 바다 위로 거품 같은 구름이 분홍빛과 황금빛 파도처럼 뭉게뭉게 피어올랐다.

"저것 좀 봐요." 그녀가 속삭이고 나서 조금 있다가 다시 말을 이었다. "저 분홍빛 구름을 하나 가져다가 그 위에 당신을 태우고 이리저리 밀고 싶어요."

그때 나는 집에 가려고 했지만 그들은 보내 주지 않았다. 아마 내가 옆에 있어야 단둘이 있다는 느낌이 더욱 만족스럽게 드는 모양이었다.

"그럼 이렇게 하지요. 클립스프링어에게 피아노를 쳐 달라고 합시다." 개츠비가 제안했다.

개츠비는 "유잉!" 하고 이름을 부르며 방을 나가더니 잠시 뒤 어리둥절해하는 청년을 데리고 들어왔다. 성긴 금발에 뿔테 안경을 쓴 그는 조금 피곤해 보였다. 청년은 목 부분이 터진 스포츠 셔츠와 흐릿한 빛깔의 면바지를 단정하게 차려입고 스니커즈를 신고 있었다.

"운동하는 걸 방해한 건 아니지요?" 데이지가 겸손하게 물었다.

"잠을 자고 있었습니다." 클립스프링어가 당황하여 큰 소리로 대답했다. "제 말은요, 잠을 자고 있었다고요. 그러다가 일어나서……."

"클립스프링어는 피아노를 잘 칩니다." 개츠비가 청년의 말을 자르며 말했다. "그렇지, 유잉?"

"잘 치지 못해요. 못 치는데……. 피아노를 잘 친다고 할 수 없죠. 연습을 하나도 안 해서……."

"자, 모두 1층으로 내려갑시다." 개츠비가 그의 말을 가로챘다. 그가 스위치를 올리자 집 안 전체에 불이 들어오면서 어두컴컴한 창들이 사라졌다.

음악실에 들어서자 개츠비는 피아노 옆에 하나밖에 없는 램프를 켰다. 그는 떨리는 손으로 성냥불을 그어 데이지의 담배에 불을 붙여 주고는 멀리 떨어져 있는 기다란 의자에 그녀와 함께 앉았다. 그곳에는 홀에서 들어오는 불빛이 바닥에 반사되어 번들거릴 뿐 다른 불빛이라곤 전혀 없었다.

클립스프링어는 「사랑의 둥지」[57]를 친 뒤 의자에 앉은 채 몸을 돌려 슬픈 표정으로 어두컴컴한 데 앉아 있는 개츠비를 찾았다.

"보시다시피 전혀 연습을 안 했어요. 못 친다고 말씀드렸잖아요. 연습을 통 안 해서……."

"말이 너무 많아, 형씨." 개츠비가 명령하듯 말했다. "어서 쳐 보라고!"

아침에도
저녁에도
우리는 즐겁지 않은가……

---

57) 오토 하박이 작사하고 루이스 A. 허시가 작곡한 노래로 1920년에 미국에서 크게 유행했다.

밖에는 바람이 세차게 불고 있었고 해협을 따라 희미하게 천둥소리가 들렸다. 웨스트에그에는 이제 온통 불이 켜져 있었다. 사람들을 실은 전기 기차가 뉴욕을 떠나 빗속을 뚫고 집을 향해 돌진하고 있었다. 인간의 내면에 심오한 변화가 일어나고 흥분이 공기 중에 퍼져 나가는 시간이었다.

한 가지는 분명하지
다른 일은 잘 몰라
부자는 더욱 부자가 되고
가난한 사람에게 생기는 건 아이들뿐
그러는 동안
그러는 사이······

작별 인사를 하러 개츠비에게 갔을 때 그의 얼굴에는 다시 당혹스러운 표정이 떠올라 있었다. 지금 그가 누리는 행복이 어느 정도 가치가 있는 것인지 어렴풋이 의심이 생긴 듯한 표정이었다. 오 년에 가까운 세월! 심지어 그날 오후에도 데이지가 그의 꿈에 미치지 못하는 순간이 있었을지 모른다. 물론 그녀의 잘못이라기보다는 그가 품어 온 환상의 거대한 힘 때문에 말이다. 그 환상의 힘은 그녀를 초월하였으며 모든 것을 뛰어넘었다. 그는 창조적인 열정으로 직접 그 환상에 뛰어들어 그것을 끊임없이 부풀어 오르게 했으며, 자신의 길 앞에 떠도는 온갖 빛나는 깃털로 장식한 것이다. 그 어떤 정열도, 그 어떤 순수함도 한 인간이 그의 유령 같은 가슴속에 품게 될 것에 도전할 수 없으리라.

그를 쳐다보자 지금의 분위기에 조금 적응한 모습이 눈에 들어왔다. 그는 그녀의 손을 꽉 잡고 있었고, 그녀가 나지막한 목소리로 귀에다 뭐라고 속삭이자 감정이 왈칵 솟구치는 듯 그녀를 향해 몸을 돌렸다. 지금 생각해 보면 물결처럼 파도치는 그녀의 음성이 열띤 흥분으로 그를 사로잡았던 것 같다. 그 목소리는 아무리 꿈꾸어도 부족하지 않을 불멸의 노래였기 때문이다.

그들은 내 존재를 까맣게 잊고 있었지만 데이지는 나를 힐끗 올려다보고 손을 내밀었다. 개츠비는 이제 나를 완전히 모르는 것 같았다. 나는 다시 한번 그들을 바라보았고, 그들은 강렬한 기운에 사로잡힌 채 아득한 눈빛으로 나를 돌아다보았다. 그러고 나서 나는 그들을 그곳에 남겨 둔 채 방을 나와 대리석 계단을 내려가서 빗속으로 걸어 들어갔다.

6

이 무렵 어느 날 아침 야심만만한 젊은 기자 하나가 뉴욕에서 개츠비의 저택으로 가서 뭔가 할 말이 없느냐고 물었다.

"뭐에 대해 말하라는 겁니까?" 개츠비가 정중하게 물었다.

"글쎄요……. 밝히고 싶은 말이라면 뭐든지요."

오 분 동안 혼란스러운 대화가 오고 간 뒤에야 비로소 이 기자가 굳이 밝히고 싶지 않거나 아니면 잘 이해하지 못하는 어떤 문제와 관련하여 신문사 사무실 주위에서 개츠비의 이름을 들었다는 것이 밝혀졌다. 그날은 쉬는 날인데도 진상을 '알아보려고' 가상하게도 자진하여 이렇게 서둘러 찾아온 것이다.

마구잡이 사격과 다름없는 행동이었지만 그 기자의 본능적인 예감은 적중했다. 개츠비에게서 환대를 받은 수백 명의 사람들이 그의 과거에 대한 권위자가 되어 악명 높은 소문을 퍼뜨렸고, 그 소문은 여름 내내 부풀려지다 마침내 뉴스거리가 되기 일보 직전이었다. 이 무렵 떠돌던 '캐나다로 연결되어 있는 지하 파이프라인'[58] 같은 소문들이 그와 관련지어졌다. 또 개츠비가 아예 집에서 사는 것이 아니라 집처럼 생긴 배에서 살면서 롱아일랜드 해협을 몰래 오르내리고 있다는 이야기가 끈질기게 나돌았다. 도대체 왜 노스다코타주의 제임스 개츠가 이런 터무니없는 소문을 듣고 흐뭇해했는지 설명하기란 쉽지 않다.

제임스 개츠 — 바로 이것이 그의 진짜 이름, 아니면 적어도 법률상의 이름이었다. 그는 열일곱 살 때, 진정으로 인생이 시작되던 바로 그 특별한 순간에 제이 개츠비로 이름을 바꿨다. 바로 그가 댄 코디의 요트[59]가 슈피리어 호수에서 가장 위험한 곳에 닻을 내리는 것을 목격한 순간이었다. 그날 오후 찢어진 초록색 셔츠에 면포 바지를 입고 호숫가를 따라 빈둥거리고 있던 것은 제임스 개츠였다. 하지만 노 젓는 배를 빌려 투올로미호(號)로 다가가 코디에게 삼십 분 뒤면 바람이 거세게 불어와 요트가 박살날 것이라고 일러 줬을 때 그는 이미 제이 개츠비였던 것이다.

어쩌면 그는 이미 오랫동안 그 이름을 준비해 두고 있었는지도 모른다. 그의 부모는 무능하고 별 볼 일 없는 농사꾼이었

---

58) 금주법이 시행되던 기간 동안 지하 파이프를 통하여 캐나다에서 미국으로 술을 밀수한다는 소문이 나돌았다.
59) 댄 코디와 관련한 사건은 피츠제럴드가 그레이트넥에 살 때 사귄 친구 로버트 커의 어린 시절에 기초를 두었다.

다. 그의 상상력으로는 결코 그들을 부모로 받아들일 수가 없었다. 사실인즉 롱아일랜드 웨스트에그의 제이 개츠비는 스스로 만들어 낸 이상적인 모습에서 솟아 나온 인물이었다. 그는 하느님의 아들이었다 — 만약 이 말에 의미가 있다면 바로 말 그대로 그는 '자기 아버지의 일',[60] 즉 거대하고 세속적이며 겉만 번지르르한 아름다움을 섬기는 일을 떠맡아야만 했다. 그래서 그는 열일곱 살의 청년이 만들어 낼 법한 제이 개츠비 같은 인물을 만들어 낸 뒤 이 이미지에 끝까지 충실했던 것이다.

그는 일 년이 넘도록 슈피리어 호수의 남쪽 기슭에서 조개를 캐거나 연어를 잡는 등 숙식을 해결할 만한 일을 하면서 겨우겨우 살아갔다. 힘든 일과 게으른 생활을 반복하면서 그의 몸은 자연스럽게 갈색으로 그을고 단단해져 갔다. 그는 일찌감치 여자에 눈을 떴는데, 자신의 성격을 버려 놓는다는 이유로 그들을 경멸하게 되었다. 젊은 여자들은 무지하기 때문에 경멸했고, 그렇지 않은 여자들은 지나치게 자기도취에 빠진 그가 당연하게 여기는 일을 두고 히스테리를 부리기 때문에 경멸했다.

그러나 그의 마음속에는 언제나 폭풍우가 거칠게 몰아치고 있었다. 밤에 잠을 잘 때면 너무나 기괴하고 환상적인 생각이 머릿속에서 떠나지를 않았다. 시계가 세면대 위에서 째깍거리고 촉촉한 달빛이 바닥에 아무렇게나 벗어 놓은 옷을 적시는

---

60) 「누가복음」 2장 49절 "예수께서 가라사대 어찌하여 나를 찾으셨나이까? 내가 내 아버지의 일에 관계하여야 될 줄을 알지 못하셨나이까 하시니." 에서 따온 표현이다.

동안, 차마 말로 표현할 수 없을 정도로 화려한 우주가 그의 머릿속에서 실타래처럼 피어났다. 매일 밤 그는 졸음이 몰려와 생생한 장면을 망각의 포옹으로 감쌀 때까지 새로운 환상을 계속 늘려 나갔다. 얼마 동안 이런 환상은 그의 상상력에 돌파구를 마련해 주었다. 현실이 꿈처럼 비현실적인 것이 될 수 있다는 충분한 암시요, 이 세상의 주춧돌이 요정의 날개 위에도 안전하게 세워질 수 있다는 약속이었던 것이다.

앞으로 다가올 영광을 본능적으로 감지한 그는 이보다 몇 달 앞서 남부 미네소타주에 있는 작은 루터교 재단의 세인트올라프 대학교에 입학했다. 자신의 운명의 북소리에, 아니 운명 그 자체에 학교가 너무 무심한 것에 실망하고 학비를 조달하느라 시작한 수위 일마저 경멸스러워지자 그는 두 주 만에 학교를 박차고 나왔다. 그러고 나서 그는 슈피리어 호수로 돌아왔고, 댄 코디의 요트가 수심이 낮은 호숫가에 닻을 내린 바로 그날 뭔가 할 일을 찾고 있었다.

네바다주 은광과 유콘강, 1875년 이후 모든 광산이 만들어 낸 인물이라고 할 코디는 그때 쉰 살이었다. 그를 엄청난 백만 장자로 만든 몬태나주의 동광(銅鑛) 사업을 이끌면서 그는 육체적으로는 강건했지만 바야흐로 정신은 나약해졌고, 이를 눈치챈 수많은 여자들이 그에게서 돈을 긁어내려고 갖은 수작을 부렸다. 여기자 엘러 케이가 그의 병약함을 이용해 맹트농 부인[61] 역할을 하여 그를 요트에 태워 바다로 보낸 것과 관련

---

61) 프랑스 왕 루이 14세의 둘째 부인으로 왕에게 막강한 영향력을 행사하

한 그다지 유쾌하지 않은 사건은 1902년의 과장된 저급 저널 리즘계에서는 잘 알려진 일이었다. 지난 오 년 동안 그는 기후가 무척 좋은 해안을 따라 여행한 뒤 마침내 리틀걸만에서 제임스 개츠의 운명으로서 그 모습을 드러냈던 것이다.

노에 기댄 채 난간을 두른 갑판을 올려다보고 있는 젊은 개츠에게 그 요트는 이 세상의 모든 아름다움과 매력을 상징하는 것과 다름없었다. 모르긴 몰라도 그는 아마 코디에게 미소를 지었을 것이다. 어쩌면 자기가 미소를 지으면 사람들이 자기를 좋아한다는 것을 알아차렸는지도 모른다. 어쨌든 코디는 그에게 몇 마디 질문을 던졌고(그 질문 중 하나에 답하느라고 그 새 이름을 지었다.) 이 청년이 민첩한 데다 유별나게 야심만만하다는 사실을 알아냈다. 며칠 뒤 코디는 그를 덜루스[62]에 데리고 가 푸른색 윗도리 한 벌과 흰 면포 바지 여섯 벌과 요트 모자를 사 주었다. 그리고 투올로미호가 서인도 제도와 바버리 해안[63]을 향해 떠날 때 개츠비도 그와 함께 떠났다.

그는 뭐라고 딱 정의하기 어려운 개인적인 일을 수행하도록 고용되었다. 코디와 함께 있는 동안 그는 집사가 되기도 하고, 항해사나 조타수가 되기도 하고, 비서가 되기도 했으며 심지

였다.

62) 슈피리어 호수 서쪽 끝에 접해 있는 항구 도시.

63) 이집트에서 대서양에 걸쳐 있는 북아프리카 해안. 댄 코디가 요트로 이렇게 멀리까지 항해했는지는 자못 의문스럽다. 19세기경 샌프란시스코에 같은 이름으로 불리던 지역이 있었는데, 피츠제럴드는 아마 이 지역을 염두에 둔 듯하다.

어는 경비원 노릇을 하기도 했다. 정신이 멀쩡할 때의 댄 코디는 술에 취하면 자신이 곧 어떤 황당한 일을 벌일지 잘 알았고, 점점 더 개츠비를 신임함으로써 그런 우발적인 사태에 대처하려고 했다. 두 사람의 관계가 이렇게 오 년이나 계속되는 동안 요트는 미 대륙을 세 번이나 횡단했다. 만약 어느 날 밤 엘러 케이가 보스턴에서 요트에 올라타고 그로부터 일주일 뒤 댄 코디가 불미스럽게 사망하지만 않았더라면 그 여행은 아마 영원히 계속되었을는지도 모른다.

개츠비의 침실에 걸려 있던, 반백의 머리카락에 강직하면서 표정 없는 불그스레한 얼굴을 한 그의 사진이 기억난다. 그는 미국 역사의 한 시기에 개척지의 창녀촌과 술집의 무자비한 폭력을 동부 해안에 이끌고 온 난봉꾼 개척자였다. 개츠비가 술을 마시지 않다시피 하는 것도 간접적으로는 코디에게서 받은 영향 때문이었다. 흥청거리는 파티가 벌어지는 동안 때로는 여자들이 그의 머리에 샴페인을 부은 적도 있었다. 하지만 그는 습관적으로 술에 손을 대지 않았다.

그리고 개츠비는 코디로부터 돈을 물려받았다. 2만 5000달러의 유산이었다. 하지만 실제로는 그 돈을 받지 못했다. 그는 자신에게 불리하게 적용된 법적 장치를 결코 이해할 수 없었지만, 수백만 달러의 돈은 결국 엘러 케이의 손에 고스란히 넘어가고 말았다. 그에게 남은 것이라고는 남다르게 받은 적절한 교육뿐이었다. 제이 개츠비의 모호한 윤곽이 비로소 구체적인 한 인간의 실체로 채워졌던 것이다.

그는 이 모든 이야기를 훨씬 뒤에야 들려주었지만 지금 내가 그 이야기를 적는 것은 눈곱만치도 사실이 아닌 소문, 그의 선조를 둘러싼 터무니없는 첫 소문을 불식하기 위해서이다. 더구나 그가 이 이야기를 들려준 것은, 내가 그의 말을 믿어야 할지 믿지 말아야 할지 혼란에 빠져 있을 때였다. 그러니까 말하자면 개츠비가 한숨을 돌리는 동안 일련의 이런 오해를 없애려고 나는 지금 이 짧은 휴식을 이용하고 있는 셈이다.

개츠비의 연애 사건도 잠시 소강상태를 맞고 있었다. 지난 몇 주 동안 나는 그를 만나거나 전화로 그의 목소리를 들은 적이 없었다. 조던과 쏘다니거나 나이 많은 그녀의 숙모의 기분을 맞추느라고 거의 뉴욕에서 지내고 있었다. 하지만 마침내 어느 일요일 오후 나는 그의 저택에 건너가게 되었다. 그런데 채 이 분도 되지 않아 누군가가 술을 한잔하자고 톰 뷰캐넌을 그 집에 데리고 왔다. 당연히 나는 놀랄 수밖에 없었지만, 정말로 놀라운 것은 이제껏 그런 일이 한 번도 없었다는 사실이다.

일행 셋이 말을 타고 왔다. 톰과 슬론이라는 남자, 전에도 찾아온 적이 있는, 갈색 승마복을 입은 얼굴이 예쁜 여자였다.

"만나 뵙게 돼서 반갑습니다. 이렇게 찾아 주시니 고맙군요." 현관에 서서 개츠비가 말했다.

마치 그들이 관심을 보이기나 하는 것처럼 말이다!

"자, 앉으시지요. 궐련이나 시가를 피우시겠습니까?" 그가 종을 울리며 방 안을 바쁘게 돌아다녔다. "마실 술은 곧 준비하도록 하지요."

그는 톰이 그 자리에 있다는 사실에 크게 고무되었다. 그러나 그들이 찾아온 목적이 술을 마시는 것이라고 막연하게나마 깨닫고 있었고, 그래서 그들에게 뭔가를 대접할 때까지는 어쨌든 불안한 듯했다. 슬론 씨는 아무것도 마시려고 들지 않았다. 레모네이드라도 드릴까요? 아뇨, 괜찮습니다. 그럼 샴페인을 좀 드릴까요? 아뇨, 괜찮습니다……. 죄송합니다…….

"승마는 즐거우셨나요?"

"이 근처는 말을 타기에 길이 참 좋더군요."

"제 생각으로는 자동차들이……."

"물론 그렇지요."

개츠비는 마치 처음 만나 소개를 받은 듯 대하는 톰에게 더 이상 참지 못하고 고개를 돌렸다.

"뷰캐넌 씨, 전에 어디선가 한 번 뵌 것 같습니다."

"아, 그렇지요." 언제 만났는지 분명히 기억하지 못하는 것이 분명했는데도 톰은 퉁명스럽지만 예의를 갖추어 대답했다. "그랬지요. 이제 기억이 납니다."

"이 주 전쯤이었어요."

"맞아요. 여기 있는 닉과 함께 계셨죠."

"아내 되시는 분을 알고 있습니다." 개츠비가 거의 공격에 가깝게 말을 이어 나갔다.

"그래요?" 톰이 나에게 고개를 돌렸다.

"닉, 자넨 이 근처에 살고 있나?"

"바로 옆집에 산다네."

"그래?"

슬론 씨는 대화에 끼지 않았지만 거만하게 몸을 젖히고 의자에 기대 앉아 있었다. 여자 역시 아무 말도 하지 않고 있었다. 그러나 그녀는 하이볼 두 잔을 마시고 나더니 예상 밖으로 친절해졌다.

"개츠비 씨, 우리 모두 다음 파티에 참석할게요. 괜찮겠죠?" 그녀가 제안했다.

"여부가 있겠습니까? 영광이지요."

"고맙군요." 슬론 씨가 별로 고마워하지 않으면서 그렇게 말했다. "그럼…… 자, 이제 집으로 출발할까요?"

"그렇게 서두르시지 마십시오." 개츠비가 간곡히 말했다. 이제 자신감이 생기기 시작한 그는 톰에 대해 좀 더 알고 싶어 했다. "괜찮으시다면…… 저녁이라도 드시고 가시는 게 어떻습니까? 다른 손님들이 뉴욕에서 이렇게 찾아온다고 해도 놀라지 않을 겁니다."

"그럼 저희 쪽으로 오셔서 저녁 식사를 하는 건 어때요? 두 분 모두 말이에요." 여자가 열성적으로 말했다.

그것은 나를 포함하여 하는 말이었다. 슬론 씨가 자리에서 일어섰다.

"자, 갑시다." 그가 말했다. 하지만 그것은 그녀에게만 하는 말이었다.

"진심이에요. 두 분을 모시고 싶어요. 두 분 모시고도 자리가 남아요." 여자가 고집했다.

개츠비는 내 의향을 묻는 듯 나를 쳐다보았다. 그는 가고 싶어 했고, 슬론 씨가 그러기를 원치 않는다는 사실을 눈치채지 못했다.

"저는 갈 수 없습니다." 내가 말했다.

"그럼 당신이라도 오세요." 그녀가 개츠비에게 관심을 쏟으며 재촉했다.

슬론 씨가 그녀의 귀에 대고 뭐라고 속삭였다.

"지금 출발한다면 늦지 않을 거예요." 그녀가 큰 소리로 다시 재촉했다.

"전 타고 갈 말이 없습니다. 군에 있을 때는 말을 타곤 했는데, 말을 구입한 적이 없어요. 자동차를 타고 쫓아가야겠군요. 그럼 잠깐만 실례합니다." 개츠비가 대답했다.

나머지 사람들은 현관으로 걸어 나갔고, 현관에서는 슬론과 그 여자가 옆에서 열심히 이야기를 나누기 시작했다.

"맙소사, 그자가 정말로 따라오려는 모양이오. 그녀가 원하지 않는다는 걸 모르나 보지?" 톰이 말했다.

"그 여자가 계속 오라고 말했잖아."

"그녀가 큰 파티를 여는데 파티에 오는 사람 중에 그자를 아는 사람은 하나도 없을 텐데." 그가 눈살을 찌푸렸다. "그자는 도대체 어디서 데이지를 만난 걸까? 맙소사, 내 생각이 구닥다리인지는 모르겠지만 요즈음 여자들이 너무 쏘다니는 게 영 마음에 들지 않는단 말씀이야. 별 괴상한 녀석들을 다 만나고 다니거든."

슬론 씨와 그 여자는 갑자기 계단을 걸어 내려가더니 말을 탔다.

"자, 어서 가자고. 이러다 늦겠어. 빨리 가야 한다고." 슬론 씨가 톰에게 말하고는 나를 향해서 이렇게 말했다. "그 사람에게 기다릴 수 없었다고 전해 주시지 않겠소?"

톰과 나는 악수를 했고, 나머지 사람들은 냉랭하게 서로 고개를 끄덕여 인사했다. 그리고 그들이 재빨리 말을 몰아 진입로를 따라 내려가 8월의 무성한 나뭇잎 밑으로 사라진 뒤에야 개츠비가 모자와 얇은 외투를 손에 들고 현관에 나타났다.

그다음 토요일 밤 톰이 데이지를 데리고 파티에 참석한 것을 보면 그녀 혼자서 돌아다니는 것에 당황한 게 틀림없었다. 어쩌면 그가 참석한 그날 저녁 파티는 이상하게 숨이 막힐 듯 긴장감이 감도는 것 같았다. 그래서 그런지 그날 저녁은 그해 여름 개츠비가 연 어느 파티보다도 뚜렷이 기억에 남는다. 똑같은 사람들, 적어도 똑같은 종류의 사람들이 참석하고 똑같은 샴페인이 흘러넘치고 다양하고도 색다른 소동 또한 똑같이 벌어졌지만, 전에는 느껴 보지 못한 불쾌감이랄까, 불편함이랄까 하는 기운이 감돌았다. 어쩌면 내가 벌써 그 세계에 익숙해져 있었는지 모른다. 웨스트에그를 자체의 기준과 명사(名士)들을 갖춘 하나의 완벽한 세계, 그런 의식이 전혀 없기 때문에 어떤 것에도 비길 수 없는 세계로 받아들이는 데 익숙해진 탓일지도 모른다. 이제 나는 데이지의 눈을 통해 그 세계를 다시 한번 바라보고 있었다. 이미 적응한 사물을 새로운 눈으로 다시 바라본다는 것은 어쩔 수 없이 슬픈 일이다.

그들은 황혼이 깃들 무렵에 도착했고, 우리가 그야말로 빛을 내뿜는 수많은 사람들 사이를 어슬렁거리는 동안 데이지의 목소리가 온갖 기교를 부리듯 목구멍에서 웅얼거렸다.

"이런 광경을 보면 전 너무 흥분돼요. 오빠, 오늘 밤 언제라도 나와 키스하고 싶으면 말만 해요. 기꺼이 키스해 줄게요. 내 이름만 대요. 아니면 녹색 카드를 내보이거나요. 지금 줄게요, 녹색……."

"뒤를 좀 돌아봐요." 개츠비가 제안했다.

"지금 돌아보고 있는데요. 난 지금 재미있게 즐기고 있어요, 신나게……."

"지금까지 이름만 듣던 사람들의 얼굴을 직접 볼 수 있을 겁니다."

톰은 거만한 눈초리로 손님들을 훑어봤다.

"우리는 별로 돌아다니지 않소. 사실 난 여기 있는 사람들 중에 아는 사람이 하나도 없는 것 같소만." 그가 말했다.

"아마 저기 저 부인은 알 텐데요." 개츠비가 하얀 자두나무 밑에 위엄 있게 앉아 있는, 거의 인간이라고 하기 어려울 정도로 아름다운 한 떨기 난초 같은 여자를 가리켰다. 지금까지 그림자 같은 존재와 다름없던 유명한 영화계 인사를 알아볼 때처럼 마치 현실이 아닌 것 같은 독특한 느낌을 받으며 톰과 데이지는 그 여자를 바라보았다.

"아름답군요." 데이지가 말했다.

"그녀에게 허리를 굽히고 있는 사람은 그녀가 출연했던 영화의 감독이지요."

개츠비는 격식을 차리며 그들을 데리고 이 그룹에서 저 그룹으로 돌아다녔다.

"이쪽에 계신 분은 뷰캐넌 부인이고…… 이쪽은 뷰캐넌 씨입니다……." 한순간 머뭇거리다가 그가 덧붙였다. "폴로 선수이지요."

"아, 아닙니다. 난 아니에요." 톰이 재빨리 부인했다.

그러나 톰이 그날 저녁 내내 '폴로 선수'로 통한 것을 보면 그 말이 개츠비 마음에 들었음에 틀림없었다.

"이렇게 유명 인사를 많이 만나 보기는 처음이에요." 데이지가 감격해서 말했다. "난 저 사람이 마음에 드는데……. 이름이 뭔가요? ……코가 푸르스름한 저 신사 말이에요."

개츠비는 그가 누구라고 일러 주면서 평범한 제작자라고 덧붙였다.

"글쎄, 어쨌든 그 사람이 좋아요."

"난 폴로 선수가 아니면 좋겠어. 난 이 유명 인사들을 그냥 바라보기만 하면 좋겠어……. 망각 속에 잊힌 채 말이야."

데이지와 개츠비는 함께 춤을 추었다. 그의 우아하고 보수적인 폭스트롯을 보고 깜짝 놀랐던 기억이 난다. 나는 그가 춤을 추는 모습을 그때까지 한 번도 본 적이 없었다. 그러고 나서 그들이 우리 집으로 어슬렁어슬렁 걸어가 삼십 분쯤 계단 위에 앉아 있는 동안 나는 그녀의 부탁으로 정원에서 망을 보았다. "불이 나거나 홍수가 날지도 모르잖아요. 아니면 하느님의 징벌에 대비해야 할지도 모르죠." 그녀가 설명했다.

우리가 저녁을 먹으려고 함께 앉아 있을 때 한동안 망각 속에 잊힌 채 있던 톰이 모습을 드러냈다. "저기 있는 사람들과 함께 식사를 해도 괜찮겠지? 한 친구가 어떤 재미있는 이야기를 늘어놓고 있거든." 그가 물었다.

"그렇게 해요. 주소를 적고 싶으면 여기 내 금제 연필을 써요……." 데이지가 상냥하게 대답했다. 그녀는 잠시 주위를 둘러보더니 그 아가씨가 "품위는 없지만 얼굴이 예쁘장"하다고 말했다. 나는 이 말을 듣고 그녀가 개츠비와 단둘이 있었던 삼십 분을 빼면 별로 재미있게 시간을 보내지 못했다는 것을 알 수 있었다.

우리가 앉은 테이블에는 유달리 술에 취한 사람들이 많았다. 그것은 내 실수였다. 개츠비는 전화를 받으러 갔고, 나는 두 주 전에 만난 사람들과 자리를 같이했던 것이다. 그때는 즐거웠지만 지금은 불쾌할 정도였다.

"미스 베데커, 괜찮아요?"

질문을 받은 아가씨가 내 어깨에 기대려고 했지만 뜻대로 되지 않았다. 그녀는 대신 의자에서 몸을 쭉 펴고 두 눈을 똑바로 떴다.

"뭐라고오?"

데이지에게 이튿날 근처 클럽에서 골프를 치자고 조르던 무기력하고 덩치 큰 여자가 미스 베데커를 옹호하고 나섰다.

"오, 그 앤 이제 괜찮아요. 칵테일 대여섯 잔이 들어가면 늘 저렇게 소리를 질러 대기 시작하죠. 술에 손을 대지 말라고 늘 말하건만."

"난 술에 손도 안 댔어." 비난받은 아가씨가 힘없이 말했다.

"우린 네가 소리 지르는 걸 들었어. 그래서 내가 여기 계신 시베트 박사님께 '선생님, 선생님의 도움이 필요한 사람이 있어요.'라고 했단 말이야."

"얘도 고맙게 생각할 거예요." 또 다른 친구가 고맙게 생각하는 기색도 없이 말했다. "하지만 선생님이 얘 머리를 풀장에다 집어넣는 바람에 이 애 옷이 다 젖었잖아요."

"내가 제일 싫어하는 게 풀에 머리를 집어넣는 거야. 뉴저지주에선 물에 빠질 뻔했다니까." 미스 베데커가 중얼거렸다.

"그러니까 술 좀 작작 마시라고." 시베트 박사가 대꾸했다.

"사돈 남 말하시네요!" 미스 베데커가 거칠게 소리를 질렀다. "선생님 손도 떨리잖아요. 절대로 선생님에게는 수술받지 않을 거예요!"

그런 식이었다. 데이지와 함께 서서 영화감독과 그의 스타를 지켜본 것이 그날 밤 거의 마지막으로 기억나는 일이다. 그들은 여전히 흰 자두나무 아래에 있었는데, 창백하고 가느다란 달빛 한 줄기가 그 사이에 놓여 있을 뿐 그들은 거의 얼굴을 맞대고 있는 것과 다름없었다. 저녁 내내 그 사람은 아주 조금씩 그녀를 향해 얼굴을 숙여 지금 정도의 거리에 이르렀을 거라는 생각이 문득 떠올랐다. 심지어 내가 지켜보는 동안에도 그는 아주 살짝 얼굴을 숙여 그녀의 뺨에 입을 맞추고 있었다.

"저 여자가 마음에 들어요. 예뻐 보여요." 데이지가 말했다.

그러나 나머지 사람들은 오히려 데이지의 기분에 거슬렸다. 몸짓이 아니라 감정 때문이라는 데는 논란의 여지가 없었다. 그녀는 브로드웨이가 롱아일랜드의 한 어촌에 만들어 놓은 이 전례 없는 '장소'인 웨스트에그에 섬뜩함을 느꼈다. 낡고 진부한 미사여구에, 짜증나는 날것 그대로의 투박한 활기에, 그리고 지름길을 따라 그곳 주민들을 무(無)에서 무로 몰고 가는, 너무나 강요하는 듯한 운명에 섬뜩함을 느꼈다. 그녀는 도저히 이해할 수 없는 바로 그 단순함에서 뭔가 무서운 것을 발견했던 것이다.

나는 그들이 자동차를 기다리는 동안 그들과 함께 앞 계단에 앉아 있었다. 우리가 있는 앞쪽은 어두웠다. 밝은 문만이 1제곱미터의 정방형 빛으로 부드럽고 컴컴한 새벽을 비추고 있었다. 가끔씩 그림자 하나가 위쪽 의상실 블라인드를 배경으로 움직이다가 다른 그림자에게, 보이지 않는 거울을 보며 립스틱을 바르고 분을 두드리는 어렴풋한 그림자의 행렬에 자리를 내주었다.

"이 개츠비란 자는 도대체 뭐 하는 인간이야? 거물 밀주업자라도 되는 건가?" 톰이 갑자기 물었다.

"자네 그런 소리 어디서 들었나?" 내가 되물었다.

"들은 게 아니라 생각해 낸 걸세. 자네도 알다시피 갑자기 떼돈을 번 작자들 중에 거물 밀주업자가 많지 않은가?"

"하지만 개츠비는 아니야." 내가 잘라 말했다.

그는 잠시 침묵을 지켰다. 진입로에 깔아 놓은 자갈이 그의 발밑에서 자그락거렸다.

"어쨌거나 그자는 이 별난 친구들을 한데 모으느라 힘깨나 들였겠군."

회색 안개 같은 데이지의 모피 옷의 깃이 미풍에 가볍게 나부꼈다.

"적어도 그들은 우리가 아는 사람들보다는 재미있네요." 데이지가 애써 말했다.

"당신은 그렇게 재미있어 보이지 않던데."

"음, 재미있었어요."

톰이 웃더니 내 쪽을 향해 몸을 돌렸다.

"아까 그 아가씨가 데이지에게 찬물로 샤워하게 해 달라고 부탁할 때 데이지의 얼굴을 봤나?"

데이지는 율동적이고 허스키한 목소리로 속삭이듯 리듬을 타며 음악에 맞춰 노래를 부르기 시작했다. 그녀가 가사의 의미를 하나하나 음미하며 노래를 부르는 일은 전에도 없었고 앞으로도 없을 것이다. 멜로디가 높아지면 그녀도 콘트랄토[64] 가수들이 그러듯 감미롭게 살짝 멈췄다가 다시 부르곤 했다. 이렇게 변화가 생길 때마다 그녀가 발산하는 따뜻하고 인간적인 마력이 공기 속으로 조금씩 퍼져 나갔다.

"초대받지 않은 사람들도 많이 왔어요." 갑자기 그녀가 말을 꺼냈다. "그 아가씨도 초대받지 않았지요. 그들이 그저 밀고 들어오는데도 그 사람은 너무 예의가 발라서 거절하지 못하는 거예요."

"난 그자가 도대체 누군지, 무슨 일을 하는지 알고 싶단 말씀이야. 하지만 알아내는 방법이 다 있지." 톰이 끈질기게 말했다.

"지금 당장이라도 말해 줄 수 있어요. 약국을 경영하고 있

---

64) 4성부 성악곡에서 두 번째로 높은 성부. 알토와 유사하거나 조금 낮다.

어요. 그것도 아주 많이요. 자기 힘으로 직접 세운 사업이에요." 데이지가 대답했다.

그때 꾸물거리던 리무진이 서서히 진입로로 굴러왔다.

"오빠, 잘 자요." 데이지가 말했다. 그녀의 시선은 나를 떠나 불이 켜진 계단 꼭대기를 향했다. 그곳에서는 그해 유행하던 산뜻하고도 슬픈 왈츠 「새벽 3시」[65]가 열린 문 밖으로 흘러나오고 있었다. 조금도 격식을 차리지 않는 개츠비의 파티에는 그녀의 세계에서는 전혀 찾아볼 수 없는 낭만적인 가능성이 깃들어 있었다. 그 노래에 들어 있는 무엇이 그녀를 다시 집 안으로 불러들이는 것일까? 예측할 수 없는 지금 이 어두컴컴한 시간에 어떤 일이 일어날까? 어쩌면 어떤 믿기 어려운 손님, 모두를 놀라게 할 귀한 사람이 도착할지도 모른다. 아니면 마술적인 한순간의 만남으로 첫눈에 개츠비의 마음을 사로잡아 일편단심으로 열렬히 사모해 온 지난 오 년의 세월을 말끔히 씻어 줄, 눈부시게 아름다운 젊은 아가씨가 도착할지도 모른다.

나는 그날 밤 늦게까지 남아 있었다. 개츠비가 시간이 날 때까지 기다려 달라고 부탁했기 때문이다. 그래서 나는 수영을 하던 패거리가 시원하고 상쾌한 기분으로 어두컴컴한 해변에서 올라오고 손님방에서 불이 모두 꺼질 때까지 정원에서

---

65) 1919년 줄리언 로블리도가 작곡한 이 왈츠는 1921년에 도러시 테리스가 가사를 붙이면서 크게 인기를 끌었다.

빈둥거리고 있었다. 마침내 그가 계단을 내려왔을 때는 이상하게 거무스레하게 탄 피부가 그의 얼굴에 팽팽하게 달라붙어 있고 두 눈은 반짝이면서도 피곤해 보였다.

"데이지는 좋아하지 않더군요." 그가 불쑥 말했다.

"물론 좋아했어요."

"아닙니다, 좋아하지 않았어요. 즐거운 시간을 보내지 않았다고요." 그가 끈질기게 말했다.

그는 잠시 침묵을 지켰고, 나는 그가 말할 수 없이 의기소침해하는 것을 느낄 수 있었다.

"그녀가 멀게만 느껴졌어요. 그녀를 이해시키기가 무척 어렵군요." 그가 말했다.

"그 춤 말입니까?"

"춤이라고요?" 그는 손가락을 한 번 찰싹 튕기는 것으로 자신이 춘 춤을 모두 일소에 부쳐 버렸다. "형씨, 춤은 중요한 게 아니지요."

그가 원하는 것은 데이지가 톰에게 가서 "난 당신을 결코 사랑한 적이 없어요." 하고 말하는 것뿐이었다. 그 말로 지난 삼 년의 세월을 말끔히 지워 버리고 나면 그들은 좀 더 현실적인 방법을 강구할 수 있었을 것이다. 그 가운데 하나는, 그녀가 자유로운 몸이 되면 함께 루이빌로 돌아가 그녀의 집에서 결혼식을 올리는 것이다 ─ 마치 오 년 전으로 돌아간 것처럼 말이다.

"데이지는 이해하지 못하고 있어요. 전에는 이해했거든요. 우린 몇 시간씩이나 앉아서⋯⋯." 그가 절망적으로 말했다.

그는 갑자기 말을 끊더니 과일 껍질이며 버린 선물과 구겨진 꽃이 어지럽게 널려 있는 쓸쓸한 길을 왔다 갔다 걷기 시작했다.

"나 같으면 그녀에게 너무 많은 것을 요구하지는 않을 겁니다. 과거는 반복할 수 없지 않습니까?" 내가 불쑥 말했다.

"과거를 반복할 수 없다고요? 아뇨, 반복할 수 있고말고요!" 그가 믿기지 않는다는 듯 큰 소리로 말했다.

그는 마치 과거가 바로 그의 손이 닿지 않는 곳에, 자기 집 앞 그늘진 구석에 숨어 있기라도 한 듯 주위를 두리번거렸다.

"난 모든 것을 옛날과 똑같이 돌려놓을 생각입니다. 그녀도 알게 될 겁니다." 그가 단호하게 고개를 끄덕이며 말했다.

그는 그 과거에 대해 많은 이야기를 했고, 나는 그가 되돌리고 싶은 것이 데이지를 사랑하는 데 들어간, 그 자신에 대한 어떤 관념이 아닐까 하는 생각이 들었다. 그 뒤로 그의 삶은 혼란스럽고 무질서해졌지만, 만약 다시 한번 출발점으로 돌아가 천천히 모든 것을 다시 음미할 수만 있다면, 그는 그것이 무엇인지 찾아낼 수 있었으리라……

……오 년 전 어느 가을밤, 그들은 나뭇잎이 떨어지는 거리를 함께 걷다가 나무 한 그루 없고 인도가 달빛으로 하얗게 물든 곳에 이르렀다. 그들은 그곳에 멈춰 서서 서로를 바라보았다. 일 년 중 계절이 바뀔 때 두 번 오는, 신비스러운 흥분을 간직한 서늘한 밤이었다. 집 안에 켜 있는 조용한 불빛들이 어둠 속으로 콧노래를 부르고 별과 별 사이에서도 소란하게 움직이고 있었다. 개츠비는 곁눈질로 보도블록이 실제로 사다리

가 되어 나무 위쪽 비밀 장소로 올라가는 것을 보았다. 만약 혼자 오른다면 그는 그 비밀 장소까지 올라갈 수 있었을지도 모른다. 일단 그곳에 다다르면 생명의 젖을 빨고 그 무엇에도 견줄 수 없는 신비의 우유를 들이켤 수 있었을 것이다.

데이지의 하얀 얼굴이 자신의 얼굴에 닿는 순간 그의 심장은 점점 더 빨리 뛰었다. 이 아가씨와 입을 맞추고 말로 표현할 수 없는 자신의 꿈을 그녀의 불멸의 숨결과 영원히 하나로 결합시키면, 그의 심장은 하느님의 심장처럼 다시는 뛰지 않으리라는 것을 그는 잘 알았다. 그래서 그는 별에 부딪힌 소리굽쇠가 내는 아름다운 소리에 귀를 기울이며 잠시 기다렸다. 그러고 나서 그는 그녀에게 키스를 했다. 그의 입술에 닿자 그녀는 그를 위해 한 송이 꽃처럼 활짝 피어났고, 비로소 화신(化身)이 완성되었다.

그가 들려준 이야기, 심지어는 그의 무섭도록 놀라운 감상적인 말을 들으면서 나에게 뭔가 떠오르는 것이 있었다 ─ 포착할 수 없는 리듬이랄까, 오래전에 어디선가 들은 적이 있는 잃어버린 말의 파편이랄 것이었다. 한순간 어떤 구절이 내 입가에 막 떠오르려고 하더니 벙어리의 입술처럼 벌어졌다. 마치 한 줄기 놀란 숨을 내뱉을 때보다 더 힘이 드는 것처럼 말이다. 그러나 입술에서는 결국 아무 말도 나오지 않았고, 내가 간신히 떠올린 구절도 영원히 전달할 수 없게 되었다.

위대한 개츠비

7

개츠비에 대한 호기심이 최고조에 달한 것은 어느 토요일 밤 그의 저택에 불이 켜지지 않으면서부터였다. 트리말키오[66]로서의 그의 경력은 시작과 마찬가지로 슬며시 막을 내렸다.

자동차들이 기대에 차서 그의 집 진입로에 들어와 잠깐 머물다가 화가 난 듯 떠나 버린다는 것을 차츰 깨닫게 되었다. 나는 혹 그가 병이라도 나지 않았는지 알아보려고 건너가 보았다. 얼굴이 험상궂은 낯선 집사가 문을 열고 미심쩍다는 표정으로 빠끔히 내다보았다.

"개츠비 씨가 어디 편찮으신가요?"

---

66) 고대 로마의 풍자 작가 페트로니우스의 작품 『사티리콘』에 등장하는 인물. 개츠비처럼 성대한 파티를 자주 여는 것으로 유명하다.

"아닙니다." 그는 잠시 말을 멈춘 뒤 뒤늦게 마지못해 그렇게 한다는 투로 '선생님'이라는 호칭을 덧붙였다.

"요새 통 뵙지를 못해서 좀 걱정이 돼서요. 캐러웨이란 사람이 찾아왔었다고 전해 주십시오."

"누구라고요?" 그가 무례하게 따져 물었다.

"캐러웨이입니다."

"캐러웨이. 네, 알았습니다. 그렇게 전하겠습니다."

그는 느닷없이 문을 쾅 하고 닫아 버렸다.

우리 집 핀란드인 가정부 말로는 일주일 전 개츠비가 집에 있던 하인을 모두 해고하고 다른 하인을 대여섯 명 새로 고용했는데, 그들은 웨스트에그 마을에 가서 상인들에게 매수당하는 일 없이 전화로 적당히 식품을 주문한다는 것이었다. 식료품 배달 소년은 부엌이 마치 돼지우리 같았다고 했고, 마을에는 새로 고용된 사람들이 하인이 아니라는 소문이 나돌았다.

이튿날 개츠비가 전화를 걸어왔다.

"다른 곳으로 떠나려고 합니까?" 내가 물었다.

"아닙니다, 형씨."

"하인을 모두 쫓아냈다면서요."

"입이 무거운 사람들이 필요했어요. 데이지가 꽤 자주 놀러 오거든요……. 오후가 되면요."

그녀의 불만스러운 눈빛에 그만 그 대저택 전체가 마분지로 만든 집처럼 폭삭 주저앉고 말았던 것이다.

"울프심이 돌봐 주고 싶어 하던 사람들입니다. 모두 형제자매 같은 사이예요. 조그마한 호텔을 경영한 적도 있고요."

"그렇군요."

개츠비는 데이지의 요청으로 전화를 걸었다면서 내일 그녀의 집에 점심 식사를 하러 가지 않겠냐고 했다. 미스 베이커도 올 예정이라고 했다. 삼십 분쯤 뒤 데이지가 직접 전화를 걸어왔고, 내가 간다는 것을 알자 안심하는 눈치였다. 무슨 일이 있었던 것이 분명했다. 그러나 그들이 설마하니 이 자리를 빌려 소동을 벌이리라고는 생각지 못했다. 특히 개츠비가 정원에서 대충 일러 준, 좀 비참한 그 소동 말이다.

이튿날은 날씨가 푹푹 쪘다. 그해 여름의 막바지로 접어든 무렵으로 가장 더운 날이 틀림없었다. 내가 탄 기차가 터널에서 햇볕 속으로 빠져나왔을 때는 내셔널 비스킷 회사[67]의 뜨거운 경적 소리만이 지글지글 끓는 한낮의 정적을 깨뜨리고 있었다. 차 안의 밀짚 시트에 금방이라도 불이 댕길 것 같았다. 내 옆에 앉은 여자는 한동안 흰 셔츠 안으로 땀이 흘러내리는 것을 참고 있다가 들고 있던 신문이 손가락 사이로 축축하게 젖자 절망감에 외마디 소리를 지르면서 의자 깊숙이 몸을 파묻었다. 그 바람에 그녀의 지갑이 바닥에 툭 떨어졌다.

"어머나!" 그녀는 숨을 헐떡거렸다.

나는 나른한 몸을 굽혀 지갑을 주운 뒤 소매치기할 생각이 추호도 없음을 보여 주려고 팔을 쭉 뻗어 지갑 끄트머리를 잡아서 그녀에게 돌려주었다. 하지만 그 여자를 포함하여 주위에

---

67) 뉴욕시 퀸스 자치구에 있는 제과 회사로 머리글자를 딴 이름 '나비스코'로 더 잘 알려져 있다.

있던 승객들이 하나같이 의심하는 눈초리로 나를 쳐다보았다.

"너무 덥군요!" 차장이 낯익은 얼굴들을 향해 말했다. "대단한 날씨예요……. 더워요! ……더워요! ……더워도 너무 더워요! ……손님들도 더우시죠? 이렇게 더워서야……."

내 정기 승차권이 그의 손에서 거뭇한 때를 묻히고 돌아왔다. 이 더위라면 차장이 누구의 달아오른 입술에 키스를 하든, 누구의 머리가 그의 가슴 쪽 셔츠 호주머니를 축축하게 만들든 조금도 아랑곳하지 않으리라!

……개츠비와 내가 문에서 기다리는 동안 뷰캐넌 저택의 홀을 가로질러 전화벨 소리가 한 줄기 미풍에 실려 왔다.

"주인어른의 시체라니요!" 집사가 수화기에 대고 고함을 질렀다. "사모님, 죄송합니다만 지금은 해 드릴 수 없는데요……. 이런 한낮에는 너무 더워서 시체를 만질 수 없거든요!"

실제로는 "네…… 네…… 알아보겠습니다."라고 말했다.

그는 수화기를 내려놓고 조금 번질거리는 얼굴로 우리에게 다가와 빳빳한 밀짚모자를 받아 들었다.

"부인께서는 응접실에서 기다리고 계십니다!" 그럴 필요도 없는데 그쪽을 가리키면서 그가 외쳤다. 이런 무더위에는 불필요한 몸짓 하나하나가 일상에 대한 모독처럼 느껴졌다.

차일로 잘 가려진 방은 어두컴컴하고 서늘했다. 데이지와 조던이 윙윙대는 선풍기 바람에 날리는 하얀 옷자락을 눌러 가며 은으로 만든 우상처럼 큼직한 긴 의자에 누워 있었다.

"움직이질 못하겠어요." 그들이 한목소리로 말했다.

분을 바른 조던의 그은 손가락이 잠깐 내 손안에 놓였다.

"우리의 운동선수 톰 뷰캐넌 씨는?" 내가 물었다.

내 말이 떨어지기가 무섭게 홀에서 퉁명스럽고 웅얼웅얼거리는 쉰 목소리로 톰이 통화를 하는 소리가 들려왔다.

개츠비는 진홍빛 카펫 한가운데 서서 황홀한 시선으로 주위를 살펴보고 있었다. 데이지는 그를 쳐다보며 그 감미롭고도 가슴 설레게 하는 웃음을 지었다. 그녀의 가슴에서 미세한 분가루가 공중으로 피어올랐다.

"소문에 따르면 톰의 애인한테서 지금 전화가 걸려 왔다는군요." 조던이 소곤거렸다.

우리는 아무 말도 하지 않았다. 홀에서 들려오는 짜증스러워하는 목소리가 더욱 커졌다. "그럼 좋아. 당신한테 그 차를 팔지 않겠어……. 난 당신한테 아무것도 빚지지 않았다고……. 그리고 그 문제로 점심시간에 나를 성가시게 하다니 도저히 못 참아!"

"수화기를 막고 저러는 거야." 데이지가 빈정대듯 말했다.

"아니, 그렇지 않아. 저건 진짜야. 나야 어쩌다 알게 되었지만." 내가 그녀에게 단정적으로 말했다.

톰이 문을 활짝 열어젖히더니 잠시 육중한 몸으로 문가를 막고 서 있다가 급히 방으로 들어왔다.

"개츠비 씨로군요!" 그는 적의를 썩 잘 감추고 그에게 넓적한 손을 내밀었다. "만나서 반갑습니다……. 어, 닉……."

"찬 음료수 좀 만들어 줘요." 데이지가 소리쳤다.

톰이 방에서 나가자 그녀는 일어서서 개츠비 곁으로 다가더니 그의 얼굴을 끌어내리고 입에다 키스했다.

"내가 당신을 사랑하는 거 알죠?" 그녀가 나지막한 목소리로 속삭였다.

"이 자리에 숙녀도 한 사람 있다는 걸 잊어버렸나 봐." 조던이 말했다.

그러자 데이지는 의아하다는 표정으로 돌아보았다.

"그럼 너도 닉 오빠에게 키스하려무나."

"이런 점잖지 못한 부인 좀 봐요!"

"그래도 상관없어!" 데이지가 소리치고는 벽돌 난롯가에서 마치 나막신 춤을 추듯 움직이기 시작했다. 그러다 덥다는 생각이 들자 죄책감이라도 느낀 듯 긴 의자에 가서 앉았다. 바로 그때 보모가 예쁜 옷차림을 한 조그마한 여자아이를 방으로 데리고 들어왔다.

"아 ‑ 이 ‑ 고, 우리 귀 ‑ 여 ‑ 운 보물!" 그녀가 두 팔을 내밀며 나지막하게 소곤댔다. "널 사랑하는 엄마에게 오렴."

보모가 놓아주자 아이는 달려가 어머니 옷 속으로 수줍게 파고들었다.

"아 ‑ 유, 우 ‑ 리 보물! 엄마가 우리 아가 노란 머리카락에 분가루를 묻혔구나. 자, 이제 일어나서 인사를 해야지."

개츠비와 나는 차례로 몸을 굽혀 소녀가 마지못해 내민 작은 손을 잡았다. 그 뒤에도 개츠비는 놀라운 듯 아이를 지켜보았다. 전에는 아이의 존재를 정말로 믿지 않은 것 같았다.

"점심시간 전인데 이렇게 옷을 갈아입었어요." 아이가 간절히 데이지에게 몸을 돌리며 말했다.

"엄마가 널 자랑하고 싶어서 그런 거란다." 데이지는 아이의 희고 가느다란 목주름에 얼굴을 파묻었다.

"넌 이 엄마의 꿈이야. 정말이지 귀엽고 완벽한 꿈이란 말이야."

"응. 조던 아줌마도 흰옷을 입으셨네." 아이가 조용히 대답했다.

"엄마 친구분들이 마음에 드니?" 데이지가 아이를 한 바퀴 돌려세워 개츠비와 마주 보도록 했다. "아저씨들이 멋있지 않아?"

"아빠는 어디 있어요?"

"이 앤 아빠를 안 닮았어요. 날 닮았지요. 내 머리카락이랑 얼굴 모양을 꼭 빼닮았어요." 데이지가 설명했다.

데이지는 다시 긴 의자에 기대앉았다. 보모가 앞으로 한 발 나서더니 손을 내밀었다.

"이리 온, 패미."

"잘 가렴, 우리 귀여운 아가야!"

엄격히 훈육을 받은 아이는 내키지 않는 듯 힐끔 돌아보더니 보모의 손을 잡고 밖으로 나갔고, 바로 그때 톰이 얼음이 가득 차 찰랑거리는 진리키[68] 네 잔을 받쳐 들고 들어왔다.

개츠비가 자기 잔을 집어 들었다.

"정말 시원해 보이는데요." 그가 눈에 띄게 긴장한 표정을 지으며 말했다.

우리는 게걸스럽게 단숨에 쭈욱 들이켰다.

---

68) 진과 탄산수에 라임 과즙을 탄 음료.

"어디선가 읽은 적이 있는데, 태양이 해마다 뜨거워지고 있다는군. 이러다가는 얼마 지나지 않아 지구가 태양 속으로 폭발할 모양이야……. 아니, 가만있자……. 그 반대던가……. 태양이 해마다 식어 간다는 거였나……." 톰이 다정하게 말했다.

그리고 개츠비에게 제안했다. "우리, 밖으로 나갑시다. 집을 구경시켜 드리지요."

나는 그들과 함께 베란다로 나갔다. 더위 속에 가만히 고여 있는 초록색 해협에 작은 돛단배 하나가 더 시원한 바다 쪽으로 천천히 나아가고 있었다. 개츠비는 한순간 눈으로 그 배를 좇더니 한쪽 손을 들어 만 건너편을 가리켰다.

"난 댁의 바로 건너편에 살고 있지요."

"그렇군요."

우리는 눈을 들어 장미원 너머 뜨거운 잔디밭과 해변을 따라 불볕더위에 시달리는 잡초 더미를 건너다보았다. 돛단배의 하얀 날개가 파랗고 서늘한 수평선을 배경으로 움직이고 있었다. 그 앞쪽에는 부채처럼 펼쳐진 대양과 축복받은 작은 섬들이 수없이 놓여 있었다.

"한번 해 볼 만한 스포츠지요. 한 시간쯤 이 친구와 함께 저 배를 타고 싶네요." 톰이 고개를 끄덕이며 말했다.

우리는 덥지 않도록 역시 어둡게 가려 놓은 식당에서 점심을 들며 차가운 흑맥주로 불안한 흥겨움을 삼켰다.

"오늘 오후에 뭘 하지요? 그리고 내일은, 그리고 또 앞으로 삼십 년 뒤에는?" 데이지가 소리쳤다.

"유난 떨지 마. 가을이 돼서 날씨가 상쾌해지면 인생이 다시 시작되니까." 조던이 대꾸했다.

"하지만 너무 덥단 말이야. 그리고 만사가 뒤죽박죽이야. 우리 다 같이 시내에 나가요!" 데이지는 곧 울음이라도 터뜨릴 듯한 얼굴로 고집을 부렸다.

그녀의 목소리는 더위를 뚫고 나아가려고 계속 안간힘을 쓰며 그 무의미함에 형체를 부여하고 있었다.

"마구간을 차고로 개조한다는 얘기는 나도 들어 봤지요. 하지만 차고를 뜯어고쳐 마구간으로 만든 사람은 아마 내가 처음일 겁니다." 톰이 개츠비에게 하는 말이었다.

"누구 시내에 나갈 사람 없어요?" 데이지가 끈질기게 보챘다. 개츠비의 시선이 그녀 쪽으로 옮겨 갔다. "아! 당신 정말 멋져 보여요." 그녀가 외쳤다.

두 사람의 눈이 서로 마주친 순간 그들은 주위에 아무도 없다는 듯 서로를 응시했다. 그녀는 힘겹게 시선을 식탁 아래로 돌렸다.

"당신은 언제나 멋져 보여요." 그녀가 되풀이해 말했다.

데이지는 그를 사랑한다고 말한 것이었고, 톰 뷰캐넌이 그것을 알아차렸다. 그는 그야말로 아연실색했다. 입을 약간 벌린 채 개츠비를 쳐다보다가 마치 오래전에 알던 사람을 지금에야 막 알아본 것처럼 다시 데이지를 바라보았다.

"당신은 광고에 나오는 그 사람과 닮았어요." 그녀가 천진스럽게 말을 계속했다. "그 광고에 나오는 사람이 누군지 당신도 알 거예요……."

"좋아." 톰이 재빨리 말을 가로막았다. "나도 시내에 가고 싶어졌어. 자…… 모두 시내로 나가자고."

톰은 여전히 개츠비와 자기 아내를 번갈아 쏘아보며 자리에서 벌떡 일어섰다. 그러나 움직이는 사람이 아무도 없었다.

"자, 어서 가자고! 도대체 왜들 이러고 있는 거야? 시내에 나갈 거라면 지금 출발하자니까." 그가 약간 성을 냈다.

그는 화를 억누르느라 떨리는 손으로 마지막 남은 흑맥주가 담긴 잔에 입술을 갖다 댔다. 데이지의 목소리를 듣고서야 우리는 자리에서 일어나 태양이 이글거리는 자갈 깔린 진입로로 걸어 나갔다.

"지금 당장 갈 거예요? 그냥 이렇게요? 담배 피울 사람은 담배라도 한 대 피우게 해야 하지 않겠어요?" 그녀가 이의를 제기했다.

"점심 들면서 다들 피웠잖아."

"아, 재미있게 놀아요. 짜증을 내기에는 너무 더워요." 데이지가 그에게 사정했다.

톰은 아무 대답도 하지 않았다.

"당신 하고 싶은 대로 해요. 조던, 이리 좀 와 봐." 그녀가 말했다.

남자 셋이 뜨거운 자갈을 발로 차며 서 있는 동안 여자들은 위층으로 올라가 외출할 준비를 했다. 서쪽 하늘에 벌써 은빛 초승달이 걸려 있었다. 개츠비가 무슨 말을 하려다가 그만두었지만, 그보다 먼저 톰이 기다렸다는 듯 몸을 확 돌려 그를 마주 보았다.

"뭐라고 했습니까?"

"마구간이 이곳에 있습니까?" 개츠비가 애써 물었다.

"이 길로 1킬로미터쯤 내려간 곳에 있지요."

"아."

잠시 대화가 끊겼다.

"뭐 때문에 시내에 나가겠다는 건지 통 모르겠단 말이야. 여자들 머리통에 들어 있는 생각이란 게 꼭 이렇게……." 톰이 무례하게 내뱉듯이 말했다.

"뭐 마실 거라도 갖고 가야 하지 않을까요?" 위층 창에서 데이지가 물었다.

"위스키를 가져오지." 톰이 대답했다. 그는 안으로 들어갔다.

개츠비가 딱딱하게 굳은 표정으로 나를 돌아보았다.

"이 집에서는 아무 말도 할 수 없어요, 형씨."

"데이지의 목소리에는 신중함이 없어요. 그 애의 목소리에는 뭔가 가득……." 내가 말했다.

나는 머뭇거렸다.

"그녀의 목소리는 돈으로 가득 차 있어요." 갑자기 그가 말했다.

바로 그것이었다. 전에는 그걸 미처 깨닫지 못했다. 데이지의 목소리는 돈으로 가득 차 있었다. 그 안에서 높아졌다 낮아졌다 하는 끝없는 매력, 그 딸랑거리는 소리, 그 심벌즈 같은 노랫소리……. 하얀 궁전 속 저 높은 곳에 공주님이, 그 황금의 아가씨가…….

톰이 950밀리리터짜리 술병을 수건으로 감싸면서 집에서 나왔고, 그 뒤를 따라 금속사 직물로 만든 작고 꼭 끼는 모자를 쓰고 팔에 얇은 케이프를 걸친 데이지와 조던이 나왔다.

"모두 함께 내 차로 가실까요?" 개츠비가 제안했다. 그는 뜨거운 녹색 가죽 시트를 만졌다. "그늘에 세워 둘걸 그랬군요."

"변속 기어인가요?" 톰이 물었다.

"네, 그렇습니다."

"그럼 댁이 내 쿠페를 모시오. 내가 시내까지 댁의 차를 몰겠소."

개츠비는 이 제의가 못마땅했다.

"휘발유가 넉넉지 않을걸요." 개츠비가 반대하고 나섰다.

"휘발유야 얼마든지 넣을 수 있어요." 톰이 뽐내듯 말했다. 그는 연료 계측기를 들여다보았다. "기름이 떨어지면 약국에 들르면 됩니다. 요즘에는 약국에서 뭐든지 다 살 수 있거든요."

초점에서 빗나간 이 엉뚱한 말에 잠시 침묵이 흘렀다. 데이지가 얼굴을 찌푸리면서 톰을 쳐다보았고, 개츠비의 얼굴에는 뭐라고 표현하기 어려운 표정이 스쳐 지나갔다. 마치 누군가가 해 준 이야기를 들었을 뿐인 것처럼 분명히 낯설면서도 어렴풋하게나마 알아볼 수 있는 표정 말이다.

"자, 데이지. 이 곡마단 마차에 태워 줄게." 톰이 개츠비의 자동차 쪽으로 그녀를 밀면서 말했다.

그가 차 문을 열었지만 그녀는 그의 팔에서 빠져나왔다.

"당신은 닉하고 조던을 데리고 가요. 우린 쿠페를 타고 뒤따라갈게요."

데이지는 개츠비에게 바짝 걸어가 손으로 그의 윗도리를 만졌다. 조던과 톰, 내가 개츠비 차의 앞좌석에 올라탔다. 톰은 익숙지 않은 기어를 실험 삼아 조작해 보더니 숨이 막힐 듯한 더위 속으로 쏜살같이 차를 몰았다. 뒤에 남겨진 두 사람의 모습은 더 이상 보이지 않았다.

"봤지?" 톰이 말했다.

"뭘 말인가?"

조던과 내가 줄곧 알고 있었다는 것을 깨닫고는 그가 날카롭게 나를 쏘아보았다.

"내가 바보인 줄 아나 보지?" 그는 우리를 넌지시 떠보았다. "하기야 어쩌면 난 바보인지도 모르지. 하지만 내게도…… 때론 어떻게 해야 할지 말해 주는 천리안 같은 게 있단 말씀이야. 믿지 않을지 모르지만 과학은……."

그는 갑자기 말을 멈췄다. 눈앞에 닥친 돌발 사태가 그를 덮쳐 이론의 심연 끝에서 끌어 올렸다.

"저 작자에 대해 좀 조사를 해 봤지. 좀 더 철저히 알아보는 건데, 이런 줄 알았더라면……." 그가 말을 이었다.

"점쟁이한테라도 가 봤단 말인가요?" 조던이 익살맞게 물었다.

"뭐라고요?" 우리가 깔깔 웃는 동안 그는 어리벙벙해져서 우리를 바라보았다. "점쟁이라고?"

"개츠비에 관해서 말이에요."

"개츠비에 관해서라니! 아니, 그러진 않았지. 내 말은, 그자의 과거를 좀 알아봤단 거지."

"그럼 그가 옥스퍼드 출신이란 것도 알아냈겠군요." 조던이 한 수 거들며 말했다.

"옥스퍼드 출신이라고!" 그는 도저히 믿을 수 없다는 표정을 지었다. "빌어먹을, 퍽이나 그렇겠군! 분홍색 양복[69]을 입고 있는 꼴 하고는!"

"그래도 그는 옥스퍼드 출신인걸요."

"뉴멕시코주에 있는 옥스퍼드겠지. 아니면 그 비슷한 어디든가." 그는 경멸하듯 코웃음을 쳤다.

"이보세요, 톰. 그렇게 속물처럼 굴 거면 뭐 하러 그 사람을 점심에 초대했어요?" 조던이 화가 나서 따졌다.

"데이지가 초대한 거잖아. 우리가 결혼하기 전부터 알던 사이라나……. 어디서 알았는지 귀신이 곡할 노릇이군!"

우리는 흑맥주의 취기에서 깨는 중이라 모두 신경이 곤두서 있었고, 그 사실을 깨닫고 잠시 말없이 달렸다. 그러다 보니 T. J. 에클버그 박사의 빛바랜 눈이 길 아래쪽으로부터 시야에 들어왔고, 나는 연료가 부족할지도 모른다고 한 개츠비의 말이 생각났다.

"시내까지는 넉넉히 갈 수 있어." 톰이 말했다.

"그렇지만 바로 저기에 기름 넣는 곳이 있잖아요. 이 푹푹 찌는 더위에 기름이 떨어져 길에서 꼼짝도 못 하는 건 정말 끔찍해요." 조던이 반대하고 나섰다.

톰은 성마르게 양쪽 브레이크를 밟았고, 우리는 윌슨의 정비소 간판 밑으로 미끄러져 들어가 갑자기 멈춰 섰다. 잠시 뒤 주인이 가게 안쪽에서 나타나 휑한 눈으로 자동차를 바라보

---

69) 1920년대에 남성의 분홍색 양복은 동성애를 암시하는 것이었다.

았다.

"휘발유 좀 넣어 주게! 우리가 뭐 때문에 차를 멈춘 것 같나……. 경치를 감상하려고?" 톰이 거칠게 소리쳤다.

"몸이 좀 좋지 않아요. 온종일 앓았다고요." 윌슨이 꼼짝하지 않으며 말했다.

"어딘가 안 좋은데?"

"몸이 지친 거죠."

"그럼 내가 직접 넣을까? 아까 전화 걸 때는 그렇게 기운 없는 것 같지 않더니만." 톰이 물었다.

윌슨은 기대섰던 문설주의 그늘에서 간신히 몸을 떼고는 숨을 가쁘게 몰아쉬며 휘발유 탱크 뚜껑을 열었다. 햇빛에서 보니 그의 얼굴색이 푸르죽죽했다.

"점심 식사를 방해할 생각은 없었어요. 하지만 돈이 아주 급하거든요. 그리고 선생님이 옛날 차를 어떻게 할 건지 궁금했고요." 그가 말했다.

"이 차는 어떤가? 지난주에 새로 산 건데." 톰이 물었다.

"노란색에 근사하네요." 윌슨이 휘발유 펌프 핸들에 힘을 쏟으며 대답했다.

"살 생각이 있소?"

"좋은 기회죠. 하지만 싫습니다. 다른 차로도 돈을 벌 수 있거든요." 윌슨이 힘없이 미소를 지었다.

"한데 왜 그렇게 갑자기 돈이 필요한 거요?"

"이곳에 너무 오래 살았어요. 다른 데로 이사 가려고요. 마누라와 난 서부로 가고 싶어요."

"당신 부인이 가고 싶어 한단 말이오!" 톰이 깜짝 놀라 큰 소리로 외쳤다.

"마누라는 십 년 전부터 그 소리를 해 왔죠. 이번엔 원하든 원하지 않든 갈 겁니다. 내가 데리고 갈 거니까요." 그는 펌프에 잠깐 기대서 눈을 가리고 쉬었다.

그때 쿠페가 한바탕 먼지를 일으키며 손을 흔들고 쏜살같이 우리 곁을 지나갔다.

"얼마요?" 톰이 퉁명스럽게 물었다.

"지난 이틀 동안 제가 몰랐던 사실을 알게 되었거든요. 그래서 이사를 가려는 겁니다. 자동차 때문에 귀찮게 한 것도 그래서였고요." 윌슨이 말했다.

"얼마냐니까?"

"1달러 20센트예요."

무자비하게 쏟아지는 더위에 정신이 산만해진 나는 윌슨이 아직은 톰을 의심하지 않는다는 사실을 깨닫기까지 조금 시간이 걸렸다. 그는 지금 머틀이 자기와 떨어져 다른 세계에서 다른 삶을 누리고 있다는 사실을 발견한 충격에 병이 난 것이었다. 나는 물끄러미 그를 쳐다보고 나서 톰에게 눈길을 돌렸다. 그런데 톰 자신도 불과 한 시간 전에 그와 비슷한 발견을 했던 것이다. 남자 사이에서 지능이나 인종의 차이는 아픈 사람과 건강한 사람의 차이처럼 그렇게 크지는 않다는 생각이 문득 머릿속을 스쳐 갔다. 윌슨은 너무 병색이 짙은 나머지 죄를 지은 사람처럼, 그것도 도저히 용서받지 못할 죄를 지은 사람처럼 보였다. 마치 어느 가엾은 소녀를 임신시키기라도 한 듯이 말이다.

"차를 팔겠소. 내일 오후에 보내 주지." 톰이 말했다.

이 지역은 햇볕이 쨍쨍한 대낮에도 늘 어딘가 어수선해 보였다. 나는 뒤를 조심하라는 경고라도 받은 듯 뒤를 돌아다보았다. 쓰레기 더미 너머로 T. J. 에클버그 박사의 거대한 눈이 망을 보고 있었지만, 잠시 뒤 나는 또 다른 눈이 6미터도 떨어지지 않은 곳에서 괴이할 만큼 강렬한 빛을 번득이며 우리를 지켜보고 있다는 것을 깨달았다.

정비소 위층의 창문 하나에서 커튼이 옆으로 살짝 젖혀져 있고, 바로 거기에서 머틀 윌슨이 자동차를 내려다보고 있었다. 너무 열중한 나머지 그녀는 누가 자신을 쳐다보고 있다는 것조차 의식하지 못했으며, 그 얼굴에는 사진을 현상할 때 피사체가 천천히 떠오르는 것처럼 온갖 감정이 번갈아 떠올랐다. 그녀의 표정은 이상할 만큼 낯익었다. 여자들의 얼굴에서 흔히 본 표정이었지만 머틀 윌슨의 얼굴에 떠오른 표정은 어떤 목적도 없고 뭐라고 설명할 수도 없는 것이었다. 그러다가 마침내 질투와 공포로 부릅뜬 그녀의 눈이 톰이 아니라 조던 베이커를 향하고 있음을 알아차렸다. 그녀는 조던이 그의 아내라고 생각한 것이다.

단순한 마음이 혼란해질 때처럼 혼란스러운 경우도 없는 법이다. 차가 달리는 동안 톰은 몹시 겁에 질려 있었다. 불과 한 시간 전만 해도 온전히 손에 넣고 있다고 생각하던 아내와 정부가 갑자기 자신의 손아귀에서 빠져나가고 있었기 때문이다. 그는 윌슨을 뒤로하고 데이지를 쫓아가기 위해 본능적으로 가속기를 밟았다. 롱아일랜드시티를 향해 시속 80킬로미터로 달려 마침내 고가 철도의 거미줄 같은 구름다리 사이에 이르렀을 때 느긋하게 달리는 푸른색 쿠페가 눈에 들어왔다.

"50번가 근처의 영화관이 시원해요." 조던이 제안했다. "난 사람들이 떠나 버린 여름날 오후의 뉴욕이 참 좋아요. 뭔가 육감적인 데가 있거든요……. 마치 온갖 신기한 과일이 우리 손에 떨어지는 것처럼 농익었다고나 할까요?"

'육감적'이라는 말에 톰은 더욱 심란해졌지만 그가 미처 반박할 거리를 찾아내기도 전에 쿠페가 멈췄고, 데이지가 옆에 차를 세우라고 우리에게 손짓을 했다.

"어디로 갈 거예요?" 그녀가 소리쳤다.

"영화 보는 거 어때?"

"너무 덥잖아요." 그녀가 불평했다. "당신들이나 가요. 우리는 차로 돌아다니다가 나중에 합류할게요." 그녀는 조금이나마 재치를 부려 보려고 애를 썼다. "어느 길모퉁이에서 만나죠. 한꺼번에 궐련 두 개비를 피우고 있는 사람이 있으면 그게 난 줄 알아요."

"여기서 그런 얘길 하고 있을 순 없어." 트럭 한 대가 우리 뒤에서 비키라고 욕지거리를 퍼붓듯 경적을 울려 대자 톰이 조급하게 말했다. "센트럴파크 남쪽 플라자 호텔 앞으로 날 따라와."

그는 몇 번이나 고개를 돌려 차가 따라오는지 확인했고, 교통 신호 때문에 그들이 늦어지면 차가 보일 때까지 속도를 늦추곤 했다. 그들이 어느 옆길로 새어 자신의 삶으로부터 영원히 도망쳐 버리는 게 아닌지 걱정하는 듯했다.

그러나 그들은 그런 짓을 하지 않았다. 그리고 좀처럼 이유를 설명하기는 쉽지 않지만 우리는 플라자 호텔의 응접실 딸린 스위트룸을 하나 빌렸다.

그 방으로 몰려 들어갈 때까지 시간을 끌며 뭐라고 소란스럽게 입씨름을 벌였는지 잘 기억나지 않는다. 다만 떠들어 대는 와중에 속옷이 축축한 뱀처럼 다리를 휘감고 가끔 땀방울이 등줄기로 서늘하게 흘러내린 것만은 아직도 기억에 생생하다. 욕실을 다섯 개 빌려 냉수욕을 하자는 데이지의 제안이 마침내 '민트 줄렙[70]을 마실 만한 장소'라는 보다 구체적인 형태로 발전했다. 우리는 저마다 '어처구니없는 아이디어'라고 몇 번이고 말했다. 즉시 어리둥절해하는 호텔 프런트 직원에게 몰려가 말을 걸고는 우리가 정말 재미있는 짓을 하고 있다고 생각했다. 아니면 그저 그렇게 생각하는 척했다……

방은 큼직하지만 답답했고, 벌써 4시가 되었는데도 열어 놓은 창문을 통해 공원 관목에서 뜨거운 바람만이 불어왔다. 데이지는 거울 쪽으로 가서 우리에게 등을 돌리고 머리를 매만졌다.

"굉장한 방이군요." 조던이 감탄한 듯 소곤거리자 다들 껄껄 웃었다.

"다른 창문도 열어." 데이지가 몸을 돌리지도 않고 명령하

---

70) 위스키나 브랜디에 설탕과 박하 등을 탄 칵테일.

듯 말했다.

"더는 창문이 없는걸."

"그럼 전화를 걸어 도끼를 가져오라고 해서……."

"더위는 그냥 잊어버리면 되는 거야. 덥다고 짜증을 부리면 열 배는 더 덥다고." 톰이 성마르게 말했다.

그는 위스키 병을 꺼내 감싸고 있던 수건을 풀어 탁자 위에 올려놓았다.

"그녀를 그냥 놔두시지요, 형씨. 시내로 오자고 한 사람은 당신이었잖소." 개츠비가 말했다.

그러자 잠깐 동안 침묵이 흘렀다. 못에 걸려 있던 전화번호부가 바닥에 떨어지자 조던이 나지막하게 "미안해요."라고 말했다. 하지만 이번에는 아무도 웃지 않았다.

"내가 주울게요." 내가 나섰다.

"벌써 집은걸요." 개츠비는 끊어진 줄을 들여다보더니 재미있다는 듯 "흠!" 하고 말하고는 그것을 의자 위에 던졌다.

"그게 당신의 멋진 말씨로군요?" 톰이 쏘아붙였다.

"뭐 말입니까?"

"그 '형씨' 어쩌고 하는 말씨 말이오. 도대체 그 말은 어디서 주워들었소?"

"이봐요, 톰." 데이지가 거울에서 몸을 돌리며 말했다. "당신이 계속 인신공격이나 하고 있겠다면 난 여기 단 일 분도 더 있지 않겠어요. 전화를 걸어 민트 줄렙에 넣을 얼음이나 주문해요."

톰이 수화기를 들자 눌려 있던 열기가 소리로 터져 나왔다.

우리는 아래층 연회장에서 들려오는 멘델스존의 「결혼 행진곡」의 불길한 소리에 귀를 기울였다.

"이 더위에 결혼식을 올리는 사람을 생각해 봐요!" 조던이 시무룩해서 말했다.

"하기야…… 나도 6월 중순에 결혼했잖아." 데이지가 기억을 더듬으며 말했다. "그것도 6월에 루이빌에서 말이야! 누군가가 기절했는데! 여보, 기절한 게 누구였죠?"

"빌록시였잖아." 그가 짤막하게 대답했다.

"빌록시라는 남자였어요. '블록스' 빌록시. 상자를 만드는 사람이었지요……. 정말이에요……. 테네시주 빌록시 출신이었어요."

"사람들이 그를 우리 집으로 실어 갔어요." 조던이 보충 설명을 해 주었다. "교회에서 두 집 건너면 바로 우리 집이었으니까요. 그런데 그 남자가 삼 주 동안이나 우리 집에 죽치고 있는 거예요. 마침내 아빠가 그만 나가 달라고 부탁할 때까지 말이지요. 그 남자가 떠난 바로 다음 날 아빠가 돌아가셨죠." 자기가 한 말이 앞뒤가 잘 맞지 않는다고 생각했는지 그녀는 잠시 쉬었다가 다시 덧붙였다. "그렇다고 서로 무슨 관련이 있다는 건 아니고요."

"나도 멤피스 출신의 빌 빌록시라는 사람을 만난 적이 있는데요." 내가 말했다.

"그 사람은 블록스 빌록시와 사촌이에요. 난 그가 떠나기 전에 그 사람의 집안 내력을 모두 알게 되었지요. 요새 쓰고 있는 알루미늄 골프채도 바로 그 사람이 준 거예요."

결혼식이 시작되면서 음악 소리가 잦아들었다. 이제 창문을 통해 박수갈채 소리가 길게 들려오더니 그 뒤를 이어 "그렇지, 그렇지, 그렇지!" 하는 소리가 띄엄띄엄 이어졌고, 맨 마지막으로 무도회가 시작되면서 재즈 음악이 터져 나왔다.

"우린 이제 늙어 가고 있어. 젊었다면 이럴 때 일어나 춤을 출 텐데." 데이지가 말했다.

"빌록시를 기억하자고." 조던이 그녀에게 경고했다. "톰, 어디서 그 사람을 알게 된 거예요?"

"빌록시 말이오?" 그는 정신을 가다듬느라고 애를 썼다. "전에는 만난 적이 없었지. 데이지의 친구였소."

"내 친구는 아니에요. 난 그 사람을 본 적도 없다고요. 그는 자가용을 타고 왔어요."

"어쨌든 그 사람은 당신을 안다고 했어. 루이빌에서 자랐다고 하던걸. 에이서 버드가 마지막 순간에 그를 데리고 와서는 초청할 수 있겠냐고 물었지."

조던이 빙그레 웃었다.

"아마 남의 차를 얻어 타고 고향에 가는 중이었나 보죠. 나한테는 예일 대학교에 다닐 때 당신 학년에서 학생회장을 지냈다고 했어요."

톰과 나는 멍하니 마주 보았다.

"빌록시가?"

"우선 예일에는 동기 회장이란 것부터가 없었어……"

개츠비가 초조한 듯 한쪽 발로 마룻바닥을 짧게 톡톡 두드리자 톰이 갑자기 그를 빤히 쳐다보았다

"한데 개츠비 씨, 당신은 옥스퍼드 대학교 출신이라면서요?"

"꼭 그렇다고 할 수는 없습니다."

"아니, 맞아요. 옥스퍼드에 계셨던 걸로 아는데요."

"네……. 그곳에 있기는 했지요."

잠시 말이 끊겼다. 그리고 나서 톰이 믿을 수 없다는 듯 모욕적인 말투로 이렇게 말했다.

"빌록시가 뉴헤이븐에 가 있을 때 당신은 그곳에 있었겠군."

다시 한번 대화가 끊겼다. 웨이터가 노크를 하고 잘게 부순 박하와 얼음을 들고 들어왔다가 "감사합니다." 하고 말하고 문을 살며시 닫는데도 침묵을 깨는 사람이 아무도 없었다. 마침내 그의 어마어마한 과거가 낱낱이 드러날 순간이었다.

"그곳에 머문 적이 있다고 말씀드렸지요." 개츠비가 말했다.

"나도 들었소. 하지만 그게 언제였는지 알고 싶소."

"1919년이었지요. 난 그곳에 다섯 달밖에는 머물지 않았어요. 그러니 옥스퍼드 출신이라고 할 순 없지요."

톰은 우리도 자기처럼 그 말을 믿지 않는 눈치인지 살피려고 주위를 두리번거렸다. 그러나 우리는 모두 개츠비를 쳐다보고 있었다.

"휴전 후 일부 장교들에게 그런 기회를 주었지요." 그가 말을 이었다. "영국이나 프랑스에 있는 대학이라면 어디든지 갈 수 있었어요."

나는 자리에서 일어나서 그의 등을 살짝 두드려 주고 싶었다. 전에도 그런 적이 있지만 그에 대한 완벽한 신뢰감이 새삼스럽게 되살아났기 때문이다.

데이지가 살짝 미소를 띠며 일어나 탁자 쪽으로 걸어갔다.

"톰, 위스키나 따 줘요." 그녀가 명령하듯 말했다. "내가 민트 줄렙을 만들어 줄게요. 그걸 마시고 나면 당신 스스로 보기에도 그렇게 바보처럼 보이진 않을 거예요…… 어머, 이 민트 좀 봐!"

"잠깐만 기다려 봐. 개츠비 씨에게 물어볼 게 하나 더 있으니까." 톰이 민첩하게 말했다.

"어디 계속해 보시지요." 개츠비가 공손하게 말했다.

"당신은 도대체 우리 집에 어떤 분란을 일으킬 작정이오?"

마침내 모든 것을 공개적으로 터놓고 맞서게 되어 개츠비는 오히려 흐뭇해했다.

"분란을 일으키고 있는 건 저분이 아니에요." 데이지가 절망적인 표정으로 두 사람을 번갈아 쳐다보았다. "분란을 일으키고 있는 건 바로 당신이라고요. 제발 조금이라도 자제력을 보여요."

"자제력을 보이라고!" 톰은 믿기지 않는다는 듯 그녀의 말을 되풀이했다. "도대체 어디서 굴러먹다 왔는지도 모르는 작자가 자기 마누라와 바람을 피우는데 가만히 보고만 있을 순 없지. 글쎄, 당신 생각이 그렇대도 나는 빼 주면 좋겠어…… 요즘 사람들은 가정생활과 가족 제도를 비웃고 있는데, 이러다가는 모든 걸 다 팽개쳐 버리고 백인하고 흑인이 결혼하려고 들 거야."

흥분해서 횡설수설하느라 얼굴이 발갛게 달아오른 그는 자신이 문명의 마지막 보루에 홀로 서 있다는 듯이 말했다.

"여기 있는 사람은 모두 백인인걸요." 조던이 중얼거렸다.

"내가 별로 인기가 없다는 건 나도 잘 알아. 난 성대한 파티를 열지 않으니까. 친구를 사귀려면 자기 집을 돼지우리로 만들어야 하나 보더군…… 적어도 현대 사회에서는 말이야."

나는 다른 사람들과 마찬가지로 화가 치밀었지만 톰이 입을 열 때마다 웃고 싶은 충동을 느꼈다. 톰은 이제 바람둥이에서 도덕군자로 완벽하게 변해 있었던 것이다.

"당신에게 말해 둘 게 있어요, 형씨……." 개츠비가 입을 열기 시작했다. 그러나 데이지가 그의 의도를 눈치챘다.

"제발 그만둬요!" 그녀가 절망적으로 말을 가로막았다. "우리 다 같이 집으로 돌아가도록 해요. 이제 그만 집에 가는 게 어때요?"

"그거 좋은 생각이군. 자, 톰, 가자고. 술을 마시고 싶어 하는 사람은 아무도 없잖아." 내가 자리에서 벌떡 일어섰다.

"개츠비 씨가 하고 싶은 말이 뭔지 알고 싶군."

"당신 부인은 당신을 사랑하지 않아요. 당신을 한 번도 사랑한 적이 없다고요. 나를 사랑할 뿐." 개츠비가 말했다.

"당신 미쳤군!" 톰이 자기도 모르게 버럭 소리를 질렀다.

개츠비가 잔뜩 흥분해서 자리에서 벌떡 일어섰다.

"당신을 사랑한 적이 없었단 말입니다. 알아듣겠소?" 그가 소리쳤다. "그녀는 내가 가난했던 탓에 기다리다 지쳐서 당신과 결혼한 것뿐이오. 그건 아주 큰 실수였지만 그녀는 마음속으로 나 말고는 어느 누구도 사랑하지 않았던 거요!"

이쯤 해서 조던과 내가 자리를 뜨려고 했지만 톰과 개츠비는 서로 경쟁이라도 하듯 완강하게 그냥 남아 있어 달라고 고집했다. 마치 이제 두 사람 모두 감출 것은 하나도 없고, 우리가 그들의 감정을 대신 겪는 것이 무슨 대단한 특권이라도 된다는 듯이 말이다.

"데이지, 잠깐 자리에 앉지. 그동안 무슨 일이 있었던 거지? 전부 듣고 싶어." 톰은 아버지 같은 목소리를 내려고 했지만 제대로 되지 않았다.

"그동안 있었던 일을 내가 말하지 않았소? 이제 오 년이 되어 갑니다……. 당신만 몰랐던 거요." 개츠비가 말했다.

그러자 갑자기 톰이 데이지를 향해 몸을 돌렸다.

"지난 오 년 동안 이 친구를 만나 왔다는 거야?"

"그런 얘기가 아니오. 우린 서로 만날 수 없었소. 하지만 우린 그동안에도 서로 사랑하고 있었소. 형씨, 당신은 그걸 모르고 있었던 거요. 어떤 때는 나 혼자 웃기도 했소……." 그러나 그의 눈에서 웃음기라고는 찾아볼 수 없었다. "당신이 그 사실을 까맣게 모르고 있다는 생각에 말이오."

"아…… 그게 전부요?" 톰은 두툼한 손가락을 마치 성직자처럼 토닥거리며 의자 뒤에 등을 기대고 앉았다.

"당신 미쳤군!" 그가 갑자기 고함을 질렀다. "오 년 전에 일어난 일에 대해선 상관하지 않겠소. 그때 나는 데이지를 몰랐으니까……. 그리고 뒷문으로 식료품 배달 따위를 한 게 아니라면 어떻게 당신이 이 여자에게 1킬로미터 내로 접근할 수 있었는지 알다가도 모를 일이오. 하지만 그 나머지는 모두 빌어먹을 새빨간 거짓말이오. 데이지는 나와 결혼할 때도 나를 사랑했고, 지금도 여전히 나를 사랑하오."

"그렇지 않소." 개츠비가 고개를 저으며 말했다.

"누가 뭐래도 그녀는 날 사랑하오. 어쩌다 어리석은 생각을 하고 스스로도 무슨 짓을 하는지 모르는 경우가 있어서 탈이지만." 톰이 사려 깊은 척하며 고개를 끄덕거렸다. "게다가 나도 데이지를 사랑하오. 가끔 술을 마시고 흥청거리며 바보짓을 한 적이 있긴 하지만 언제나 다시 제자리로 돌아오지요. 그리고 마음속으로 항상 그녀를 사랑하고."

"구역질이 나는군요." 데이지가 대꾸했다. 그녀는 나를 향해 몸을 돌렸고, 한 옥타브 낮아진 목소리가 섬뜩한 경멸감으로 방 안을 가득 채웠다. "우리가 왜 시카고를 떠났는지 알아요? 그 가끔씩 벌인 술잔치가 어땠는지 오빠에게 얘기해 준 사람이 없다는 게 이상할 지경이네요."

개츠비가 그녀에게로 걸어가서 옆에 섰다.

"데이지, 이젠 모든 게 끝났소. 이제는 그런 건 아무 상관 없어요. 저 사람에게 진실을 말하기만 하면 되는 거요……. 그를 한 번도 사랑한 적이 없다고……. 그러면 그 일은 영원히 말끔하게 지워지는 거요." 그가 진지하게 말했다.

그녀는 멍하니 그를 쳐다보았다. "아니…… 어떻게 내가 저 사람을 사랑할 수 있겠어요……. 정말로 어떻게요?"

"당신은 저 사람을 한 번도 사랑한 적이 없소."

그녀는 잠시 머뭇거렸다. 호소하는 듯한 눈빛으로 조던과 나를 쳐다보았다. 마치 그제야 자신이 무슨 짓을 하고 있는지 깨달은 것 같았다. 또한 자신은 처음부터 어떤 행동도 하려고 한 것이 아니라는 것 같았다. 그러나 이미 엎지른 물이었다. 되돌리기에는 너무 늦어 버린 것이다.

"저 사람을 사랑한 적이 없어요." 그녀는 눈에 띄게 내키지 않는 말투로 말했다.

"카피올라니[71]에서도 사랑하지 않았어?" 톰이 갑자기 따져 물었다.

"그래요."

아래층 연회장에서 질식할 듯한 화음이 뜨거운 바람을 타고 올라왔다.

"당신 신발을 적시지 않으려고 펀치볼[72]에서 당신을 안고 내려온 날도 말이야?" 그의 목소리에는 쉰 듯하면서도 상냥한 여운이 감돌았다. "……데이지?"

"제발, 그만해요." 그녀의 목소리는 여전히 차가웠지만 이제 증오의 감정은 가시고 없었다. 그녀가 개츠비를 쳐다보았다. "제이, 이봐요." 그녀가 말했다. 그러나 담배에 불을 붙이려는 그녀의 손은 떨리고 있었다. 갑자기 그녀가 담배와 불이 붙은 성냥개비를 카펫 위에 팽개쳐 버렸다.

"아, 당신은 너무 많을 것을 원해요!" 그녀가 개츠비에게 소리쳤다. "지금 난 당신을 사랑해요……. 그걸로 충분하지 않은

---

71) 하와이 군도의 오하우섬에 있는 공원으로 와이키키와 다이아몬드헤드 사이에 위치해 있다.

72) 오하우섬 호놀룰루 북쪽에 있는 분지. 해발 150미터 사화산 분화구로 하와이어로 '휴식의 언덕'이라는 뜻이다. 국립 태평양 기념 묘지로 조성되어 있다.

가요? 과거는 어쩔 수 없잖아요." 그녀는 절망적으로 흐느껴 울기 시작했다. "저 사람을 한 번쯤은 사랑했단 말이에요…….
하지만 당신도 사랑했어요."

개츠비는 눈을 번쩍 떴다 감았다.

"나도 사랑했다고?" 그가 그녀의 말을 되풀이했다.

"그것도 거짓말이야." 톰이 무자비하게 말했다. "그녀는 당신이 살아 있는지조차 몰랐소. 어쨌든…… 데이지와 나 사이엔 당신이 알지 못하는 일들이 있소. 우리 두 사람이 영원히 잊지 못할 일들 말이오."

그가 내뱉는 말이 개츠비의 몸을 물어뜯는 듯했다.

"데이지와 단둘이서 얘기하고 싶소. 그녀가 지금 너무 흥분해서……" 개츠비가 고집했다.

"우리 둘만 있게 되더라도 난 톰을 사랑한 적이 없었다고는 말할 수 없어요. 그건 사실이 아니니까요." 그녀가 비참한 목소리로 인정했다.

"물론 사실이 아닐 수밖에 없지." 톰이 맞장구를 쳤다.

그녀가 남편 쪽으로 몸을 돌렸다.

"마치 그게 당신에게 중요한 일인 것처럼 말하는군요." 그녀가 대꾸했다.

"물론 중요하고말고. 이제부턴 당신에게 좀 더 잘해 줄 생각이거든."

"당신은 아직도 이해를 못 하는군요. 당신은 그녀에게 잘해 줄 필요가 없을 거요." 개츠비가 당황한 기색으로 말했다.

"잘해 줄 필요가 없을 거라고?" 톰은 눈을 크게 뜨고 껄껄 웃었다. 그제야 그는 자신의 감정을 억제할 여유가 생긴 것이다. "왜 그렇지요?"

"데이지는 당신 곁을 떠날 테니까요."

"말도 안 되는 소리."

"하지만 사실인걸요." 그녀가 눈에 띄게 힘겨워하며 말했다.

"그녀는 나를 떠나지 않아!" 톰의 말이 갑작스레 개츠비를 후려갈기는 듯했다. "여자 손에 끼워 줄 반지까지 훔쳐야 하는 악명 높은 사기꾼 때문에 나와 헤어지지는 않을 거라고."

"더 이상은 못 참겠어요! 아, 제발 여기서 나가요." 데이지가 소리쳤다.

"당신 도대체 누구야?" 톰이 갑자기 외쳤다. "마이어 울프심과 몰려다니는 패거리 중 하나지……. 그 정도는 나도 우연히 알게 됐소. 당신의 사업 관계도 좀 알아봤지……. 그리고 내일 좀 더 자세히 알아볼 참이고."

"좋을 대로 하시구려, 형씨." 개츠비가 침착하게 말했다.

"당신의 '약국'이라는 게 뭔지 알아냈소." 그가 우리를 향해 재빨리 말했다. "이 사람과 그 울프심이라는 작자가 이곳과 시카고의 뒷골목 약국을 여러 곳 사들여 에틸알코올을 판 거요. 그게 저 친구의 작은 재주 중 하나이지. 난 저 친구를 처음 봤을 때부터 밀주업자일 거라고 생각했는데 크게 틀리지 않았어."

"그래서 어쨌다는 거요? 당신 친구 월터 체이스는 자존심이 없어서 우리 사업에 낀 모양이로군요." 개츠비가 점잖게 말했다.

"그런데 당신들은 그 친구가 곤경에 빠진 걸 모르는 척했지.

아닌가? 뉴저지주 감옥에 한 달 동안 갇혀 있도록 내버려 뒀 잖아. 맙소사! 월터가 당신들에 대해 어떻게 얘기하는지 한번 들어 봐야 하는 건데."

"그 사람은 알거지 신세로 우리한테 왔소. 돈을 좀 만지는 게 그렇게 반가울 수가 없었던 거지요, 형씨."

"나보고 '형씨', '형씨' 하지 마시오!" 톰이 고함쳤다. 개츠비 는 아무 말도 하지 않았다. "월터는 당신들을 도박 베팅 한도 법을 걸어 잡아넣을 수도 있었소. 하지만 울프심이 겁을 주는 바람에 입을 다물고 있었던 거요."

그렇게 낯익지는 않지만 그래도 알아볼 수 있는 표정이 다 시 개츠비의 얼굴에 돌아왔다.

"약국 사업은 푼돈 놀이에 지나지 않지. 월터가 겁이 나서 내게 말은 못 하지만 당신들은 지금 다른 꿍꿍이짓을 벌이고 있소." 톰이 천천히 말을 이었다.

나는 개츠비와 자기 남편을 공포에 질려 번갈아 응시하고 있는 데이지를 쳐다보고 나서 눈에 보이지 않는 어떤 재미난 물건을 턱 끝에 올려놓고 균형을 잡기 시작한 조던을 쳐다보 았다. 그런 뒤 개츠비 쪽으로 몸을 돌렸다. 그런데 그의 표정 을 보고 깜짝 놀라지 않을 수 없었다. 그가 마치 ─ 그의 정원 에서 사람들이 쑥덕거리던 소리는 전혀 무시해 버리고 하는 말인데 ─ '살인이라도 한' 사람의 표정을 짓고 있었던 것이다. 그 순간 그의 굳은 얼굴 모습은 그렇게 기이한 방법으로밖에 는 묘사할 수 없을 것 같았다.

그 표정이 사라진 뒤 개츠비는 데이지에게 흥분해서 말하기 시작했다. 모든 것을 부정하고 아직 나오지 않은 비난에 대해서까지 자신을 변명하면서 말이다. 그러나 그가 말을 하면 할수록 그녀의 마음은 점점 안으로 움츠러들었고, 그래서 결국 그는 포기하고 말았다. 오후 해가 뉘엿뉘엿 기울어 가는 동안 깨어진 꿈만이 계속 다투고 있었다. 이제는 만져 볼 수도 없는 것을 만지려고 하면서, 불행하지만 그렇다고 절망하지는 않으며 방을 가로질러 그 잃어버린 목소리를 향해 몸부림치고 있었다.

그 목소리의 주인공이 다시 한번 집으로 가자고 애원했다.

"제발요, 톰! 이제 더 이상은 못 참겠어요."

겁에 질린 그녀의 눈을 보면 혹시 지금껏 어떤 의지, 어떤 용기가 있었다 해도 이제는 완전히 사라지고 말았음을 알 수 있었다.

"데이지, 둘이서 먼저 출발하지. 개츠비 씨 차로 말이야." 톰이 말했다.

그녀가 놀란 눈으로 톰을 쳐다보았지만 그는 경멸을 보이면서도 아량이라도 베푸는 듯 고집했다.

"어서 떠나라고. 저자가 당신을 괴롭히진 않을 거야. 주제넘은 애정 행각은 이미 끝장났다는 걸 알아차렸을 테니까."

그들은 한마디 말도 없이 갑자기 획 하고 나가 버렸고, 우리의 동정심에서도 마치 유령처럼 멀어져 버렸다.

잠시 뒤 톰이 자리에서 일어나 마개도 따지 않은 위스키 병을 다시 수건으로 감싸기 시작했다.

"이거 마실까? 조던? ……닉?"

나는 아무 대답도 하지 않았다.

"닉?" 그가 다시 물었다.

"아, 뭐라고 했나?"

"마실 테냐고?"

"아니…… 지금 막 생각이 났는데 말이야, 오늘이 마침 내 생일이군."

나는 이제 서른 살이 되었다. 내 앞에는 불길하고 위협적인 또 한 차례의 십 년이 펼쳐져 있었다.

우리가 톰과 함께 쿠페에 올라타 롱아일랜드를 향해 출발한 것은 7시였다. 그는 기분이 좋아 웃어 대며 쉬지 않고 지껄였다. 하지만 그의 목소리는 조던과 나에게는 보도 위에서 나는 이질적인 소음이나 머리 위 고가 철도의 시끄러운 소리처럼 아득하게만 들렸다. 인간의 공감에는 한계가 있는 법이라 우리는 그들의 비극적인 말다툼이 도시의 불빛을 뒤로한 채 스러져 가는 것을 다행스럽게 생각했다. 서른 살 — 고독의 십 년을 기약하는 나이, 독신자의 수가 점점 줄어드는 나이, 야심이라는 서류 가방도 점점 얄팍해지는 나이, 머리카락도 점점 줄어드는 나이가 아닌가! 그러나 내 옆에는 데이지와는 달리 깨끗이 잊힌 꿈을 해를 묵혀 가며 간직하기에는 너무 똑똑한 여자인 조던이 앉아 있었다. 어두운 다리 위를 지나고 있을 때 그녀는 창백한 얼굴을 내 윗옷 어깨에 나른하게 기댔고, 위안을 주는 그녀의 손길이 느껴지자 서른 살이 되었다는 엄청난 충격도 사라지고 말았다.

그래서 우리는 점차 서늘해지기 시작하는 황혼을 뚫고 죽음을 향해 계속 차를 몰았다.

쓰레기 계곡 옆에서 커피 가게를 운영하는 그리스인 마이클리스가 사건 심리의 주요 증인이었다. 그는 그 더위 속에서도 5시까지 낮잠을 자다가 정비소에 어슬렁어슬렁 걸어갔고 조지 윌슨이 사무실에서 앓고 있는 것을 발견했다. 낯빛은 자신의 허여스름한 머리카락만큼이나 창백했고 온몸을 덜덜 떨 정도로 심하게 앓고 있었다. 마이클리스가 좀 누워 있으라고 타일렀지만 윌슨은 그러면 장사에 이만저만한 손해가 아니라며 말을 듣지 않았다. 이렇게 이웃 청년이 그를 타이르고 있는 동안 머리 위에서 큰 소동이 벌어지는 소리가 들렸다.

"마누라를 위층에 가둬 놓았네. 모레까지 가둬 둘 생각이야. 그러고 나서 우린 이사를 가는 거지." 윌슨이 침착하게 설명했다.

마이클리스는 깜짝 놀랐다. 이웃에 사 년 동안이나 살아 왔지만 도무지 그런 말을 할 수 있는 위인처럼 보이지 않았기 때문이다. 그는 늘 지쳐 있었다. 일을 하지 않을 때는 문간에 의자를 갖다 놓고 앉아서 길 가는 사람이나 자동차를 멍하니 바라보았다. 누가 말이라도 걸면 그는 언제나 호감은 가지만 생기 없는 웃음을 지었다. 그는 자기 뜻대로 행동한다기보다는 아내에게 잡혀 사는 남자였다.

그래서 마이클리스는 자연히 무슨 일이 있었는지 캐물으려고 했지만 윌슨은 한마디도 뻥긋하려고 하지 않았다. 오히려 이 청년에게 이상야릇한 의심의 눈초리를 던지기 시작하더니 어느 날 어느 시간에 무엇을 하고 있었는지 물었다. 마이클리스가 거북하게 느낄 무렵 손님 몇 사람이 그의 음식점을 향해 그 앞을 지나갔기 때문에 그는 나중에 다시 와 볼 생각으로 그 기회를 잡아 자리를 떴다. 그러나 막상 다시 와 보지는 못했다. 그저 잊어버린 것일 뿐 다른 이유가 있었던 것은 아니다. 7시가 조금 지나서 그가 다시 밖에 나왔을 때 정비소 아래층에서 고래고래 소리치는 윌슨 부인의 목소리가 들렸기 때문에 갑자기 아까 나눈 이야기가 생각났다.

"어디 때려 보시지!" 그의 귓가에 여자가 외치는 소리가 들렸다. "어서 날 넘어뜨리고 때려 보라고, 이 거지발싸개 같은 겁쟁이야!"

잠시 뒤 그녀는 손을 흔들고 고함을 지르며 땅거미 속으로 뛰쳐나갔다. 그가 자기 집 문간에서 몸을 돌리기도 전에 일은 이미 끝나 있었다.

신문에서 부른 대로 그 '죽음의 자동차'는 멈춰 서지 않았다. 그 차는 점점 짙어 가는 어둠을 헤치고 나타나 한순간 비극적으로 비틀비틀하더니 다음 모퉁이로 사라져 버렸다. 마이클리스는 그 자동차의 색깔조차 정확히 알 수 없었다. 처음에는 경찰관에게 옅은 초록색이라고 말했다. 뉴욕 쪽을 향해 달리던 다른 차는 100미터쯤 지나친 뒤에야 정지했고, 운전자는 급히 차를 돌려 머틀 윌슨이 무참하게 목숨이 끊긴 채 끈적끈적한 검붉은 피와 먼지로 뒤범벅되어 길바닥에 엎드려 있는 곳으로 되돌아왔다.

마이클리스와 이 남자가 제일 먼저 그녀에게 다가갔다. 아직도 땀에 젖어 축축한 블라우스 자락을 찢어 보니 왼쪽 가슴이 늘어진 물건처럼 너덜거리고 있었고, 그 아래 심장의 박동 소리는 들어 볼 필요조차 없었다. 입은 마치 그렇게 오랫동안 축적해 놓은 엄청난 생명력을 쏟아 버리느라 조금 숨이 찼던 듯 딱 벌린 채 양쪽 가장자리가 조금 찢겨 있었다.

우리가 아직 멀리 떨어져 있는데도 자동차 서너 대와 사람들이 옹기종기 모여 있는 것이 보였다.

"자동차 사고로군! 잘됐어. 윌슨에게 드디어 작은 돈벌이가 생기게 됐으니." 톰이 말했다.

그는 속력을 늦추었지만 그래도 차를 멈출 생각은 전혀 없었다. 좀 더 가까이 다가가자 정비소 문 앞에서 말없이 긴장하고 서 있는 얼굴들이 보였고, 그는 자기도 모르게 브레이크를 걸었다.

"잠깐 구경이나 하고 가지. 그냥 구경이나 하자고." 그가 미심쩍다는 듯 말했다.

그때 정비소 안에서 공허하게 울부짖는 소리가 끊임없이 흘러나왔다. 그런데 우리가 쿠페에서 내려 문간으로 향하자 그 소리는 숨을 헐떡거리는 신음 소리와 함께 되풀이되는 "아, 세상에 어찌 이런 일이!"라는 말로 바뀌었다.

"무슨 끔찍한 사고가 난 게로군." 톰이 흥분하여 말했다.

톰은 까치발로 둘러선 사람들의 머리 너머로 정비소 안을 들여다보았다. 그 안에는 머리 위에 흔들거리는 철망 등갓 안에 노란 전등 하나가 켜져 있을 뿐이었다. 그리고 그는 목구멍에서 거친 소리를 내더니 억센 팔로 사람들을 난폭하게 밀어 젖히고 안으로 들어갔다.

뭔가를 설명하느라고 중얼거리는 소리와 함께 사람들이 다시 둥그렇게 원을 그렸다. 잠시 동안 내 눈에는 아무것도 보이지 않았다. 그러다가 새로 모여든 구경꾼들이 줄을 흐트러뜨리는 바람에 조던과 나는 갑자기 안으로 떠밀려 들어갔다.

머틀 윌슨의 시체는 추위가 염려된다는 듯 담요 두 장에 싸인 채 벽 쪽 작업대에 놓여 있었고, 톰은 우리 쪽을 등진 채 꼼짝 않고 그 시체 위로 몸을 굽히고 있었다. 그의 곁에는 오토바이 경찰관 한 사람이 서서 땀을 뻘뻘 흘리며 수첩에 이름을 받아썼다가 다시 고쳤다 하고 있었다. 처음에 나는 텅 빈 차고 안에 시끄럽게 울려 퍼지는 그 목청 높은 신음 소리가 어디서 나는지 잘 알 수 없었다. 그러다가 윌슨이 몸을 앞뒤로 흔들거리며 두 손으로 문설주를 짚고 조금 돋워 놓은 사무실 문지방에 서 있는 것이 보였다. 어떤 남자가 나지막한 소리로 뭐라고 타이르고 있었고 가끔 손으로 어깨를 짚으려 했지만 윌슨에게는 들리지도 보이지도 않는 것 같았다. 그의 시선은 흔들거리는 전등에서 천천히 내려와 시체가 놓인 작업대로 갔다가는 전등 쪽으로 되돌아가곤 했고, 그럴 때마다 끊임없이 그 높은 목청으로 무서운 소리를 질러 댔다.

"아, 세상에 어찌 이런 일이! 아, 세상에 어찌 이런 일이! 아, 세상에 어찌 이런 일이! 아, 세상에 어찌 이런 일이!"

마침내 톰이 갑자기 고개를 쳐들고 흐릿한 눈빛으로 정비소 안을 둘러보더니 잘 알아들을 수 없게 뭐라고 중얼중얼 경찰관에게 지껄였다.

"마 ─ 브⋯⋯." 경찰관이 말하고 있었다. "⋯⋯오⋯⋯."

"아닙니다. '로'예요." 청년이 고쳐 주었다. "마브로……."

"내 말 좀 들어 보시오!" 톰이 나지막한 목소리로 거칠게 말했다.

"르……." 경찰관이 계속했다. "오……."

"그……."

"그……." 톰이 널찍한 손으로 경찰관의 어깨를 잡자 경찰관은 고개를 쳐들었다. "뭡니까?"

"어떻게 된 일인지 말 좀 해 주시오!"

"자동차에 치였소. 즉사했습니다."

"즉사했다고요." 톰이 경찰관을 빤히 쳐다보며 그의 말을 되풀이했다.

"저 여자가 도로로 뛰어나갔소. 그 빌어먹을 놈의 운전자는 차를 멈추지도 않았고요."

"차가 두 대 있었어요. 하나는 아래쪽으로 가고 있었고, 다른 하나는 위쪽으로 가고 있었지요. 아시겠어요?" 마이클리스가 말했다.

"어디로 가고 있었다고요?" 경찰관이 날카롭게 물었다.

"각기 양쪽 방향으로 가고 있었어요. 저어, 저 여자가……." 그의 손이 담요 쪽으로 반쯤 올라가다 다시 옆구리로 내려왔다. "……저 여자가 도로로 뛰어나갔고, 뉴욕 쪽에서 내려가던 차가 그녀를 정면으로 들이받았어요. 시속 50~60킬로미터는 족히 됐을 겁니다."

"이곳 지명이 어떻게 되지요?" 경찰관이 물었다.

"뭐 지명이랄 게 없죠."

해쓱한 얼굴에 옷을 잘 차려입은 흑인 한 사람이 가까이 다가왔다.

"노란색 차였습니다. 커다란 노란 차였어요. 또 새 차였고요." 그가 말했다.

"사고를 목격했나요?" 경찰관이 물었다.

"아뇨. 하지만 그 차가 내 옆을 지나서 시속 60킬로미터도 넘는 속력으로 이 길 아래쪽으로 달려갑디다. 아마 80~90킬로미터는 됐을 거요."

"이리 오시오. 이름 좀 적읍시다. 자, 좀 비켜 주세요. 이 사람 이름 좀 적어야겠어요."

이 대화 중 몇 마디가 여전히 문간에서 몸을 흔들고 있는 윌슨에게 들린 것이 틀림없었다. 헐떡거리며 외치던 소리가 그치고 갑자기 외침이 들렸기 때문이다.

"어떻게 생긴 차인지 말할 필요도 없어! 어떻게 생긴 차인지는 다 아니까!"

"정신 차리게." 톰이 타이르듯 무뚝뚝하게 말했다.

윌슨의 눈이 톰에게로 향했다. 윌슨이 놀라서 발끝으로 벌떡 몸을 일으키려고 했고, 그때 만약 톰이 잡아 주지 않았더라면 그는 아마 무릎을 꿇고 고꾸라졌을 것이다.

"내 말 좀 들어 봐." 톰이 그를 살짝 흔들며 말했다. "난 방금 뉴욕에서 돌아오는 길이야. 우리가 얘기한 쿠페를 당신에게 갖다주려고 오는 길이었단 말이야. 오늘 오후에 내가 몰던 노란 차는 내 것이 아니라고. 내 말 알아듣겠어? 오후 내내 난 그 차를 보지도 못했다고."

그 흑인과 나만이 그가 하는 말을 들을 만큼 가까이 있었지만, 경찰관이 그들의 말투에서 무슨 낌새를 눈치챘는지 험상궂은 눈초리로 훑어보았다.

"지금 무슨 소리 하는 거요?" 그가 물었다.

"난 이 사람의 친구 되는 사람입니다." 톰이 고개를 돌렸지만 손은 여전히 윌슨을 꽉 붙잡고 있었다. "이 사람이 사고 낸 차를 안다고 하는군요…… 노란색 차랍니다."

목소리에서 어렴풋한 직감을 느꼈는지 경찰관은 의심스럽다는 눈으로 톰을 바라보았다.

"당신 차는 무슨 색깔입니까?"

"푸른색입니다. 쿠페죠."

"지금 막 뉴욕에서 오는 길입니다." 내가 거들었다.

우리와 조금 떨어져 뒤따라오던 차의 운전자가 이를 확인해 주자 경찰관은 돌아섰다.

"자, 이름을 다시 말씀해 주시겠습니까, 정확하게……."

톰은 윌슨을 인형처럼 번쩍 들어 그의 사무실 의자에 앉혀 놓고 나왔다.

"누구든지 이리 와서 이 사람과 같이 있어 주시오." 그가 명령을 내리듯 불쑥 말했다. 그는 제일 가까이 있던 남자 둘이 마주 쳐다보고는 마지못해 그 방으로 들어가는 것을 지켜보았다. 그러고 나서 톰은 문을 닫고는 작업대 쪽에서 눈길을 돌리면서 한 단으로 된 층계를 내려왔다. 톰이 나를 바싹 스쳐 지나가면서 소곤거렸다. "이제 그만 나가세."

톰은 남의 눈을 의식하며 위세 있게 두 팔로 길을 텄고, 아직도 모여드는 군중의 틈을 밀치고 빠져나와 왕진 가방을 들고 다급하게 들어오는 의사를 지나쳤다. 혹시나 하는 희망에서 삼십 분 전에 부른 의사였다.

길모퉁이에서 벗어날 때까지 톰은 천천히 차를 몰았다. 그다음부터는 가속기를 힘차게 꾹꾹 밟았고, 그의 쿠페는 밤을 헤치고 쏜살같이 달렸다. 조금 있으니까 나지막한 쉰 목소리로 흐느끼는 소리가 들렸고 눈물이 그의 얼굴을 타고 줄줄 흘러내리는 것이 보였다.

"그 빌어먹을 겁쟁이 자식! 차를 세우지도 않다니!" 그가 울먹이며 말했다.

뷰캐넌 부부의 저택이 바람에 스치는 검은 나무 사이로 불쑥 눈앞에 나타났다. 톰이 현관 옆에 자동차를 멈추고 담쟁이덩굴 사이로 창 두 개가 불빛으로 꽃처럼 환하게 피어오른 2층을 올려다보았다.

"데이지가 집에 와 있군." 그가 말했다. 우리가 차에서 내릴 때 그가 힐끗 나를 쳐다보더니 약간 얼굴을 찡그렸다.

"닉, 웨스트에그에서 자네를 내려 줄걸 그랬어. 오늘 밤에는 할 수 있는 일이 아무것도 없으니 말일세."

그가 아까와는 다른 태도로 엄숙하면서도 단호하게 말했다. 달빛이 비치는 자갈길을 지나 우리가 현관으로 걸어가는 동안 그는 민첩하게 몇 마디로 일을 처리해 버렸다.

"전화를 걸어 집까지 타고 갈 택시를 불러 주겠네. 기다리는 동안 자네와 조던은 부엌에 가서 저녁을 차려 달라고 해……. 저녁 생각이 있다면 말이야." 그는 문을 열었다. "자, 들어오게."

"아냐. 사양하겠어. 하지만 택시를 불러 주면 고맙겠어. 난 밖에서 기다릴 테야."

조던이 내 팔에 손을 얹었다.

"닉, 정말 들어가지 않을래요?"

"사양하겠어요."

나는 속이 약간 메스꺼워 혼자 있고 싶었다. 그러나 조던은 한동안 더 머뭇거렸다.

"이제 겨우 9시 30분밖에 되지 않았어요." 그녀가 말했다.

나는 집 안으로 들어가느니 차라리 지옥에 가고 싶은 심정이었다. 하루 동안 진절머리가 날 만큼 실컷 이 사람들을 보았고, 갑자기 그 사람들 속에는 조던도 포함되어 있었다. 그녀는 내 표정에서 그런 눈치를 챘는지 홱 돌아서서 현관 층계를 뛰어올라 집 안으로 들어가 버렸다. 나는 몇 분 동안 손으로 머리를 감싸고 앉아 있었다. 마침내 안에서 택시를 부르는 집사의 목소리가 들렸다. 나는 정문에서 기다릴 작정으로 천천히 진입로를 따라 내려갔다.

20미터도 채 가지 않았을 때 내 이름을 부르는 소리가 들리더니 개츠비가 관목 사이에서 길로 나왔다. 이때쯤 나는 꽤 으스스한 기분을 느꼈음에 틀림없다. 달빛 아래에서 번쩍거리는 그의 분홍색 양복 말고는 도무지 아무것도 생각할 수가 없었기 때문이다.

"여기서 뭘 하고 있는 겁니까?" 내가 물었다.

"그냥 서 있었어요, 형씨."

그 행동은 어딘지 모르게 비열한 짓처럼 생각되었다. 모르긴 몰라도 그가 금방이라도 그 집을 털려고 하는 것이 아닌가 하는 생각이 들었다. 그의 등 뒤 컴컴한 관목 사이에서 험상궂은 얼굴들, '울프심 일당'의 얼굴을 목격한다 해도 별로 놀라지 않았을 것이다.

"길에서 사고 난 것 보았습니까?" 잠시 뒤 그가 물었다.

"네, 봤지요."

그는 잠깐 머뭇거렸다.

"그 여자는 죽었나요?"

"네, 죽었어요."

"그럴 줄 알았어요. 데이지에게도 그럴 거라고 말했고요. 충격은 한꺼번에 받는 편이 더 나으니까요. 데이지는 꽤 잘 견뎌 냈어요."

그는 데이지의 반응 말고는 이 세상에서 아무것도 문제 될 것이 없다는 투로 말했다.

"뒷길을 이용해 웨스트에그로 갔지요." 그가 계속해서 말했다. "그리고 내 차고에 자동차를 넣어 두었어요. 우리를 목격한 사람은 없는 것 같지만 확신할 순 없지요."

나는 그가 너무 혐오스러운 나머지 그의 생각이 틀렸다고 말해 줄 필요조차 느끼지 않았다.

"그 여자가 누굽니까?" 그가 물었다.

"윌슨 부인이라는 여자예요. 남편이 그 정비소의 주인이죠. 도대체 어떻게 하다 그랬습니까?"

"저어, 내가 핸들을 꺾으려고 했는데……." 그가 하던 말을 뚝 끊었고, 나는 그 순간 무슨 일이 있어났는지 짐작할 수 있었다.

"데이지가 운전하고 있었군요?"

"그래요." 잠시 뒤 그가 대답했다. "하지만 물론 내가 운전했다고 할 겁니다. 형씨도 봤겠지만, 뉴욕에서 출발할 때 데이지는 아주 신경이 날카로워져 있어서 운전을 하면 마음이 좀 안정될 거라고 생각했던 거지요……. 우리가 맞은편에서 오는 차를 지나치려는 순간, 그 여자가 우리한테 뛰어들었어요. 한순간에 일어난 일이었지만, 내 생각에는 그녀가 우리에게 무슨 말을 하려고 했던 것 같아요. 우리가 아는 사람이라고 생각한 듯합니다. 글쎄, 처음에 데이지는 그 여자를 피하려고 마주 오던 차 쪽으로 핸들을 꺾었다가 겁을 먹고는 핸들을 다시 돌렸지요. 내가 핸들을 잡는 순간 그 여자가 부딪히는 충격이 느껴지더군요……. 아마 즉사했을 겁니다."

"몸이 갈기갈기 찢겨……."

"그만둬요, 형씨." 그는 눈을 찡그렸다. "아무튼…… 데이지는 사람을 치고도 그냥 차를 몰았어요. 내가 차를 세우게 하려고 했지만 그럴 수가 없었지요. 그래서 내가 핸드 브레이크를 당겼습니다. 그러고 나서야 그녀는 내 무릎 위로 쓰러졌어요. 그다음부터는 내가 차를 몰았지요."

그가 곧 다시 말을 이었다. "데이지는 내일이면 괜찮아질 거예요. 난 지금 여기서 기다리면서 혹 그자가 오늘 오후에 있었던 불쾌한 일로 데이지를 괴롭히지나 않나 지켜보려고요.

그녀는 방에 들어가 문을 잠그고 있어요. 만일 그자가 무슨 폭행이라도 하려고 들면 불을 껐다 켰다 하기로 했지요."

"톰은 손찌검을 하지는 않을 겁니다. 지금 데이지는 그의 안중에도 없거든요." 내가 말했다.

"난 그 사람을 못 믿겠어요, 형씨."

"얼마나 오래 기다릴 작정입니까?"

"필요하다면 밤새도록이라도 기다릴 겁니다. 하여간 모두 잠들 때까지는 기다릴 거예요."

새로운 생각 하나가 갑자기 내 머릿속을 스쳐 갔다. 만일 데이지가 차를 몰았다는 사실을 톰이 알아낸다면 어떻게 될까? 거기에 무슨 연관성이 있다고 생각할는지도 모른다. 지금 그가 무슨 생각을 할지 알 수 없는 노릇이다. 나는 집 쪽을 쳐다보았다. 아래층에 창문 두어 개가 밝게 밝혀져 있었고, 2층 데이지의 방에서는 분홍색 불빛이 쏟아져 나왔다.

"여기서 잠깐만 기다리고 있어요. 소동이 일어날 낌새가 있는지 보고 오겠습니다." 내가 말했다.

나는 잔디밭 가장자리를 따라 돌아가 자갈길을 가로질러 베란다 층계를 살금살금 올라가 보았다. 거실의 커튼은 열려 있고 방이 텅 비어 있었다. 석 달 전, 그러니까 6월의 그날 밤 저녁 식사를 하던 현관을 가로질러 나는 식료품 저장실 창문이라고 짐작되는 곳에서 새어 나오는 작은 장방형 불빛에 다가섰다. 차일이 내려져 있었지만 창문턱에서 갈라진 틈을 하나 찾아냈다.

데이지와 톰은 차디차게 식은 프라이드치킨 한 접시와 흑맥주 두 병을 사이에 두고 마주 앉아 있었다. 그는 식탁 건너편으로 그녀에게 뭐라고 열심히 말하고 있었다. 진지한 태도로 손을 뻗어 그녀의 손을 감싸고 있었다. 이따금 데이지는 그를 올려다보며 알았다는 듯 고개를 끄덕였다.

그들은 행복해 보이지 않았고, 두 사람 다 치킨이나 흑맥주에는 손도 대지 않았다. 그렇다고 불행해 보이는 것도 아니었다. 그 광경에는 분명 자연스럽고 친밀한 분위기가 감돌았고, 만일 누가 그 모습을 본다면 그들이 함께 무슨 음모를 꾸미고 있다고 생각했을 것이다.

현관을 살금살금 걸어 나갈 때 내가 타고 갈 택시가 어두운 길을 따라 집을 향해 더듬거리며 들어오는 소리가 들렸다. 개츠비는 내가 기다리고 있으라고 한 바로 그 자리에서 그대로 기다리고 있었다.

"그래 조용합디까?" 그가 걱정스럽게 물었다.

"네, 아주 조용하네요. 집에 돌아가 눈을 좀 붙이는 게 어때요?" 내가 머뭇거리며 대답했다.

그러나 그는 머리를 내저었다.

"데이지가 잠들 때까지 여기서 기다리고 싶습니다. 안녕히 가세요, 형씨."

그는 윗도리 호주머니에 두 손을 집어넣고, 마치 내가 옆에 있는 것이 자신의 신성한 불침번에 모독이라도 되는 것처럼 간절한 마음으로 다시 집 쪽을 향해 고개를 돌렸다. 그래서 그가 달빛 아래에서 아무 일도 아닌 것을 지켜보도록 남겨 둔채 나는 그곳에서 걸어 나왔다.

8

나는 밤새도록 잠을 제대로 이룰 수 없었다. 해협에서는 안개 경보 소리가 신음 소리를 내듯 끊임없이 들려왔고, 나는 기괴한 현실과 잔인하고 무서운 꿈 사이를 오락가락하며 반쯤 아픈 상태에서 몸을 뒤척였다. 새벽녘에 개츠비 저택의 진입로로 택시 한 대가 올라가는 소리를 듣고 나는 곧장 침대에서 뛰쳐나와 주섬주섬 옷을 입었다. 그에게 뭔가 말해 주고 조심하라고 경고해 주어야 할 것 같은데 아침이 되면 너무 늦을지도 몰랐다.

그 집 잔디밭을 가로질러 가 보니 현관문이 열려 있었다. 그는 크게 낙심한 것 같기도 하고 졸린 것 같기도 한 나른한 표정으로 홀의 테이블에 기대어 있었다.

"아무 일도 없었습니다. 줄곧 기다렸지요. 새벽 4시쯤 돼서 데이지가 창가로 오더니 잠깐 서 있다가 불을 끄더군요." 그가 맥없이 말했다.

우리가 담배를 찾으려고 커다란 방들을 헤맨 그날만큼 그 집이 그렇게 커 보인 적도 일찍이 없었다. 우리는 장막 같은 커튼을 옆으로 걷으면서 전등불 스위치를 찾느라 헤아릴 수 없이 길고 컴컴한 벽을 더듬거렸다. 한번은 유령 같은 피아노 건반에 그만 넘어지기도 했다. 어디 할 것 없이 먼지투성이였고 오랫동안 통풍을 시키지 않은 듯 곰팡이 냄새가 코를 찔렀다. 나는 못 보던 탁자 위에서 말라비틀어진 담배 두 개비가 들어 있는 담뱃갑을 찾아냈다. 우리는 거실의 프랑스식 창문을 활짝 열어젖히고 어둠 속으로 담배 연기를 내뿜으면서 앉아 있었다.

"잠시 이곳을 떠나요. 모르긴 몰라도 사람들이 당신 자동차를 찾아낼 겁니다." 내가 말했다.

"지금 당장 떠나란 말입니까, 형씨?"

"애틀랜틱시티[73]에 가서 일주일 정도 있거나, 아니면 몬트리올에 올라갔다 오든지요."

개츠비는 그럴 생각이 없었다. 데이지가 어떻게 할 작정인지 알기 전에는 도저히 떠날 수 없다는 것이었다. 그는 아직도 마지막 한 가닥 희망을 붙들고 있었고, 나는 차마 그를 흔들어 붙잡고 있는 손을 놓게 할 수 없었다.

---

73) 미국 뉴저지주 애틀랜틱군에 있는 해양 도시. 휴양 호텔, 카지노, 쇼핑 센터, 오락 시설이 많아 흔히 '동부의 라스베이거스'로 불린다.

그가 나에게 댄 코디와 함께 보낸 그 이상한 젊은 시절 얘기를 들려준 것은 바로 그날 밤이었다. 그가 그 얘기를 해 준 것은, '제이 개츠비'라는 인물이 톰의 무자비한 악의 앞에서 유리 조각처럼 산산이 부서지면서 그 길고 은밀한 광상곡 연주가 모두 끝났기 때문이다. 지금 생각해 보니 그는 이제 숨김 없이 무슨 얘기라도 다 털어놓을 용의가 있었지만 그보다는 데이지 얘기를 더 하고 싶었던 것 같다.

데이지는 그가 난생처음으로 알게 된 '우아한' 여자였다. 그는 온갖 숨겨진 능력을 발휘해 그런 부류의 사람들과 만나긴 했지만 그들과의 사이에는 언제나 눈에 보이지 않는 가시철조망이 가로놓여 있었다. 그는 그녀가 몹시도 탐났다. 처음에는 캠프 테일러의 다른 장교들과 같이 그녀의 집에 놀러 갔지만 나중에는 혼자서 찾아갔다. 그에게는 참으로 놀라운 일이었다. 그렇게 아름다운 집에 들어가 보기는 처음이었다. 그러나 그 집에서 숨 막힐 정도로 강렬한 분위기를 느낀 것은 바로 데이지가 그 집에 살고 있다는 사실 때문이었다. 군 기지의 텐트가 그에게 예사로운 것처럼 데이지에게 그 집은 예사로운 것이었다. 그 집 주위에는 무르익은 신비스러움이 감돌고 있었다. 위층에는 어떤 침실보다 아름답고 서늘한 침실이 있을 것만 같았고, 복도마다 화려하고 신바람 나는 일들이 일어나고 있을 것만 같았으며, 라벤더 속에 처박아 놓은 곰팡내 나는 로맨스가 아니라 금년에 출시된 번쩍거리는 최신형 자동차처럼 신선하고 생기 넘치는 로맨스가 있을 것만 같았고, 시들지 않는 꽃처럼 무도회가 열릴 것만 같았다. 지금까지 이미 많은 사내들이 데이지를 사랑했다는 사실 또한 그의 가슴을 더욱 설레게 했다. 그럴수록 그의 눈에는 그녀가 더욱 가치 있어 보였다. 그는 그 남자들의 존재가 아직도 떨리는 감정의 그림자와 메아리로 그 집 주위를 구석구석 가득 채우고 있는 것을 느낄 수 있었다.

그러나 그는 자신이 데이지의 집에 발을 들여놓게 된 것은 엄청난 우연 때문이라는 사실을 잘 알았다. 제이 개츠비로서의 그의 장래가 아무리 찬란하다고 해도 그때는 아무런 경력이 없는 한낱 무일푼의 청년에 불과했으며, 당장이라도 눈에 띄지 않는 제복이 어깨에서 흘러내려 버릴지도 모를 일이었다. 그래서 자기에게 주어진 시간을 최대한으로 이용하기로 마음먹었다. 그는 자신이 얻을 수 있는 것을 염치를 무릅쓰고 게걸스럽게 구했다. 고요한 10월의 어느 밤 마침내 그는 데이지를 차지했는데, 사실 그로서는 그녀의 손목을 만질 권리조차 없었기 때문에 그렇게 했던 것이다.

그는 거짓 핑계로 그녀를 차지했기 때문에 자신을 경멸했을 수도 있다. 있지도 않은 수백만 달러를 가졌다고 거짓말을 했다는 뜻이 아니라, 데이지에게 고의로 안도감을 불어넣었다는 뜻이다. 그는 자신이 그녀와 같은 사회 계층에 속하는 인물인 것처럼 믿도록 만들었던 것이다. 그녀를 충분히 보살펴 줄 능력이 있다고 말이다. 사실 그에게는 그럴 만한 능력이 없었다. 그에게는 풍요로운 가정의 뒷받침도 없었을뿐더러 그는 비정한 정부의 변덕에 따라 세계 어디에서든 갑자기 목숨이 날아가 버릴지도 모를 처지였다.

그러나 그는 자신을 경멸하지 않았고 상황도 그가 상상한 대로 돌아가지 않았다. 아마 그는 얻을 수 있는 것만 얻고는 훌쩍 떠나 버릴 작정이었는지도 모른다. 하지만 그때 그는 자신이 전력을 다해 성배(聖杯)를 좇았다는 것을 깨닫게 되었다. 그녀가 특별하다는 것은 알았지만 '우아한' 여자가 도대체 얼마큼이나 특별할 수 있는지는 미처 깨닫지 못했던 것이다. 그녀는 개츠비를 남겨 둔 채 부유한 자기 집 안으로, 그 부유하고 충만한 삶 속으로 사라져 버렸다 ─ 정말 아무 미련도 없이 말이다. 그는 그녀와 결혼한 듯한 느낌이 들었고 그것이 전부였다.

이틀 뒤 그들이 다시 만났을 때 숨이 가빠지면서 어쩐지 배반당한 것 같은 느낌이 드는 것은 개츠비 쪽이었다. 그녀의 집 현관은 돈을 주고 산 별처럼 빛을 내뿜는 사치품으로 눈이 부셨다. 그녀가 그에게로 몸을 돌리고 그가 그녀의 호기심 많고 사랑스러운 입술에 키스하는 동안 고리버들로 만든 긴 의자가 우아하게 삐걱거렸다. 감기에 걸린 그녀는 전보다 더 허스키한 목소리를 냈고 더욱 매력이 흘러넘쳤다. 개츠비는 부(富)가 가둬 보호해 주는 젊음과 신비, 그 많은 옷이 풍기는 신선함 그리고 힘겹게 살아가는 가난한 사람들과는 동떨어진 곳에서 데이지가 안전하고 자랑스럽게 은처럼 빛을 내뿜는다는 사실을 뼈저리게 깨달았다.

"그녀를 사랑한다는 사실을 알고 얼마나 놀랐는지 차마 말로 표현할 수가 없습니다, 형씨. 한동안은 그녀가 나를 차 버렸으면 하고 바라기까지 했지만 그런 일은 일어나지 않았습니다. 그녀도 나를 사랑하고 있었으니까요. 그녀는 자신이 모르는 세계를 내가 알기 때문에 내가 꽤 똑똑한 줄 알았습니다……. 아무튼 나는 본래의 야망을 잊은 채 순간순간 점점 더 깊이 사랑에 빠져들었고, 갑자기 다른 일에 대해서는 신경을 쓰지 않게 되었어요. 그녀에게 앞으로 할 일을 들려주면서 훨씬 즐거운 시간을 보낼 수 있는데, 도대체 거창한 일들을 할 필요가 어디 있었겠습니까?"

개츠비가 해외로 파병되기 전날 늦은 오후 그는 데이지를 두 팔로 꺼안고 오랫동안 말없이 앉아 있었다. 싸늘한 가을날이라 방 안에 난로를 피워 그녀의 뺨은 벌겋게 달아올라 있었다. 이따금씩 그녀가 뒤척일 때면 그는 팔을 조금 바꾸었고, 한번은 그녀의 반짝이는 검은 머리카락에 입을 맞추기도 했다. 그날 오후 그들은 마치 그다음 날로 예정된 긴 이별에 대한 추억을 깊이 간직해 두려는 듯 한동안 차분한 상태로 조용히 있었다. 그들이 서로 사랑한 한 달 동안 데이지의 다문 입술이 그의 웃옷 어깨를 스칠 때나, 마치 그녀가 잠들어 있기라도 한 듯 그녀의 손끝을 살짝 만질 때만큼 서로 가깝게 느끼거나 마음속 깊은 곳까지 통한 적은 일찍이 없었다.

군대에서 개츠비는 활약이 아주 대단했다. 전선에 배치되기 전에 벌써 대위로 진급했고 아르곤 전투 뒤에는 소령으로 진급하면서 사단 기관총 부대의 지휘관이 되었다. 휴전 뒤 그는 빨리 귀국하려고 미친 듯이 서둘렀지만 무슨 행정 착오나

오해가 있었는지 옥스퍼드로 파견되고 말았다. 그는 이제 걱정하기 시작했다. 데이지의 편지에 신경질적인 절망 같은 것이 배어 있었기 때문이다. 그녀로서는 그가 어째서 귀국을 못 하는지 이해할 수가 없었다. 주변의 압력을 받고 있는 그녀는 그를 어서 만나고 싶었고, 그가 그녀 옆에 있어 주기를 원했으며, 결국 자신이 옳은 일을 하고 있다고 확인받고 싶었다.

데이지는 어렸고, 그녀의 인위적인 세계는 난초 향과 쾌활하고 명랑한 속물근성 냄새로 가득했으며, 삶의 비애와 암시를 새로운 곡조에 담아 그해의 리듬을 연주하는 오케스트라를 생각나게 했다. 밤이 새도록 색소폰이 「빌 스트리트 블루스」[74]의 절망적인 넋두리를 울부짖어 대는 동안 금빛과 은빛의 화려한 구두 수백 켤레가 반짝이는 먼지를 일으켰다. 차를 마시는 어둑한 시간이면 으레 방마다 이렇게 나지막하고 달콤한 열기가 끊임없이 고동쳤고, 애절한 나팔 소리에 마룻바닥에 흩어지는 장미 꽃잎처럼 여기저기 새로운 얼굴들이 떠돌아다녔다.

계절이 바뀌면서 데이지는 또다시 이 황혼의 세계 속에서 돌아다니기 시작했다. 그녀는 하루에도 대여섯 번씩 대여섯 명의 사내들과 데이트를 했고, 새벽녘이 되어서야 이브닝드레스에 달린 구슬과 시폰이 침대 옆 방바닥에서 시들어 가는 난초 사이에 뒤엉키도록 내버려 둔 채 꾸벅꾸벅 졸곤 했다. 그러는 동안에도 줄곧 그녀의 마음속에서는 뭔가 결단을 내려

74) W. C. 핸디가 1919년에 발표하여 히트한 노래.

야 한다는 절박한 소리가 아우성쳤다. 그녀는 자기 삶이 지금 당장 어떤 형태를 갖추기를 바랐다. 그런데 그 결단은 어떤 힘에 의해 이루어져야 했다 — 사랑, 돈 또는 의심할 여지가 없는 현실적인 이유 같은 것에 의해서 말이다. 그런데 그러한 것이 바로 그때 그녀가 손만 뻗으면 닿을 곳에 가까이 있었다.

그 힘이라는 것은 봄이 무르익어 갈 무렵 톰 뷰캐넌이 출현하면서 구체적인 모습을 드러냈다. 그의 풍채와 사회적 지위에는 건강한 무게감이 감돌았고, 데이지는 그런 무게감에 우쭐한 기분이 들었다. 데이지가 얼마간 갈등을 겪은 것은 의심할 여지가 없겠지만 안도감 같은 감정 역시 느꼈음에 틀림없다. 아직 옥스퍼드에 있던 개츠비는 그런 사연을 담은 편지를 받았다.

어느새 롱아일랜드에 새벽이 밝아 왔고, 우리는 집 안을 돌아다니며 아래층의 나머지 창문들을 모두 열어젖혀 집 안을 잿빛과 황금빛 햇살로 가득 채웠다. 나무 한 그루의 그림자가 불쑥 이슬 위에 드리우고 푸른 나뭇잎 사이로 유령 같은 새들이 지저귀기 시작했다. 바람이 거의 불지 않는 대기 속의 느릿하고 상쾌한 움직임 같은 것이 서늘하고 좋은 날씨를 예고하고 있었다.

"데이지가 그 사람을 사랑한 적이 있을 리가 없습니다." 개츠비는 창문에서 몸을 돌리더니 도전적으로 나를 쳐다보았다. "기억하겠지만 어제 오후에는 그녀가 몹시 흥분해 있었습니다, 형씨. 그녀가 겁을 먹도록 그 사람이 그런 얘기를 꺼냈으니까요……. 내가 무슨 비열한 사기꾼이나 되는 것처럼 몰아세웠지요. 그 바람에 그녀는 자기가 무슨 말을 하고 있는지도 제대로 깨닫지 못했던 겁니다."

그는 침울한 모습으로 자리에 앉았다.

"하기야 신혼 당시엔 아주 잠깐 그 사람을 사랑했을지도 모르지요……. 물론 그때조차 나를 더 사랑했고요. 알겠어요?"

갑자기 그가 이상한 말을 꺼냈다.

"어쨌든 말입니다, 그건 그저 개인적인 문제였을 뿐이지요." 그가 말했다.

판단하기 어려운 문제에 그가 너무 골몰하는 게 아닐까 하고 의심해 보는 것 외에는 그 말을 달리 어떻게 받아들일 수 있었을까?

톰과 데이지가 여전히 신혼여행 중일 때 그는 프랑스에서 돌아와 군대에서 받은 마지막 봉급으로 비참하지만 억제할 수 없는 어떤 힘에 이끌려 루이빌에 찾아갔다. 그는 일주일 동안 머물면서 11월 밤 둘이서 함께 딸깍거리는 소리를 내며 거닐던 거리를 서성였고, 그녀의 하얀 자동차로 드라이브하던 호젓한 장소들을 다시 돌아보았다. 데이지의 집이 다른 집보다 늘 신비롭고 유쾌해 보이던 것과 꼭 마찬가지로, 비록 그녀가 떠나 버리고 없었지만 이 도시 역시 우수에 잠긴 아름다움으로 가득 차 있는 것 같았다.

그는 그곳을 떠나면서 좀 더 열심히 찾아보았더라면 아마 데이지를 찾아낼 수도 있었을지 모른다는 생각이 들었다. 어쩐지 그녀를 뒤에 두고 떠나는 것 같은 느낌이 들었던 것이다.

일반실 객차는 — 이제 그의 호주머니에는 한 푼도 남지 않았다 — 푹푹 쪘다. 그는 객차를 연결하는 복도로 나가 접는 의자를 펴고 앉았다. 정거장이 천천히 미끄러져 뒤로 물러나고 낯선 건물들의 뒷모습이 스쳐 지나갔다. 마침내 기차가 봄 들판으로 나가자 잠시 노란 전차 한 대가 경주라도 하듯이 나란히 달렸다. 전차에 탄 사람들은 우연히 거리를 지나다가 데이지의 하얗고 매력적인 얼굴을 한 번쯤은 보았을지도 모른다.

철로가 꺾이면서 기차는 이제 태양에서 점점 멀어져 갔다. 태양은 점점 낮게 가라앉으며 그녀가 숨 쉬던, 점점 멀어져 가는 도시 위에 마치 축복이라도 내리듯 펼쳐져 있는 것 같았다. 그는 마치 한 줄기 바람이라도 잡으려는 듯, 그녀가 있어 아름다웠던 그 도시의 한 조각이라도 간직해 두려는 듯 필사적으로 손을 뻗었다. 그러나 이제 눈물로 흐려진 그의 두 눈으로 바라보기에는 도시가 너무 빨리 지나가고 있었다. 그는 그 도시에서 가장 싱그럽고 가장 아름다운 것을 영원히 잃어버렸다는 사실을 깨달았다.

우리가 아침 식사를 마치고 현관으로 나갔을 때는 9시였다. 밤사이에 날씨가 아주 달라져서 공기에는 가을의 기운이 완연했다. 개츠비의 예전 하인 중 유일하게 아직 남아 있는 사람인 정원사가 층계 밑으로 다가왔다.

"주인어른, 오늘 수영장 물을 뺄까 하는데요. 나뭇잎이 떨어지기 시작하면 배수관에 늘 문제가 생기거든요."

"오늘은 하지 말게." 개츠비가 대답했다. 그는 변명하듯 내

쪽으로 몸을 돌렸다. "그게 말이지요, 형씨. 여름 내내 풀장을 한 번도 이용하지 못했거든요."

나는 시계를 들여다보고 자리에서 일어났다.

"기차 시간이 십이 분밖에 남지 않았군요."

나는 시내에 나가고 싶지 않았다. 내가 웬지 점잖은 일을 할 만한 가치가 없는 사람처럼 느껴졌지만 그 이유만은 아니었다. 개츠비를 혼자 남겨 두고 떠나고 싶지 않았던 것이다. 나는 그 기차를 놓치고 다음 기차도 놓쳐 버린 뒤에야 마지못해 자리에서 일어섰다.

"전화드리지요." 마침내 내가 말했다.

"그래 주겠습니까, 형씨?"

"12시쯤에 걸겠습니다."

우리는 천천히 계단을 밟고 내려갔다.

"데이지도 전화를 하겠지요." 마치 내가 이 일을 입증해 주기를 바라는 것처럼 그는 걱정스럽게 나를 쳐다보았다.

"아마 그럴 겁니다."

"자, 그럼…… 안녕히 가세요."

악수를 나눈 뒤 나는 그 집에서 걸어 나갔다. 울타리에 다다르기 바로 직전 나는 뭔가 생각이 나서 돌아섰다.

"그 인간들은 썩어 빠진 무리예요. 당신 한 사람이 그 빌어먹을 인간들을 모두 합쳐 놓은 것만큼이나 훌륭합니다." 내가 잔디밭 너머로 소리쳤다.

나는 지금까지도 그때 그 말을 하길 잘했다고 생각한다. 나는 처음부터 끝까지 그의 행동에 찬성한 적이 없기 때문에 그

것이 그에게 한 유일한 찬사였다. 처음에 그는 정중하게 고개를 끄덕이더니 나중에는 활짝 밝아진 얼굴로 마치 그동안 줄곧 범행을 공모해 오기라도 한 것처럼 알았다는 듯 미소를 지었다. 그의 화려한 분홍색 양복이 하얀 계단을 배경으로 밝은 무늬를 이루고 있는 모습을 보자 문득 석 달 전 그의 고풍스러운 저택을 처음 방문한 날 밤이 떠올랐다. 잔디밭과 진입로는 그가 부정한 짓을 저질렀다고 넘겨짚는 얼굴들로 붐볐다 ─ 그리고 그때 그는 저 계단에 서서 부패하지 않은 꿈을 감춘 채 그들에게 손을 흔들어 작별 인사를 보내고 있었던 것이다.

나는 그의 환대가 고마웠다고 인사했다. 우리는 항상 그에게 환대에 감사한다는 말을 하고 있었다. 나도, 다른 손님들도 말이다.

"안녕히 계십시오. 아침 잘 먹었소, 개츠비." 내가 소리쳤다.

시내에 들어와 나는 얼마 동안 끝도 없이 쌓인 주식 시세표를 작성하려고 하다가 그만 회전의자에 앉은 채 깜박 잠이 들었다. 정오가 되기 직전 전화벨 소리에 깨어 고개를 번쩍 들어 보니 이마에서 땀방울이 줄줄 흘러내리고 있었다. 조던 베이커였다. 그녀는 일정을 세워 두지 않고 호텔과 클럽과 집을 전전했기 때문에 달리 연락할 방법이 없어 이 시간이면 가끔 전화를 걸어오곤 했다. 평소 같으면 그녀의 목소리가 마치 초록색 골프장의 잔디 조각이 사무실 창문으로 날아 들어오는 것처럼 전화선을 타고 상쾌하고 시원스럽게 들려왔을 텐데 이날 아침에는 왠지 귀에 거슬리고 메마르게 들렸다.

"데이지네 집에서 나왔어요. 지금은 헴스테드[75]에 있는데 오늘 오후에 사우샘프턴[76]으로 내려가려고 해요." 그녀가 말했다.

조던이 데이지의 집을 나온 것이 잘한 행동이었는지는 모르지만 나는 화가 치밀었고, 그다음 말을 듣고서는 마음이 더욱 굳어져 버렸다.

"어젯밤 당신은 나를 별로 배려하지 않더군요."

"그런 상황에서 그게 그렇게 중요합니까?"

잠시 침묵이 흘렀다. 그러더니 이렇게 말을 이었다.

"하지만…… 당신을 만나고 싶어요."

"나도 만나고 싶습니다."

"사우샘프턴에 가지 말고 오후에 시내로 나오란 말인가요?"

"아뇨……. 아무래도 오늘 오후는 안 될 것 같군요."

"알았어요."

"오늘 오후엔 도저히 안 되겠어요. 이런저런 일로……."

한동안 이런 식으로 이야기가 흘러가다가 갑자기 통화가 끊기고 말았다. 둘 중에 누가 먼저 수화기를 내려놓았는지 모르지만 나는 별로 신경을 쓰지 않았다. 다시는 그녀와 말을

---

75) 롱아일랜드에 있는 마을. 맨해튼에서 동쪽으로 5킬로미터 떨어진 곳에 있어 20세기 초부터 교통의 중심지로 자리 잡았다.
76) 롱아일랜드 동남쪽 해안에 있는 마을로 주로 부유층이 모여 산다. 뉴욕시의 부자들은 맨해튼에서 160킬로미터 정도 떨어진 이곳에서 주말이나 여름철을 보낸다.

못 하게 되는 한이 있어도 그날만은 테이블을 사이에 두고 마주 앉아 태평스럽게 이야기를 나눌 수 없었을 것이다.

몇 분이 지난 뒤 개츠비의 집으로 전화를 걸었지만 통화 중이었다. 네 번이나 걸었더니 마침내 화가 난 교환원이 그 전화선은 지금 디트로이트에서 걸려 올 장거리 전화를 기다리는 중이라고 알려 주었다. 나는 기차 시간표를 꺼내 3시 50분 기차에 조그맣게 동그라미를 쳤다. 그러고는 의자에 깊숙이 기대앉아 생각을 가다듬어 보려고 애썼다. 그때 시간이 바로 정오였다.

그날 아침 기차가 쓰레기 계곡을 지날 때 나는 일부러 반대편 좌석에 건너가 앉았다. 아마 그곳에는 하루 종일 호기심 많은 사람들이 서성거릴 것이라는 짐작이 들었다. 아이들은 먼지 속에서 검은 얼룩 자국을 찾아낼 것이고, 수다스러운 인간은 그 사건을 하도 되풀이해서 말하는 바람에 마침내 그 일이 자신한테도 현실감을 잃어 더 이상 할 말조차 없어져 버리고, 그래서 결국 머틀 윌슨의 비극적인 종말도 잊히고 말리라. 여기에서 잠시 조금 뒤로 돌아가 전날 밤 우리가 정비소를 떠난 뒤 그곳에서 일어난 일을 이야기해야겠다.

경찰은 머틀의 여동생 캐서린의 소재를 파악하느라고 진땀을 뺐다. 그날 밤 그 여자는 술을 마시지 않는다는 규칙을 깨뜨린 것이 틀림없었다. 그녀가 도착했을 때는 이미 곤드레만드레 술에 취한 채여서 앰뷸런스가 이미 플러싱[77]으로 떠났다

---

77) 뉴욕시 퀸스 자치구에 있는 지역으로 롱아일랜드에 인접해 있다. 이민

는 이야기도 제대로 알아듣지 못할 정도였다. 사람들이 그 사실을 납득시키자 그녀는 즉시 기절해 버렸다. 마치 앰뷸런스가 떠난 것이 이 사건에서 가장 견디기 힘든 일이라도 되는 듯 말이다. 누군가가 친절에서인지 호기심에서인지 그녀를 자기차에 태워 언니의 시신을 뒤쫓아 가게 해 주었다.

자정이 훨씬 지난 시간까지도 새로운 구경꾼들이 계속 정비소 앞으로 들이닥쳤고, 윌슨은 정비소 안의 긴 의자에 앉아 몸을 앞뒤로 흔들어 댔다. 한동안 사무실 문이 열려 있었기 때문에 정비소 안에 들어오는 사람은 어쩔 수 없이 그 안을 들여다볼 수밖에 없었다. 마침내 누군가가 그것은 수치스러운 일이라고 말하며 문을 닫아 주었다. 마이클리스와 몇 사람이 그와 함께 있었다. 처음에는 네댓 명이었던 것이 나중에는 두세 명으로 줄어들었다. 좀 더 시간이 지난 뒤 마이클리스는 마지막으로 남은 낯선 남자에게 가게에 돌아가서 커피 한 주전자를 끓여 올 때까지 십오 분만 더 기다려 달라고 부탁했다. 그 뒤부터 그는 새벽까지 혼자서 윌슨과 함께 있었다.

새벽 3시쯤 되자 두서없이 중얼거리는 윌슨의 말에 변화가 일어나기 시작했다. 전보다 차분해졌고 노란색 자동차에 대해 말하기 시작했다. 그는 노란 차가 누구 것인지 알아낼 방법이 있노라고 말하더니 두 달 전 아내가 시내를 다녀왔는데 얼굴에 상처를 입고 코가 부어 있었다고 불쑥 내뱉었다.

그러나 자기 입으로 이 말을 해 놓고는 놀라 움찔하더니 신

자들이 많이 산다.

음하며 "아, 세상에 어찌 이런 일이!" 하고 울부짖기 시작했다. 마이클리스는 서툴게나마 그의 마음을 돌려 보려고 애썼다.

"아저씨, 결혼한 지는 얼마나 됐나요? 자, 이것 봐요. 잠깐만 가만히 앉아서 내가 묻는 말에 대답 좀 해 봐요. 결혼한 지 얼마나 됐어요?"

"십이 년 됐어."

"아이는 없고요? 자, 이보세요, 아저씨, 좀 가만히……. 내가 묻잖아요. 아이는 없어요?"

껍데기가 딱딱한 갈색 딱정벌레들이 어슴푸레한 전등불에 계속 몸을 부딪쳤고, 밖에서 자동차가 지나가는 소리가 휙휙 들릴 때마다 마이클리스에게는 몇 시간 전 멈추지 않고 그냥 내빼 버린 바로 그 자동차가 떠올랐다. 시체가 놓여 있는 작업대가 피로 얼룩져 있었기 때문에 그는 주유소 쪽으로 가고 싶지 않았고, 그래서 사무실 주위를 안절부절못하고 돌아다니기만 했다. 그 덕에 아침이 밝아 오기 전 그는 그 안에 있는 물건을 모조리 꿰게 되었다. 그리고 이따금 윌슨 옆에 앉아서 그를 진정시켜 보려고 애썼다.

"아저씨, 가끔이라도 나가는 교회가 있어요? 아주 오래전에 발을 끊은 교회라도 말이에요. 내가 교회에 전화를 걸어 목사님을 오시게 해서 아저씨와 얘기를 좀 나누어 보라고 하면 어떨까요?"

"아무 교회도 안 나가."

"교회에 나가야 돼요, 아저씨. 이런 일을 당할 때를 대비해서라도 말입니다. 전에는 분명히 교회에 다녔을 텐데요. 교회에서 결혼식을 올리지 않았나요? 이봐요, 아저씨, 내 말 좀 들어 보라니까요. 교회에서 결혼하지 않았어요?"

"그건 아주 오래전의 일이야."

대답을 하려고 하는 바람에 그가 몸을 흔들어 대는 리듬이 깨졌다. 잠시 동안 그는 아무 말이 없었다. 그러고 나서 전과 똑같이 반은 뭔가를 아는 듯하고 반은 몰라서 당혹스러워하는 듯한 표정이 그의 빛바랜 눈에 다시 나타났다.

"거기 서랍 안을 좀 봐." 그가 책상을 가리키며 말했다.

"어느 쪽 서랍 말입니까?"

"그쪽 서랍……. 그것 말이야."

마이클리스는 자기 쪽에서 가장 가까운 서랍을 열었다. 그 안에는 가죽과 은실로 꼰 조그맣고 값비싼 개 목줄 말고는 아무것도 없었다. 개 목줄은 새것처럼 보였다.

"이것 말입니까?" 개 목줄을 들어 올리며 그가 물었다.

윌슨이 쳐다보고는 고개를 끄덕거렸다.

"어제 오후에 처음 발견했지. 마누라는 변명을 하려고 들었지만, 난 그게 미심쩍은 물건이라는 걸 알았어."

"그럼 부인이 이걸 샀다는 말인가요?"

"마누라는 그걸 포장지에 싸서 장롱 위에 놓아두었거든."

마이클리스는 그게 어째서 미심쩍다는 것인지 도무지 알 수 없었고, 그래서 윌슨에게 그의 아내가 그 개 목줄을 살 만한 이유를 열두서너 가지 말해 주었다. 그러나 "아, 세상에 어찌 이런 일이!" 하고 다시 입속말로 중얼거리기 시작하는 것으로 보아 윌슨은 이미 머틀에게서 몇 가지 똑같은 설명을 들은 모양이었다. 그를 위로하던 마이클리스의 몇 가지 해명도 허공 속으로 사라지고 말았다.

"그러니까 그놈이 마누라를 죽인 거야." 윌슨이 말했다. 그의 입이 갑자기 쩍 벌어졌다.

"누가 죽였다고요?"

"다 알아내는 방법이 있다고."

"아저씨, 아저씨는 지금 제정신이 아니에요. 이번 일로 너무 긴장해서 지금 말도 안 되는 소리를 하는 거라고요. 아침까지 조용히 앉아서 쉬는 게 좋겠어요."

"그놈이 마누라를 죽였어."

"아저씨, 그건 사고였어요."

윌슨은 머리를 내저었다. 귀신처럼 다 안다는 듯 "흠!" 하고 소리를 내면서 두 눈을 가늘게 뜨고 입을 약간 벌렸다.

"난 다 알아." 그가 단정적으로 말했다. "난 남을 의심할 줄 모르는 사람이고, 누굴 해칠 생각 같은 건 추호도 없어. 하지만 일단 뭘 안다고 하면 그건 진짜로 아는 거야. 그 차에 탄 사내놈이었어. 마누라가 그놈에게 말을 걸려고 쫓아 나갔는데 그놈은 차를 멈추지 않았던 거야."

마이클리스도 그 장면을 목격했지만 거기에 무슨 특별한 의미가 있으리라고는 미처 생각하지 못했다. 윌슨 부인이 딱히 어떤 차를 세우려고 했다기보다는 남편에게서 도망치려 했던 거라고 믿었다.

"부인이 왜 그랬겠어요?"

"앙큼한 년이니까." 마치 그것으로 대답이 되는 것처럼 윌슨이 말했다. "아, 아, 아⋯⋯."

그는 다시 몸을 흔들어 대기 시작했고, 마이클리스는 손으로 개 목줄을 비틀며 서 있었다.

"아저씨, 전화를 걸어 볼 만한 친구 있어요?"

그러나 그것은 헛된 바람에 지나지 않았다. 윌슨에게는 친구가 한 명도 없는 것이 거의 확실했다. 친구는커녕 마누라도 버거워하는 위인이었다. 시간이 조금 지나 창가에 푸른빛이 되살아나면서 방 안이 달라지고 새벽이 멀지 않았다는 것을 알게 되자 그는 반가워했다. 5시쯤에는 전등을 꺼도 될 만큼 날이 환히 밝았다.

윌슨은 흐리멍덩한 시선으로 쓰레기 계곡을 바라보았다. 그곳에는 기기묘묘한 모양의 자그마한 잿빛 구름이 새벽 미풍에 이리저리 떠돌고 있었다.

"내가 마누라에게 말했지." 그가 오랜 침묵을 깨뜨리고 중얼거렸다. "나를 속일 수 있을지 몰라도 하느님은 절대로 못 속인다고. 나는 마누라를 창문가로 데리고 갔어⋯⋯." 그는 힘들여 자리에서 일어나 뒤쪽 창가로 걸어가더니 얼굴을 창에 갖다 대고 기대섰다. "⋯⋯그러고는 이렇게 말했지. '하느님은 당신이 지금껏 한 짓을 전부 아셔. 하나도 빼놓지 않고 모두. 당신은 나를 속일 순 있어도 하느님은 절대 못 속여!' 이렇게 말이야."

마이클리스는 윌슨의 뒤에 서서 그가 T. J. 에클버그 박사의 두 눈을 올려다보고 있는 것을 보고 충격을 받았다. 그 의사의 두 눈은 어둠이 점점 걷히면서 지금 막 창백하고 거대한 모습을 드러내고 있었다.

"하느님은 못 보는 것이 없지." 윌슨이 되풀이해 말했다.

"저건 광고판이에요." 마이클리스는 이렇게 납득시키려고 했다. 어째서인지 그는 창에서 눈을 떼고 다시 방 안을 둘러보았다. 그러나 윌슨은 창틀에 얼굴을 바싹 들이대고 여명을 향해 고개를 끄덕이며 오랫동안 그 자리에 그대로 서 있었다.

6시쯤 마이클리스는 이미 지칠 대로 지쳐 있었고, 그래서 밖에 자동차가 멈추는 소리가 들리자 반가웠다. 전날 밤샘하던 사람 중에 다시 오겠다고 약속한 사람 중의 하나였다. 그래서 그는 세 사람분의 아침 식사를 만들었지만 결국 그 남자와 둘이서만 먹었다. 이제 윌슨은 전보다 말수가 적어졌고, 그래서 마이클리스는 잠을 자러 집으로 돌아갔다. 네 시간 뒤 잠에서 깨어나 다시 정비소로 돌아가 보니 윌슨은 이미 어디론가 사라지고 없었다.

윌슨의 행적은 — 그는 계속 걸어다녔다 — 나중에 밝혀졌는데 처음에는 포트루스벨트로 갔다가 다시 개즈힐[78]로 갔고 거기에서 샌드위치를 한 개 샀지만 먹지는 않고 커피 한 잔만 마셨다. 정오가 될 때까지도 개즈힐에 미처 도착하지 못한 것을 보면 그는 피곤해서 천천히 걸었던 모양이다. 여기까지는 그가 어떻게 시간을 보냈는지 설명하기 그다지 어렵지 않다.

---

78) 롱아일랜드에는 이런 지명이 없다. '개츠비'라는 이름에서 말장난으로 만든 듯하다. 영국의 소설가 찰스 디킨스가 살던 곳이 개즈힐이다.

"약간 미친 사람처럼 행동하는" 남자를 보았다는 아이들이 있었고, 그가 길옆에 서서 이상한 눈초리로 자신들을 훑어보았다는 자동차 운전자들도 있었다. 그러나 그 뒤 세 시간 동안 그의 행적은 오리무중이었다. 마이클리스에게 "다 알아내는 방법이 있"다고 말한 것을 근거로 경찰은 윌슨이 그 근처 정비소마다 하나하나 찾아다니며 노란색 자동차의 소재를 찾는 데 그 세 시간을 보냈을 것이라고 추측했다. 그런데 그를 봤다는 정비소 사람은 단 한 명도 나타나지 않았다. 아마 그에게는 자신이 알고 싶은 것을 좀 더 쉽고 확실하게 알아내는 방법이 있었던 것 같다. 2시 30분쯤 그는 웨스트에그에 도착해 누군가에게 개츠비의 집으로 가는 길을 물었다. 그러므로 그때 이미 윌슨은 개츠비의 이름을 알고 있었던 것이다.

2시에 개츠비는 수영복으로 갈아입고 누구에게서든지 전화가 걸려 오면 풀장으로 알려 달라고 집사에게 일러두었다. 그는 여름 동안 손님들이 즐기던 공기 매트리스를 가지러 창고에 들렀고, 운전기사가 공기 매트리스에 바람 넣는 일을 도와주었다. 그러고 나서 그는 어떤 일이 있더라도 절대로 오픈카를 밖에 꺼내 놓지 말라고 지시했다. 오픈카 앞쪽의 오른쪽 펜더를 수리해야 했기 때문에 운전기사는 의아하게 생각했다.

개츠비는 매트리스를 어깨에 둘러메고 풀장으로 갔다. 잠깐 걸음을 멈추고 매트리스를 옮겨 메는 것을 보고 운전기사가 도움이 필요하냐고 물었지만 그는 괜찮다고 머리를 내저으며 노랗게 단풍이 물들기 시작하는 나무 사이로 곧 자취를 감췄다.

전화 한 통 오지 않았지만 집사는 낮잠까지 거르면서 4시가 되도록 기다렸다 ─ 비록 전화가 걸려 왔다 해도 받을 사람이 없어진 지 한참 지난 뒤까지도 기다렸다. 개츠비 자신도 전화가 걸려 오리라고는 믿지 않았을 것이고 이미 그런 것에 더 이상 신경을 쓰지 않았을지 모른다는 생각이 든다. 만일 그것이 사실이라면 그는 그 옛날의 따뜻한 세계를 상실했다고, 단 하나의 꿈을 품고 너무 오랫동안 살아온 것에 값비싼 대가를 치렀다고 느꼈을 것이 틀림없다. 그는 장미꽃이란 얼마나 기괴한 것인지, 또 거의 가꾸지 않은 잔디 위에 쏟아지는 햇살이 얼마나 생경한지 깨달으면서 무시무시한 나뭇잎 사이로 낯선 하늘을 올려다보며 틀림없이 몸서리를 쳤을 것이다. 현실감이 없으면서 물질적인 새로운 세계, 가엾은 유령들이 공기처럼 꿈을 들이마시며 되는대로 이리저리 방황하는 새로운 세계……. 형체도 없는 나무를 헤치고 그를 향해 서서히 미끄러지듯 다가오는 저 잿빛 환영처럼.

운전기사가 ─ 그는 울프심 일당 중 한 사람이었다 ─ 총소리를 들었다. 나중에 그는 그 총소리를 별로 대수롭게 생각하지 않았다고 말할 뿐이었다. 나는 기차역에서 개츠비의 집으로 곧장 차를 몰고 올라갔고, 내가 걱정스러운 마음에 서둘러 앞쪽 층계를 달려 올라간 다음에야 그 집에 있던 사람들이 처음으로 깜짝 놀랐다. 그러나 그때 이미 그들이 그 사실을 알고 있었다고 나는 지금도 굳게 믿었다. 운전기사, 집사, 정원사 그리고 나 이렇게 네 사람은 한마디 말도 없이 풀장을 향해 서둘러 내려갔다.

풀장 한쪽 끝에서 맑은 물이 흘러나와 다른 쪽 배수구로 밀려갔기 때문에 물이 보일 듯 말 듯 움직이고 있었다. 물결이라고까지는 할 수 없는 잔잔한 물살 때문에 개츠비를 태운 매트리스가 불규칙하게 풀장 아래로 움직였다. 수면에 잔물결 하나 만들지 못할 정도로 가벼운 한 줄기 바람만으로도, 예상치 못한 짐을 싣고 예상치 못한 방향으로 흘러가는 매트리스의 흐름을 방해하기에 충분했다. 매트리스는 수면 위에 떠 있던 나뭇잎 더미에 닿자 천천히 돌면서 마치 컴퍼스의 다리처럼 물 위에 붉은 동그라미를 남겨 놓았다.

우리가 개츠비의 시체를 들고 집으로 간 뒤에야 정원사가 조금 떨어진 잔디밭에서 윌슨의 시체를 발견했다. 그리하여 그 어처구니없는 학살은 대단원의 막을 내렸던 것이다.

9

그로부터 이 년이 지난 지금도 나는 그날의 나머지 시간과 그날 밤 그리고 그 이튿날을 떠올리면 오직 경찰과 사진 기자, 신문 기자 들이 개츠비의 집에 끝없이 들락거리던 것만 기억날 뿐이다. 정문을 가로질러 밧줄을 둘러치고 경찰관 한 사람이 옆에 서서 구경꾼을 가로막았지만 아이들은 곧 우리 집 뜰을 통해 들어갈 수 있다는 것을 알아냈고, 그래서 풀장 주위에는 항상 아이들 몇 명이 입을 딱 벌린 채 모여 있었다. 그날 오후 형사인 듯한 사람이 자신만만한 태도로 윌슨의 시체를 들여다보며 '정신병자'라는 표현을 사용했고, 우연히 그의 목소리에 권위가 실리면서 그 말이 이튿날 조간신문 기사의 주요 논조가 되었다.

신문 기사들은 대부분 악몽처럼 끔찍했다. 정황에 따라 열을 올리며 써 내려간 기사는 기괴하고 진실과는 거리가 멀었다. 마이클리스의 증언으로 윌슨이 자기 아내를 의심하고 있었다는 것이 밝혀졌을 때, 사건 전체가 곧 선정적인 풍자거리로 쓰이겠구나 하는 생각이 들었다. 그러나 뭔가 할 말이 있을 법한 캐서린은 단 한마디도 입을 뻥긋하지 않았다. 오히려 이 사건과 관련해 놀라울 정도로 뛰어난 연기력을 보여 주었다. 눈썹을 새로 그린 단호한 눈초리로 검시관을 쳐다보면서 자신의 언니는 개츠비를 본 적도 없으며 남편과 더할 나위 없이 행복하게 살았다고 증언하는 것이었다. 그녀는 자신이 한 말을 확신한 나머지 누가 암시만 주어도 참을 수 없다는 듯 손수건에 얼굴을 파묻고 엉엉 울었다. 그래서 사건은 윌슨이 "비탄에 빠진 나머지 정신 착란을 일으킨" 사람으로 축소된 채 가장 단순한 형태로 남게 되었다. 그리고 지금까지도 여전히 그렇게 알려져 있다.

그러나 사건의 이 부분은 그렇게 중요한 것이 아닌 데다 사건의 본질과도 동떨어져 있는 듯했다. 나는 혼자서 개츠비의 편에 서 있다는 사실을 깨닫게 되었다. 그 불행한 사건의 소식을 웨스트에그 마을에 전화로 알린 순간부터 그를 둘러싼 억측과 실제적인 질문이 전부 나에게 넘어왔다. 처음에는 너무 놀라고 당혹스러워 어쩔 줄을 몰랐다. 그러고 나서 개츠비가 집 안에 안치되어 움직이거나 숨을 쉬거나 말을 하거나 하지 않고 계속 누워만 있으니 시간이 지날수록 점점 내가 그 일을 책임져야 한다는 생각이 들었다. 나 말고는 아무도 이 일에 관심을 보이지 않았기 때문이다 ── 여기에서 관심이란 결국 어떤 인간이라도 최후의 순간에는 막연하게나마 어떤 권리를 갖게 마련인 강렬한 개인적 흥미를 두고 하는 말이다.

개츠비의 시체가 발견된 지 삼십 분 뒤 나는 조금도 주저하지 않고 본능적으로 데이지에게 전화를 걸었다. 그러나 그녀와 톰은 그날 오후 일찌감치 짐까지 꾸려 가지고 집에서 나간 상태였다.

"어디로 간다고 주소를 남겨 놓았나요?"

"아뇨."

"언제 돌아온다는 말을 하던가요?"

"아뇨."

"어디 갔는지 짚이는 데가 없습니까? 어떻게 연락할 방법이 없을까요?"

"모릅니다. 말씀드릴 수 없어요."

나는 개츠비를 위해 누군가를 데려오고 싶었다. 그가 누워 있는 방으로 들어가 이렇게 그를 위로하고 싶었다. "개츠비, 당신을 위해 누구든지 데려오겠소. 그러니 걱정 마시오. 그저 나를 믿어요. 누구든지 데려올 테니……."

마이어 울프심의 이름은 전화번호부에 나와 있지 않았다. 집사가 브로드웨이에 있는 그의 사무실 주소를 가르쳐 주었고, 나는 안내계에 전화를 걸었지만 내가 전화번호를 알았을 때는 이미 5시가 훨씬 지난 시각이었으므로 전화를 받는 사람이 아무도 없었다.

"한 번만 더 연결해 줄 수 없겠습니까?"

"벌써 세 번이나 했어요."

"아주 중요한 일이라서요."

"미안하지만 아무도 없는 모양이에요."

나는 응접실로 돌아갔다. 그 순간 방을 가득 채운 사람들은 공무 때문에 그냥 왔다가 그냥 가 버릴 자들이라는 생각이 문득 스쳐 갔다. 그러나 그들이 시트를 걷고 무감각한 눈길로 개츠비를 바라보고 있는 동안에도 그의 항의가 여전히 내 머릿속에 맴돌고 있었다.

"이봐요, 형씨. 나를 위해 누군가를 데려다 주시오. 애를 좀 써 주시오. 이렇게 혼자 있으니 견딜 수가 없어요."

누군가가 나에게 질문을 퍼붓기 시작했지만 나는 뿌리치고 위층으로 올라가 잠겨 있지 않은 그의 책상 서랍들을 급히 뒤졌다. 그는 나한테 자기 부모가 죽었다고 분명히 밝힌 적이 없었다. 그러나 거기에는 아무것도 없었다. 다만 뇌리에서 사라진 폭력의 증거, 댄 코디의 사진만이 벽에서 내려다보고 있을 뿐이었다.

이튿날 아침 나는 울프심에게 편지를 써서 집사를 뉴욕으로 보냈다. 개츠비의 신상에 대한 정보를 알려 달라는 것과 다음 기차로 빨리 와 달라는 내용이었다. 그 편지를 쓰면서 나는 괜한 짓을 한다는 생각이 들었다. 정오가 지나기 전에 데이지에게서 전화가 걸려 올 것이라고 확신했던 것처럼, 울프심도 신문을 보자마자 이곳으로 출발했을 거라고 확신했기 때문이다. 그러나 전화도 걸려 오지 않았고 울프심 씨도 오지 않았으며, 오히려 경찰관과 사진 기자와 신문 기자만 더 많이 찾아왔을 뿐이다. 집사가 울프심의 답장을 가지고 돌아왔을 때 나는 일종의 반발심, 그들 모두에 맞서 개츠비와 내가 한편이라는 냉소적인 연대감을 느끼기 시작했다.

친애하는 캐러웨이 씨,

이번 일은 내 생애에서 가장 끔찍한 충격 중의 하나여서 그것이 사실이라는 것조차 믿을 수 없을 정도입니다. 그자가 저지른 것 같은 미친 행동은 우리 모두에게 생각할 바가 있게 할 것입니다만,[79] 나는 사업상 아주 중요한 일에 묶여 있어 지금은 갈 수 없으며, 지금은 이 일에 연루될 수도 없습니다. 만약 내가 할 수 있는 일이 있으면 얼마 뒤에 에드거를 통해 편지로 알려 주시기 바라는 바입니다. 이런 소식을 접한 지금, 나는 나 자신이 어디에 있는지도 거의 모를 정도이며 완전히 쓰러져 버릴 지경입니다.

당신의 친구
마이어 울프심

그리고 휘둘러 쓴 글씨로 그 밑에 이렇게 덧붙여 놓았다.

장례식 등에 대해서 알려 주시고, 그의 가족에 대해선 전혀 아는 바가 없습니다.

그날 오후 전화벨이 울리고 교환원이 시카고에서 장거리 전

---

79) 울프심은 다소 어색한 표현을 쓰고 있다.

화가 걸려 왔다고 전해 주었을 때 마침내 데이지에게서 연락
이 왔구나 하고 생각했다. 그러나 수화기를 통해 들려온 것은
아주 가늘고 멀게 들리는 남자의 목소리였다.

"슬레이글입니다……."

"예?" 처음 듣는 이름이었다.

"깜짝 놀랄 만한 소식이잖습니까? 제 전보를 받으셨나요?"

"아뇨, 아무 전보도 받지 못했습니다."

"그 파크 청년이 지금 곤경에 처해 있어요." 그가 서둘러 말
했다. "카운터 너머로 채권을 넘겨주다 붙잡혔습니다. 바로 오
분 전에 뉴욕에서 채권 번호를 알려 주는 회람장을 받은 거지
요. 거기에 대해 뭐 들은 얘기가 없나요? 이런 촌구석에서는
통 알 수가 없어서……."

"이봐요!" 나는 숨 가쁘게 상대방의 말을 가로막았다. "이보
십시오……. 난 개츠비 씨가 아니오. 개츠비는 죽었어요."

전화선 저쪽에서 뭐라고 외마디 소리가 들리더니 오랫동안
침묵이 흘렀다……. 그러고 나서 빠르게 뭐라고 불평하는 소
리가 들리고 전화가 끊겼다.

미네소타주에 있는 한 읍에서 '헨리 C. 개츠'라고 서명한 전
보 한 장이 날아온 것은 사흘째 되는 날이었던 것으로 생각된
다. 전보는 발신인이 곧바로 출발할 테니 도착할 때까지 장례
식을 연기해 달라는 내용이었다.

그는 개츠비의 아버지로, 근엄한 노인이었다. 아주 무기력하
고 상심한 듯했으며 따뜻한 9월이었는데도 두꺼운 싸구려 긴

외투로 온몸을 감싸고 있었다. 감정이 격한 나머지 그의 눈에서는 끊임없이 눈물이 흘러나왔다. 내가 그의 손에서 가방과 우산을 받아 들자 그가 쉴 새 없이 성긴 회색 수염을 쓸어내리는 바람에 그의 외투를 벗기는 데 여간 애를 먹지 않았다. 그는 금방이라도 쓰러질 듯했기 때문에 나는 그를 음악실로 데리고 가서 자리에 앉힌 뒤 사람을 시켜 먹을 것을 가져오게 했다. 그러나 그는 아무것도 먹으려고 하지 않았고, 손이 떨려 우유를 엎지르고 말았다.

"시카고 신문에서 보았소이다. 시카고 신문마다 기사가 났더군요. 신문을 보자마자 출발했소이다." 그가 말했다.

"어떻게 연락드려야 할지 몰랐습니다."

그의 두 눈에는 아무것도 들어오지 않았지만 그는 끊임없이 방 안을 두리번거렸다.

"그자는 미치광이요. 미친 게 틀림없소이다." 그가 말했다.

"커피 좀 드시겠습니까?" 내가 그에게 권했다.

"아무것도 안 먹겠소. 이젠 괜찮아요. 이름이……."

"캐러웨이라고 합니다."

"글쎄, 이젠 괜찮아졌어요. 지미는 어디다 안치했소?"

나는 그를 데리고 그의 아들이 누워 있는 거실로 가서 그곳에 그를 홀로 남겨 두고 나왔다. 꼬마 몇 명이 계단을 올라와서 홀에서 기웃거리고 있었다. 내가 방금 도착한 사람이 누구인지 알려 주자 아이들은 마지못해 자리를 떴다.

얼마 뒤 개츠 씨가 문을 열고 나왔다. 입이 살짝 벌어진 채 얼굴은 약간 상기되어 있었고 두 눈에서는 이따금씩 눈물이 흘러나왔다. 그는 이제 죽음이 그렇게 공포의 대상이 되지 못하는 나이에 이르러 있었다. 처음으로 주위를 둘러보던 그의 눈에 높고 화려한 홀과 다른 방과 연결되어 있는 큼직한 방들이 들어왔고 그의 슬픔은 경외감에 사로잡힌 자부심과 뒤섞이기 시작했다. 나는 그를 부축하여 위층 침실로 올라갔다. 그가 윗도리와 조끼를 벗는 동안 나는 그가 올 때까지 모든 절차를 연기해 놓았노라고 말했다.

"어떻게 하실지 몰라서요. 개츠비 씨……."

"내 이름은 개츠요."

"……개츠 씨, 저는 어르신께서 시신을 서부로 옮겨 가실 거라고 생각했습니다."

그는 고개를 좌우로 흔들었다.

"지미는 항상 이곳 동부를 더 좋아했소. 그 애는 동부에서 자리를 굳혔거든. 댁은 우리 아이의 친구였소?"

"친한 친구였지요."

"알고 있었겠지만 내 아들은 장래가 보증된 아이였소. 아직 나이는 얼마 안 먹었지만 여기 이곳에 엄청난 두뇌를 갖고 있었지."

그가 인상적인 동작으로 자신의 머리를 만졌고, 나는 고개를 끄덕였다.

"만약 살아 있었으면 아마 대단한 인물이 됐을 거요. 제임스 J. 힐[80] 같은 인물 말이오. 국가 발전에 한몫을 했을 거요."

---

80) 미국의 철도 재벌로 피츠제럴드의 고향인 미네소타주 세인트폴에서 살

"아마 그랬을 겁니다." 내가 마지못해 맞장구를 쳤다.

그는 더듬거리며 침대에서 수놓은 침대보를 벗겨 내려고 하다가 꼿꼿한 자세로 그냥 누워 버렸다. 그러더니 금방 잠에 곯아떨어졌다.

그날 밤 어떤 사람이 놀란 목소리로 전화를 걸어서는 자기 이름을 밝히기도 전에 내가 누구냐고 다짜고짜로 물었다.

"캐러웨이라고 합니다만." 내가 말했다.

"아…… . 난 클립스프링어입니다." 그는 안심한 듯했다.

나 역시 마음이 놓였다. 개츠비의 장례식에 참석할 수 있는 사람이 하나 더 늘어날 것 같았기 때문이다. 나는 신문에 부고를 내서 구경꾼들이 많이 몰려오게 하고 싶지 않았기 때문에 직접 몇몇 사람에게만 전화로 연락하던 참이었다. 그러나 참석할 만한 사람들을 찾아내기란 여간 어렵지 않았다.

"장례식은 내일입니다. 오후 3시에 여기 이 집에서 있습니다. 오실 만한 분이 있으면 연락해 주십시오." 내가 말했다.

"아, 그러죠." 그의 말투에는 미심쩍은 구석이 있었다. "물론 만날 사람이 있을 것 같지는 않지만 만나면 전하도록 하지요."

"물론 당신은 오시겠지요?"

"글쎄요, 참석하도록 노력해 보겠습니다. 제가 전화한 용건은……."

"잠깐만요." 내가 그의 말을 막았다. "확실히 오겠다고 말씀

<hr>

았다.

해 주시는 게 어떻겠습니까?"

"글쎄, 사실은…… 사실은, 지금 다른 사람들과 함께 그리니치[81]에 있거든요. 이 사람들은 내일 내가 자기들하고 같이 있었으면 해서요. 사실은 피크닉인가 뭔가가 있거든요. 물론 최선을 다해서 빠져나가도록 하겠습니다만."

나는 나도 모르게 "흥!" 하는 소리를 내뱉었고, 그의 말투가 신경질적으로 바뀐 것으로 보아 그가 그 소리를 들은 것이 틀림없었다.

"내가 전화를 한 건, 그 집에 두고 온 신발 한 켤레 때문입니다. 너무 수고스럽지 않다면 집사를 시켜 그걸 보내 줬으면 하는데요. 테니스 신발인데, 그게 없으면 난 속수무책이거든요. 보내실 주소는 전교(轉交)로 B. F.……."

수화기를 내려놓았기 때문에 나머지 주소는 듣지 못했다.

그 뒤 나는 개츠비에게 조금 면목이 없었다. 내가 전화를 건 어떤 신사는 개츠비가 그렇게 된 것이 자업자득이라는 식으로 말했다. 그러나 따지고 보면 그것은 내 실수였다. 그는 개츠비의 술을 마시고 그 술기운으로 개츠비를 아주 신랄하게 씹어 대던 사람 중의 하나였으니 처음부터 그에게 전화를 걸지 말았어야 했다.

장례식 날 아침 나는 마이어 울프심을 만나려고 뉴욕으로 갔다. 그러지 않고서는 달리 그를 만날 방법이 없을 것 같았

---

81) 미국 코네티컷주에 있는 부유한 마을.

다. 엘리베이터 안내원이 가르쳐 주는 대로 밀고 들어간 문에는 '스와스티카 지주 회사'라는 간판이 붙어 있었고, 그 안에는 아무도 없는 것 같았다. 그러나 내가 헛되이 "누구 없습니까?" 하고 몇 번 소리쳐 부르자 칸막이 뒤쪽에서 가벼운 말다툼이 벌어지더니 마침내 예쁘장한 유대인 여자가 안쪽 문에서 나타나 적의를 품은 검은 눈으로 나를 자세히 훑어보았다.

"아무도 없어요. 울프심 씨는 지금 시카고에 계세요." 그녀가 말했다.

안에서 누군가가 음정도 맞지 않게 「로사리오」[82]를 휘파람으로 불기 시작한 것으로 보아 아무도 없다는 말은 분명히 거짓말이었다.

"캐러웨이란 사람이 뵙고 싶어 한다고 전해 주시오."

"그분을 시카고에서 데려올 순 없잖아요?"

바로 그 순간 울프심의 것이 분명한 목소리가 문 저쪽에서 "스텔라!" 하고 부르는 소리가 났다.

"책상 위에 성함을 남겨 주세요." 그녀가 재빨리 말했다. "그분이 돌아오시면 전해 드릴게요."

"하지만 저 안에 계시잖소."

그녀가 나를 향해 한 걸음 다가서더니 화가 난 듯 두 손으로 엉덩이 위아래를 쓸어내리기 시작했다.

"젊은 사람들은 언제나 자기들 마음대로 밀고 들어올 수 있

[82) 1898년에 로버트 캐머런 로저스가 작사하고 에설버트 네빈이 작곡한 이 노래는 1920년대 초엽에 리바이벌되어 미국에서 크게 히트했다.

다고 생각한다니까. 그런 태도가 이제 정말 지긋지긋해. 시카고에 있다고 하면 시카고에 있는 거지." 그녀가 꾸짖었다.

나는 개츠비의 이름을 댔다.

"어머나!" 그녀는 다시 한번 나를 훑어보았다. "잠깐만요……. 성함이 뭐라고 하셨지요?"

그녀가 안으로 사라졌다. 그러자 곧 마이어 울프심이 근엄하게 문간에 서서 두 손을 내밀었다. 그는 경건한 목소리로 지금은 우리 모두에게 슬픈 때라고 말하면서 나를 사무실로 데려가서는 시가를 권했다.

"그를 처음 만났을 때가 기억나는군. 막 군에서 제대한 젊은 소령으로 전쟁 때 받은 훈장을 온몸에 가득 달고 있었어. 형편이 아주 말이 아니어서 계속 군복만 입고 있었지. 사복을 살 돈이 없었거든. 내가 그를 처음 본 것은 43번가에 있는 와인브레너 당구장에 들어와 일자리가 있느냐고 물었을 때요. 그는 꼬박 이틀 동안 굶었다고 했소. '이리 와 나하고 점심이나 같이 합시다.' 하고 내가 말했지. 그는 삼십 분 만에 무려 4달러어치도 넘게 음식을 먹어 치우더군."

"선생께서 그에게 일자리를 주셨습니까?" 내가 물었다.

"일자리를 주었냐고! 내가 그를 키우다시피 했지."

"아, 네."

"아무것도 없는 무(無)에서, 정말 시궁창에서 그를 건져 냈소. 나는 즉시 그가 신사답고 잘생긴 젊은이라는 걸 알아봤소. 그가 나더러 오그스퍼드 출신이라고 했을 때 그를 잘 써먹을 수 있겠구나 하는 생각이 들었지. 나는 그를 미국 재향 군인회에 가입하게 했고, 그 친구는 거기에서 높은 자리에 앉곤 했지. 그 뒤 얼마 안 되어 그는 올버니에서 내 의뢰인을 위해 일했소. 우린 모든 일에서 그렇게 우정이 두터웠지……." 그가 알뿌리 모양의 손가락 두 개를 들어 올렸다. "……언제나 둘이 함께였소."

나는 그런 협력 관계가 1919년 월드 시리즈 사건도 포함하는지 궁금했다.

"이제 그는 저세상 사람이 됐습니다." 잠시 뒤 내가 말했다. "선생께서 그의 가장 절친한 친구였으니 드리는 말씀인데, 오늘 오후에 있을 그의 장례식에 참석하시겠지요."

"나도 가고 싶소."

"그럼 오시지요."

그의 코털이 약간 떨렸고, 고개를 좌우로 흔들자 그의 눈에 눈물이 고였다.

"하지만 그럴 수가 없소……. 그 사건에 말려들고 싶지 않아." 그가 말했다.

"말려들고 말고 할 것도 없습니다. 다 끝난 일이니까요."

"사람이 일단 피살됐으면, 난 어떤 식으로든지 그 일에 끼고 싶지 않소. 한발 물러서 있는 거지. 젊을 때는 사정이 달랐소……. 만약 친구가 죽으면 무슨 일이 있어도 정말 끝까지 함께 있었소. 당신은 그걸 감상적이라고 할지 모르지만 정말 그랬소……. 험한 꼴을 보더라도 최후까지 말이오."

그가 어떤 이유 때문인지 장례식에 오지 않으려고 결심했다는 것을 깨닫자 나는 자리에서 일어났다.

"당신은 대학을 나왔나요?" 그가 불쑥 물었다.

한순간 나는 그가 '거래선' 이야기를 꺼내려는 게 아닌가 생각했지만 그는 고개를 끄덕거리며 악수를 청할 뿐이었다.

"죽은 뒤가 아니고 살아 있을 때 우정을 보여 주는 걸 배웁시다. 내 원칙은, 일단 친구가 죽은 다음에는 모든 걸 그냥 내버려 두는 것이오."

그의 사무실에서 나왔을 때 하늘은 이미 어두워져 있었고, 나는 가랑비를 맞으며 웨스트에그로 돌아왔다. 옷을 갈아입은 뒤 이웃집으로 건너갔더니 개츠 씨가 흥분해서 홀 안을 왔다 갔다 하고 있었다. 아들과 아들의 재산에 대한 그의 자부심이 점점 커지고 있었고, 그는 마침내 나에게 뭔가를 보여 주려고 했다.

"지미가 이 사진을 보냈지. 이것 좀 보게나." 그가 떨리는 손으로 지갑을 꺼냈다.

개츠비의 저택을 찍은 사진이었는데 가장자리가 꺾여서 금이 가고 여러 사람이 만져서 손때가 묻어 있었다. 그는 사진 구석구석을 가리키며 열심히 설명했다. "이것 좀 보라고." 이렇게 말하고는 내 눈을 들여다보며 내가 감탄하는지 살폈다. 그 사진을 하도 자주 보여 준 탓에 그에게는 실제 집보다 사진이 훨씬 현실적으로 보이는 것 같았다.

"지미가 이걸 나한테 보내 줬단 말일세. 참 근사한 사진이야. 아주 잘 나왔어."

"정말 잘 나왔네요. 최근에 아드님을 만나 보신 적이 있습니까?"

"두 해 전에 나를 보러 와서 내가 지금 사는 집을 사 주었소. 물론 그놈이 집을 나갔을 때 우린 서로 갈라선 꼴이었지만, 집을 나간 데는 그럴 만한 까닭이 있었다는 걸 이제야 알겠어. 그 애는 밝은 미래가 자기를 기다린다는 걸 잘 알고 있었던 게야. 출세한 뒤로 그 애가 나한테 얼마나 잘해 주었는지 몰라."

그는 그 사진을 치우는 것이 내키지 않는지 머뭇거리며 잠시 얼마 동안 내 눈앞에 그대로 들고 있었다. 그러더니 지갑에 다시 사진을 넣고는 호주머니에서 겉장에 '호펄롱 캐시디'[83]라고 쓰여 있는 누더기 같은 헌책을 한 권 꺼냈다.

"이건 그 애가 어릴 때 갖고 있던 책이오. 그걸 보면 잘 알 수 있을 게요."

그는 뒤표지를 펼쳐 내가 볼 수 있도록 책을 빙 돌렸다. 아무것도 인쇄되어 있지 않은 면지에는 '계획표 — 1906년 9월 12일'이라고 적혀 있었다. 그리고 그 밑에는 다음과 같이 쓰여 있었다.

기상·····························오전 6 : 00
아령 들기와 벽 타기·············오전 6 : 15~6 : 30
전기학 및 기타 공부·············오전 7 : 15~8 : 15
일·····························오전 8 : 30~4 : 30
야구와 스포츠·················오후 4 : 30~5 : 00

---

83) 클래런스 멀포드가 창조한 카우보이 캐릭터이다. 이 인물을 주인공으로 한 소설 『호펄롱 캐시디』는 1910년 시카고에서 처음 출판되었으므로 이 책에 적은 '1906년'이라는 연도는 착오이다.

위대한 개츠비

웅변 연습, 자세 습득 훈련⋯⋯⋯오후 5 : 00~6 : 00

발명에 필요한 공부⋯⋯⋯⋯⋯오후 7 : 00~9 : 00

결 심

샌프터스나 xxx(해독 불가능함)에서 시간을 낭비하지 말 것

궐련과 씹는담배를 삼갈 것

이틀에 한 번씩 목욕할 것

매주 유익한 책이나 잡지를 한 권씩 읽을 것

매주 5달러 3달러씩 저축할 것

부모님 말씀을 잘 들을 것

"나는 이 책을 우연히 발견했소. 이 정도면 지미가 어떤 녀석인지 짐작할 수 있을 테지요?" 노인이 말했다.

"네, 짐작됩니다."

"지미는 반드시 출세할 애였소. 그 애는 언제나 이런저런 결심을 했거든. 그 애가 자기 계발을 하려고 얼마나 노력했는지 아시오? 말도 못 하게 열심이었지. 언젠가 한번은 아비더러 음식을 돼지처럼 먹는다고 하기에 그 애를 때려 준 적도 있소."

그는 책을 그냥 덮기 싫은 듯 각 항목을 소리 높여 낭독하고는 뭔가를 바라는 눈길로 나를 쳐다보았다. 내가 그 계획표를 베껴 적기를 바란 게 아니었나 싶다.

3시가 조금 못 되어 플러싱에서 루터고 목사가 도착했고, 나는 무심결에 다른 차들이 왔나 하고 창밖을 내다보았다. 개

252

츠비의 아버지 역시 창밖을 내다보았다. 시간이 흘러 하인들이 들어와 홀 안에서 기다리고 서 있자 노인의 눈은 불안하게 깜박거리기 시작했고 걱정스럽고 자신 없는 목소리로 비를 탓했다. 목사는 몇 번이고 시계를 들여다보았고, 그래서 나는 그를 옆으로 데리고 가 삼십 분만 더 기다려 달라고 부탁했다. 그러나 부질없는 짓이었다. 아무도 오지 않았다.

5시쯤 자동차 세 대로 이루어진 장례 행렬이 제법 방울이 굵은 가랑비를 맞으며 묘지에 도착하여 입구에 멈춰 섰다. 맨 앞에는 섬뜩할 만큼 검고 비에 젖은 영구차가, 그다음에는 개츠 씨와 목사와 내가 탄 리무진이, 그리고 그 뒤에는 하인 네댓 명과 웨스트에그에서 온 우편배달원 한 명이 개츠비의 스테이션왜건을 타고 비에 흠뻑 젖은 채 도착했다. 우리가 문을 통과해 묘지 안으로 들어갈 때 차 한 대가 멈추더니 질퍽한 땅에 고여 있는 물을 튀기면서 우리 뒤를 따라오는 소리가 들렸다. 나는 주위를 둘러보았다. 그 사람은 석 달 전 어느 날 밤 개츠비의 서재에 꽂힌 장서를 보고 놀라던 올빼미 안경을 낀 남자였다.

그날 이후로 나는 그 사람을 한 번도 본 일이 없었다. 나는 그가 장례식이 있다는 것을 어떻게 알았는지, 그의 이름이 무엇인지조차 모른다. 두꺼운 안경에 비가 퍼붓자 그는 개츠비의 무덤을 가린 천막이 벗겨지는 것을 보려고 안경을 벗어서 닦았다.

나는 그때 개츠비에 관해서 잠깐 생각해 보려고 했지만 그는 이미 아주 먼 곳에 가 있었다. 데이지가 조문 전보 한 장, 조화(弔花) 한 바구니 보내오지 않았다는 사실을 아무 분노도 느끼지 않고 떠올릴 뿐이었다. 누군가가 "비가 내리니 죽은 자에게 복이 있도다."[84] 하고 나지막하게 중얼거리자 올빼미 눈이 우렁찬 목소리로 "아멘." 하고 화답하는 소리가 들렸다.

우리는 뿔뿔이 흩어져 비를 맞으며 자동차가 있는 데로 급히 걸어갔다. 올빼미 눈이 묘지 입구에서 나에게 말을 걸었다.

"집에는 들르지도 못했군요." 그가 말했다.

"아무도 찾아오지 않았습니다." 내가 대답했다.

"아니, 저런! 맙소사, 도대체 그럴 수가 있나! 그 집에 드나든 사람이 몇백 명이나 되는데." 그가 놀라 말했다.

그는 안경을 벗어 다시 한번 안팎을 닦았다.

"불쌍한 놈." 그가 말했다.

내가 아직도 생생하게 기억하는 일 중 하나는 크리스마스를 맞아 대학 예비 학교에서, 그리고 나중에는 대학에서 서부로 돌아오던 일이다. 시카고보다 더 멀리 가는 친구들은 12월의 어느 날 저녁 6시에 시카고 친구들과 함께 낡고 어두운 유니언역에 모여 벌써부터 즐거운 휴가 분위기에 한껏 들떠 서둘러 작별 인사를 나누곤 했다. 이런저런 여학교에서 돌아오는 여학생들의 털외투도 기억나고, 옛 친구들이 눈에 띄면 차디찬 입김을 뿜으면서 떠들거나 머리 위로 손을 흔들어 대던

---

84) 장례식 때 비가 내리면 망자가 평안하게 영면을 취한다는 미신이 있다.

일 역시 기억난다. "넌 오드웨이네 집에 갈 거니? 허시네 집에는? 슐츠네 집에는?" 하면서 서로 초대 일정을 맞춰 보던 일도 기억난다. 또한 장갑 낀 손에 꽉 움켜쥐었던 길쭉한 초록색 기차표도 아직껏 기억에 생생하다. 그리고 마지막으로 시카고-밀워키-세인트폴 철도 회사의 칙칙한 노란색 기차들이 출입문 옆 철로 위에 멈춰 서 있는 모습까지도 마치 크리스마스 자체인 것처럼 신바람 나게 보이던 것이 기억난다.

역에서 빠져나와 겨울밤 속으로 들어가면 진짜 눈[雪]이 — 우리의 눈 말이다 — 옆으로 펼쳐져 창을 배경으로 반짝이기 시작했다. 조그마한 위스콘신 시골 역의 흐릿한 불빛들이 스쳐 지나가고 공기 속에는 살을 에는 듯한 거친 기운이 감돌았다. 저녁 식사를 마치고 싸늘한 객차 복도를 지나가는 동안 우리는 그 공기를 깊이 들이마셨다. 다시 한번 그 공기 속에 하나로 녹아들기 전 그 이상야릇한 한 시간 동안, 우리는 이 지방과 완전히 하나가 되는 것을 가슴 깊이 깨달았다.

그곳이 바로 나의 중서부 지방이다. 밀밭이나 평원 또는 사라져 버린 스웨덴 이민자들의 마을이 아니라, 감격으로 가슴이 두근거리는 내 젊은 날의 귀향 열차, 서리가 내린 어두운 밤의 가로등과 썰매 종소리, 불 켜진 창문의 불빛에 크리스마스 장식인 호랑가시나무 화환의 그림자가 눈 위에 비치는 곳 말이다. 그 지역의 일부인 나는 그 기나긴 겨울을 떠올리면 조금은 엄숙한 기분이 들고, 몇십 년 동안 아직도 가문의 이름이 주소를 대신하는 도시에서 캐러웨이 가문에서 자란 것에 대해 조금은 자부심을 느낀다. 이제 나는 이 이야기가 결국 서부의 이야기였다는 것을 안다. 톰과 개츠비, 데이지와 조던과 나는 모두 서부 출신이었고, 어쩌면 우리는 왠지 동부의 삶에 적응하지 못한다는 어떤 결함을 공유하고 있었는지도 모른다.

심지어 동부가 나를 가장 흥분시켰을 때조차도, 동부 지방이 오하이오강 너머로 부풀어 오른 듯 볼품없이 뻗어 있는 그 지루한 도시들보다 우월하다는 것을 뼈저리게 깨달을 때조차도 — 그 도시들에서는 오직 아이들과 아주 늙은 노인들 빼고는 모든 사람들이 끝없이 심문을 받고 있는 듯하다 — 나에게 동부는 언제나 어딘지 모르게 뒤틀린 데가 있어 보였다. 특히 웨스트에그는 아직도 내가 해괴하고 환상적인 꿈을 꿀 때면 나타난다. 나에게는 그곳이 엘 그레코[85]가 그린 밤 풍경처럼 보인다. 즉 전통적이면서도 그로테스크한 수백 채의 집이 그 위에 펼쳐져 있는 음산한 하늘과 광택 없는 달 아래 쭈그리고 앉아 있는 그림 말이다. 그림 앞쪽에는 흰 야회복을 입은 엄숙한 사내 네 명이 흰 이브닝드레스 차림의 술에 취한 여자가 누워 있는 들것을 들고 인도를 따라 걸어가고 있다. 들것 가장자리 밖으로 축 늘어져 있는 그녀의 손에서는 보석들이 싸늘하게 반짝거린다. 사내들은 엄숙하게 어떤 집에 들르지만 집을 잘못 찾았다. 그러나 아무도 그 여자의 이름을 알지 못하고 아무도 신경 쓰지 않는다.

개츠비가 죽은 뒤 동부는 내 시력으로는 어떻게 바로잡을

---

85) 그리스 태생의 스페인 화가. 극적이고 표현력이 풍부한 화풍으로 널리 알려져 있다. '엘 그레코'는 그가 그리스 출신이라서 붙은 별명이다.

수 없을 만큼 뒤틀린 채 그런 식으로 자주 나를 괴롭혔다. 그래서 부서지기 쉬운 나뭇잎들의 푸른 연기가 공기 중에 흩어지고 빨랫줄에 걸려 있는 젖은 옷이 바람에 날려 뻣뻣해지는 가을, 나는 고향으로 돌아가기로 결심했다.

떠나기 전에 해야 할 일이 하나 남아 있었다. 그냥 내버려 두는 편이 더 나을지 모르는 어색하고 불쾌한 일이었다. 그러나 나는 일들을 정리하고 싶었고 저 친절하고 무관심한 바다가 내 쓰레기를 쓸어 가도록 그냥 내버려 두고 싶지 않았다. 나는 조던 베이커를 만나서 우리 모두에게 일어난 일과 그 뒤 나에게 있었던 일에 대해 이야기했고, 그녀는 큼직한 의자에 아주 가만히 눕다시피 앉아서 내 말에 귀를 기울였다.

그녀는 골프복을 입고 있었다. 뽐내는 듯 살짝 턱을 들어올린 자세와 낙엽 빛깔의 머리카락, 무릎 위에 올려놓은 손가락 없는 골프 장갑처럼 갈색으로 그은 얼굴을 하고 있던 모습이 멋진 삽화 같다고 생각한 것이 지금도 기억난다. 내가 이야기를 모두 마치자 그녀는 아무 설명도 없이 다른 남자와 약혼했노라고 말했다. 비록 그녀가 고개만 까딱해도 결혼할 남자가 몇 명 있기는 했지만 나는 어쩐지 그 말이 믿기지가 않았다. 그래도 짐짓 놀라는 척했다. 한순간 나는 실수를 저지르고 있는 게 아닌가 싶었다. 그러고 나서 다시 한번 재빨리 그 일에 대해 곰곰이 생각해 본 뒤 결국 작별 인사를 하기 위해 자리에서 일어섰다.

"어쨌든 당신은 나를 걷어찼어요." 조던이 불쑥 말했다. "전화로 나를 걷어찼단 말이에요. 지금은 당신에 대해 털끝만큼도 관심 없지만, 그때는 그런 일을 겪어 본 적이 없어서 한동안 좀 어리둥절했지요."

우리는 악수를 했다.

"아, 참 기억나요……?" 그녀가 덧붙였다. "……자동차 운전에 관해서 우리가 주고받은 대화 말이에요."

"그럼요……. 정확하지는 않지만."

"부주의한 운전자는 또 다른 부주의한 운전자를 만나기 전까지만 안전하다고 당신이 그랬지요? 그래요, 나는 또 다른 서툰 운전자를 만났던 거예요. 안 그런가요? 내 말은요, 그렇게 잘못 추측하다니 나도 참 부주의했지요. 난 당신이 오히려 정직하고 솔직한 사람이라고 생각했어요. 그게 당신의 은밀한 자부심이라고요."

"난 이제 서른 살이오. 스스로에게 거짓말을 하고 그걸 자랑스럽게 생각할 나이는 오 년이나 지났지." 내가 말했다.

그녀는 아무 대답도 하지 않았다. 화도 나고 반쯤은 그녀에게 사랑을 느끼고 몹시 후회도 하면서 나는 발길을 돌렸다.

10월이 끝나 가던 어느 날 오후 나는 톰 뷰캐넌을 만났다. 그는 민첩하고 공격적인 걸음걸이로 5번가를 따라 내 앞에서 걸어가고 있었다. 그의 두 손은 마치 방해하는 것이 있으면 물리쳐 버리려는 듯 그의 몸에서 조금 떨어져 있었고, 머리는 초조한 두 눈에 적응하면서 기민하게 이리저리 움직이고 있었다. 그를 따라잡지 않으려고 발걸음을 늦추고 있을 때 그가 걸음을 멈추더니 눈을 찡그리며 보석상 진열장 안을 들여다보기 시작했다. 그러다가 갑자기 나를 보고 뒤로 걸어와 내게 손을 내밀었다.

"닉, 왜 그러는 거야? 나와 악수하는 게 싫은가?"

"그래. 내가 자네를 어떻게 생각하는지 잘 알 텐데."

"닉, 자네 미쳤군. 이만저만 미친 게 아니야. 도대체 왜 그러는지 모르겠는걸." 톰이 빠르게 말했다.

"톰. 그날 오후 윌슨에게 뭐라고 했나?" 내가 따지듯 물었다.

그는 아무 말 없이 나를 응시했고, 나는 윌슨의 행방이 묘연했던 시간에 대해 내가 추측한 것이 옳았다는 것을 깨달았다. 나는 돌아서서 다시 걷기 시작했지만 그가 따라오면서 내 팔을 붙잡았다.

"사실대로 얘기해 줬지. 우리가 막 외출하려고 하는데 그가 문 앞에 나타났어. 그래서 사람을 시켜 집에 없다고 전했지만 그는 막무가내로 위층으로 올라오려고 하는 거야. 내가 그 자동차의 임자가 누구인지 말해 주지 않으면 금방이라도 죽이고도 남을 만큼 제정신이 아니더군. 집 안에 있는 동안 그자는 줄곧 리볼버 권총이 들어 있는 호주머니 속에 손을 넣고 있었단 말이야……." 그가 도전적인 태도로 갑자기 말을 멈췄다. "내가 말해 준 게 어쨌다는 건가? 그자의 자업자득이야. 데이지의 눈에 흙을 뿌린 것처럼 자네 눈에도 흙을 뿌렸다고. 하지만 터프한 친구였지. 개를 치듯 머틀을 치고도 차를 멈추지 않았으니 말이야."

그것이 진실이 아니라는, 차마 내 입으로 말할 수 없는 사실 하나를 제외하고는 더 이상 할 말이 없었다.

"내가 괴로워하지도 않았다고 생각한다면……. 이보게, 그 아파트를 넘기러 가서 그 빌어먹을 개 비스킷 깡통이 찬장 위에 놓여 있는 걸 보고 주저앉아서 어린애처럼 엉엉 울었어. 아, 맙소사, 정말 끔찍했다고……."

나는 그를 용서할 수도 좋아할 수도 없었지만 그는 자신이 한 일이 완벽하게 정당하다고 생각하는 듯했다. 모든 것이 경솔하고 뒤죽박죽 혼란스러웠다. 톰과 데이지, 그들은 경솔한 인간들이었다. 물건이든 사람이든 부숴 버린 뒤 돈이나 엄청난 무관심 또는 자기들을 한데 묶어 주는 것이 무엇이든 그 뒤로 물러나서는 자기들이 만들어 낸 쓰레기를 다른 사람들이 말끔히 치우도록 했다…….

나는 그와 악수를 했다. 악수하지 않으려고 하는 것이 오히려 어리석은 일처럼 보였다. 갑자기 어린아이와 이야기하고 있는 것 같다는 생각이 들었기 때문이다. 그러고 나서 그는 진주 목걸이를 — 아니면 커프스단추 한 쌍을 — 사려고 보석상 안으로 들어가면서 나의 촌스러운 결벽증에서 영원히 벗어나 버렸다.

내가 떠날 때 개츠비의 집은 여전히 텅 비어 있었다. 그 집 잔디도 우리 집 잔디처럼 무성할 대로 무성하게 자라 있었다. 마을의 택시 기사 하나는 저택 정문을 지나서 차를 잠깐 세우고 집 안쪽을 손가락으로 가리키고 나서야 요금을 받았다. 어쩌면 그는 사건이 일어난 날 밤 데이지와 개츠비를 태우고 이스트에그에 갔던 운전사인지도 모른다. 그래서 어쩌면 그 사건에 관해 자기 나름대로 이야기를 꾸며 냈을지도 모른다. 나는 그 이야기를 듣고 싶지 않아서 기차에서 내릴 때면 그를 피해 갔다.

나는 토요일 밤이면 뉴욕에서 시간을 보냈다. 개츠비가 열던 그 눈부시고 황홀한 파티가 나에게는 너무 생생하여 정원에서 희미하지만 끊임없이 들리던 음악 소리와 웃음소리가 아직도 귓가에 울리는 듯했고, 그의 진입로에 오르내리는 자동차 소리도 들리는 듯했기 때문이다. 그러던 어느 날 밤 나는 실제로 자동차 소리를 들었고, 헤드라이트 불빛이 앞쪽 계단을 비추고 있는 것이 보였다. 그러나 그게 누구인지는 알아보지 않았다. 아마도 지구의 반대쪽에 가 있다가 파티가 끝난 줄도 모르고 찾아온 마지막 손님이었으리라.

마지막 날 밤 트렁크에 짐을 꾸리고 자동차를 식료품상에 팔고 나서 나는 그 저택으로 건너가 다시 한번 한 집의 일관성도 없고 엄청나기까지 한 몰락을 바라보았다. 하얀 돌계단에 어떤 아이가 벽돌 조각으로 갈겨 쓴 음탕한 욕설이 달빛에 뚜렷이 드러나 보여 나는 계단을 따라가며 구둣발로 문질러 그 낙서를 지워 버렸다. 그러고 나서 해변으로 어슬렁어슬렁 걸어 내려가 모래 위에 벌렁 드러누웠다.

해변에 늘어선 별장들은 대부분 문이 닫혀 있었고, 롱아일랜드 해협을 가로질러 가는 나룻배 한 척에서 그림자처럼 희미하게 움직이는 불빛을 제외하고는 어떤 불빛도 보이지 않았다. 그리고 달이 점점 하늘 높이 떠오르면서 실체도 없는 집들이 녹아 없어져 버리자 나는 서서히 그 옛날 네덜란드 선원들의 눈에 한때 꽃처럼 찬란히 떠올랐던 이 옛 섬 ─ 신세계의 싱그러운 초록색 가슴을 깨닫게 되었다. 바로 이 섬에서 자취를 감춘 나무들, 개츠비의 저택에 자리를 내준 나무들은 한때 인간의 모든 꿈 중 마지막이자 가장 위대한 꿈에 소곤거리며 영합했던 것이다. 덧없이 흘러가 버리는 매혹적인 한순간에 인간은 이 대륙을 바라보며 틀림없이 숨을 죽이고 있었을 것이다. 이해할 수도, 감히 바랄 수도 없는 심미적 관조에 어쩔 수 없이 빠져 버린 채 인류 역사에서 마지막으로 놀라움을 느낄 수 있는 재능과 맞먹는 그 무엇과 직면하면서 말이다.

나는 그곳에 앉아 그 오랜 미지의 세계를 곰곰이 생각하면서 개츠비가 데이지의 부두 끝에서 초록색 불빛을 처음 찾아냈을 때 느꼈을 경이감에 대해 생각해 보았다. 그는 이 푸른 잔디밭을 향해 머나먼 길을 달려왔고, 그의 꿈은 너무 가까이 있어 금방이라도 손을 뻗으면 닿을 것만 같았을 것이다. 그 꿈이 이미 자신의 뒤쪽에, 공화국의 어두운 벌판이 밤 아래 두루마리처럼 펼쳐져 있는 도시 너머 광막하고 어두운 어떤 곳에 가 있다는 사실을 그는 미처 알아차리지 못했던 것이다.

개츠비는 그 초록색 불빛을, 해마다 우리 눈앞에서 뒤쪽으로 물러가고 있는 극도의 희열을 간직한 미래를 믿었다. 그것은 우리를 피해 갔지만 별로 문제 될 것은 없다 ─ 내일 우리는 좀 더 빨리 달릴 것이고 좀 더 멀리 팔을 뻗을 것이다…….
그리고 어느 맑게 갠 날 아침에…….

그리하여 우리는 조류를 거스르는 배처럼 끊임없이 과거로 떠밀려 가면서도 앞으로, 앞으로 계속 나아가는 것이다.

재즈 시대 미국의 낭만적 이상과 환상

모든 작가는 작품을 쓸 때 저마다 염두에 두는 독자가 따로 있게 마련이다. 감수성이 예민한 사춘기 여고생을 염두에 둘 수도 있고, 비록 수는 적지만 문학적 감식력이 뛰어난 고급 독자를 염두에 둘 수도 있다. 어느 작가보다도 독자 욕심이 많던 F. 스콧 피츠제럴드는 예상 독자의 스펙트럼을 무척 넓게 잡았다. 1920년, 그러니까 겨우 스물세 살의 젊은 나이로 문명(文名)을 떨치던 무렵 그는 "모든 작가는 자기 세대의 젊은이들, 다음 세대의 비평가들 그리고 그 뒤의 영원한 미래 세대의 교육자들을 위하여 작품을 써야 한다."라고 밝힌 적이 있다. 일반 독자에서 비평가를 거쳐 교육자에 이르기까지 그가 예상한 독자의 폭이 꽤 넓다는 데 새삼 놀라게 된다.

그런데 생각해 볼수록 피츠제럴드의 이 말은 참으로 예언적인 데가 있다. 물론 동시대의 젊은 독자들한테서는 그가 기대한 것만큼 관심을 받지 못한 것이 사실이다. 피츠제럴드는 같은 시기에 활약한 윌리엄 포크너나 어니스트 헤밍웨이와는 달리 예술혼을 불태우는 진지한 작가라기보다는 차라리 '미국 문단의 플레이보이'로 더 잘 알려져 있었다. 그러나 피츠제럴드는 그다음 세대의 문학 비평가들과 학자들, 교육자들로부터는 자못 큰 관심을 받았다. 그가 미처 예상하지는 못했지만 그의 작품은 영화 제작자들, 연극 연출가들, 무용 안무가들 그리고 심지어는 음악가들로부터도 큰 사랑을 받았다. 포크너와 헤밍웨이와 그는 20세기 미국 소설의 삼총사로서 좁게는 현대 미국 소설, 넓게는 미국 문학 그리고 더 넓게는 세계 문학을 대표하는 작가로 위치를 굳혔다.

바로 앞 세대에 활약한 윌리엄 딘 하우얼스나 헨리 제임스 그리고 동시대에 활약한 헤밍웨이나 포크너와 비교할 때 피츠제럴드가 쓴 작품의 수는 그다지 많지 않다. 그가 이렇게 장편 소설을 많이 쓰지 못한 데에는 일찍 사망한 탓도 있을 것이고, 돈을 벌기 위하여 《새터데이 이브닝 포스트》 같은 잡지에 상업적인 단편 작품을 많이 쓴 탓도 있을 것이다. 『낙원의 이쪽』(1920), 『저주받은 아름다운 사람들』(1922), 『위대한 개츠비』(1925), 『밤은 부드러워』(1934)가 그가 살아 있을 때 출간한 작품이고, 미완성 소설 『마지막 거물』(1941)을 유작으로 남겼을 뿐이다. 그러나 그는 희곡 한 편과 무려 160편에 달하는 단편 소설을 남기기도 했다. 돈을 벌기 위한 목적으로 쓴 작품이라고는 하지만 그의 단편 소설 가운데에는 그야말로 보석처럼 빛을 내뿜는 작품이 적지 않다.

피츠제럴드의 작품 가운데에서도 가장 대표적인 작품은 역시 『위대한 개츠비』이다. '현대의 고전'의 반열에 올라 있는 이 소설은 미국의 중·고등학교와 대학에서는 물론이고 일반 독자들에게도 융숭한 대접을 받고 있다. 이 소설은 미국에서만 해마다 30만 권 이상이 팔리고 있으며, 외국에서 팔리는 것까지 계산에 넣는다면 그 수는 참으로 엄청나다. 더구나 '위대한 미국 소설'을 말할 때마다 비평가들과 학자들은 약방의 감초처럼 이 작품을 자주 입에 올린다. 몇 년 전 뉴욕의 랜덤하우스 출판사의 편집 위원회는 20세기에 영어로 쓰인 가장 위대한 소설을 선정한 적이 있다. 그때 제임스 조이스의 『율리시스』(1922)가 첫 번째로 꼽혔고 『위대한 개츠비』가 두 번째로 꼽혔다. 그러니까 20세기에 출간된 미국 소설로는 이 작품이 단연 첫 손가락에 꼽힌 셈이다. 실제로 이 소설을 빼놓고 현대 미국 소설을 이야기한다는 것은 이제 거의 불가능해졌다. 한 비평가는 이 작품을 두고 아예 '미국 문학의 영원한 기념비'니 '국보급의 작품'이니 하고 말하기까지 한다.

피츠제럴드의 작품이 으레 그렇듯이 『위대한 개츠비』에도 작가가 살아온 고단한 삶의 궤적이 깊이 새겨져 있다. 어떤 의미에서 이 작품은 작가의 정신적 편력을 기록해 놓은 자서전이나 전기로도 읽을 수 있다. 무엇보다도 작가가 가장 중요하게 생각한 사랑과 젊음, 재산과 그것이 가져다주는 안일과 여유는 이 작품이 다루는 중요한 주제이다. 작가는 짧다면 짧은 생애 동안 물질적 성공을 이룩하기 위하여 온갖 노력을 아끼지 않았으며, 작가의 이러한 태도는 주인공 제이 개츠비를 통해 그대로 나타난다. 작가와 개츠비는 물질적 성공에 큰 기대를 가지고 있었던 만큼 그들이 느끼는 실망과 좌절도 무척 컸다. 그리고 개츠비가 품은 무한한 꿈과 이상의 상징이라고 할 데이지 뷰캐넌은 여러모로 작가의 아내 젤더 세이어와 비슷하다. 결국 개츠비와 피츠제럴드에게 데이지와 젤더는 하늘에 걸린 무지개처럼 한낱 이룰 수 없는 꿈에 지나지 않았던 것이다.

피츠제럴드는 작품의 주제가 지나치게 남녀의 애정과 물질적 성공에 국한된다는 비판을 자주 받았다. 이런 비판에 대하여 그는 "맙소사! 그것이 나의 소재이고, 그것이 내가 다뤄야 하는 전부이다."라고 밝힌 적이 있다. 이렇듯 피츠제럴드는 처음부터 소설가로서 자신이 다룰 소재를 분명히 알았다. 소설가에게 문제가 되는 것은 '어떤' 소재를 다루느냐가 아니라 그 소재를 '어떻게' 다루느냐 하는 것이다. 그런데 그는 자신이 삶에서 가장 깊은 관심을 기울여 온 소재를 택하여 그것을 설득력 있게 소설 작품으로 형상화했다.

한편 『위대한 개츠비』는 시대 의상처럼 1차 세계 대전 직후 미국의 사회상을 실감나게 묘사한다. 모든 작가는 자신이 사는 시대를 어떤 식으로든 반영하지 않을 수 없다. 아무리 시대와 동떨어진 초월적 삶의 경험을 다룬다고 하더라도 그것들은 그 나름대로 작가 자신의 시대를 담고 있게 마련이다. 그것은 인간이 공기를 호흡하지 않고서는 살 수 없는 것과 같은 이치이다. 피츠제럴드만큼 1차 세계 대전 이후 미국의 삶을 실감나게 표현한 작가도 찾아보기 어려울 것이다. 이 무렵에 활약한 어느 작가보다도 그는 미국 사회에 대해 깊은 관심을 보였다. 그러므로 그를 두고 흔히 '재즈 시대의 왕자'라고 일컫는 것도 그렇게 무리는 아닌 듯하다. 재즈 시대란 바로 역사상 유례를 찾아볼 수 없는 세계 대전을 겪은 뒤 서구 문명 자체에 깊은 회의를 보이면서 재즈에 심취하던 미국의 1920년대를 가리키는 말이다. 이 재즈 시대와 관련하여 피츠제럴드는 어느 작품에서 "그것은 기적의 시대였고, 예술의 시대였고, 과도의 시대였으며, 풍자의 시대였다."라고 밝힌 적이 있다.

1910년대 미국의 삶을 이해하려면 시어도어 드라이저의 『시스터 캐리』(1900)를 읽어야 하고 1930년대 미국의 삶을 이해하려면 존 스타인벡의 『분노의 포도』(1939)를 읽어야 하듯이, 1920년대 미국의 삶을 이해하기 위해서는 『위대한 개츠비』를 읽어야 한다. 재즈와 찰스턴 춤과 자동차가 상징하는 1920년대 미국의 사회 현실이 이 작품에 고스란히 반영되어 있기 때문이다. 1차 세계 대전이 끝난 뒤 미국은 유럽과는 달리 경제적으로 그 어느 때보다도 눈부신 성장을 이루었다. 특히 상류 계층에게는 재산을 늘릴 수 있는 최적의 시대였다. 이 무렵에 나온 한 통계 자료에 따르면 1922년부터 1929년 사이에 주식의 수익 증가율은 무려 108퍼센트에 달했다. 기업의 이익은 76퍼센트 증가하였으며 개인의 수입도 33퍼센트나 늘어났다. 이 소설의 화자인 닉 캐러웨이가 채권업에 종사하기 위하여 뉴욕으로 온 데에는 그럴 만한 까닭이 있었던 것이다. 물론 이러한 경제적 붐은 마침내 1929년에 월스트리트의 증권 시장이 몰락하면서 경제 대공황을 가져오게 된다.

그러나 이러한 경제 성장의 그늘에는 도덕적 타락과 부패가 독버섯처럼 자라고 있었다. 톰 뷰캐넌과 개츠비가 타고 다니는 번쩍거리는 고급 승용차, 개츠비가 주말마다 벌이는 사치스러운 파티와 마치 불빛을 쫓는 부나비처럼 환락과 쾌락을 찾아 헤매는 젊은이들, 톰과 데이지가 보여 주는 도덕적 혼란과 무질서와 무책임은 바로 전쟁이 끝난 뒤 방향 감각을 상실한 채 방황하던 이 무렵의 시대적 분위기를 잘 보여 준다. 피츠제럴드의 한 단편 소설의 제목 그대로 이 무렵의 미국은 말하자면 '현대판 바빌론'이라고 할 수 있을 것이다. 톰의 저택이나 개츠비의 파티처럼 겉으로는 우아하고 고상하며 화려하지만 한 꺼풀만 벗겨 놓고 보면 탐욕과 이기와 정신적 공허감이 도사리고 있었다.

『위대한 개츠비』에서 도덕적 타락은 닉 캐러웨이를 제외한 거의 모든 인물에게서 쉽게 찾아볼 수 있다. 도덕적 타락과 부패, 무책임성은 톰과 데이지를 비롯하여 개츠비의 친구요, 후견인인 마이어 울프심, 데이지의 친구이자 프로 골프 선수인 조던 베이커에게서도 잘 드러난다. 톰과 데이지는 여러모로 도덕적 마비 상태라고 할 수 있다. 울프심은 1919년 월드 시리즈를 조작할 만큼 막강한 힘을 행사하는 조직 폭력계의 거물이다. 닉과 잠시 사귀는 조던은 골프 시합에서 부정한 방법으로 경기를 하는 등 닉의 말대로 "구제할 수 없을 정도로 부정직"한 인물로 밝혀진다. 작품의 첫머리에서 닉이 이 세계가 제복을 차려입고 "도덕적인 차렷" 자세를 하고 있기를 바라는 것도 무리가 아니다. 미국 역사를 통틀어 이 무렵만큼 도덕적 재무장이 절실히 요구되던 때도 일찍이 없었던 것이다.

『위대한 개츠비』에서는 시간적 배경 못지않게 공간적 배경도 자못 큰 의미를 지닌다. 이 작품은 뉴욕시 근교의 롱아일랜드 마을을 지리적 배경으로 삼는다. 웨스트에그와 이스트에그는 피츠제럴드가 한때 산 그레이트넥과 그 근처 맨해섯넥을 모델로 삼은 곳이다. 그런데 달걀 모양을 한 이 두 지역은 단순히 지리적 배경에 그치지 않고 삶의 방식이나 가치관을 잘 보여 준다. 대서양 쪽으로 좀 더 멀리 자리 잡은 이스트에그는 톰과 같이 재산을 세습받은 부유한 상류층이 사는 곳인 반면, 뉴욕시 쪽에 좀 더 가까운 웨스트에그는 개츠비처럼 갑자기 떼돈을 번 신흥 부자들이 사는 곳이다. 조지 왕조 시대의 식민지풍으로 지은 톰의 저택과 노르망디 시청을 본떠 지은 개츠비의 저택은 집주인의 사회적 신분과 가치관의 차이를 여실히 보여 준다.

이스트에그와 웨스트에그의 대조는 더 나아가 미국 동부 지역과 중서부 지역의 차이를 보여 주기도 한다. 동부와 중서부의 대조는 이 작품이 다루는 중요한 주제 가운데 하나이다. 뉴욕을 중심으로 한 동부 사람들은 흔히 도덕적으로 타락하고 퇴폐적인 모습을 보여 준다. 동부 사람들은 물질적 부(富)와 세련미와 교양을 갖추고 있지만 도덕적, 윤리적으로는 거의 무정부 상태이며 부주의하고 무책임한 행동 양식을 보인다. 한편 닉 캐러웨이가 대변하는 중서부 지방 사람들은 비록 물질적으로 풍요롭지는 못할망정 아직 타락하지 않은 도덕적 순수성과 청교도주의의 가치관을 지니고 있다. 또한 닉의 집안 식구들에게서도 볼 수 있듯이 가족 간의 유대나 결속이 아직도 끈끈하게 남아 있다. 동부의 물질적 가치관과 중서부의 정신적 가치관은 어쩔 수 없이 서로 충돌할 수밖에 없으며, 제이 개츠비의 파멸은 바로 이러한 충돌이 빚어낸 결과로 볼 수 있다. 실제로 이 소설의 화자는 "이제 나는 이 이야기가 결국 서부의 이야기였다는 것을 안다. 톰과 개츠비, 데이지와 조던과 나는 모두 서부 출신이었고, 어쩌면 우리는 왠지 동부의 삶에 적응하지 못한다는 어떤 결함을 공유하고 있었는지도 모른다."라고 밝힌다.

그러나 화자의 이 말을 액면 그대로 받아들이는 데는 문제가 없지 않다. 물론 작가가 동부와 중서부의 지리적 차이에서 어떤 가치관의 차이를 찾아내려고 한 것은 사실이지만, 그렇다고 이 지역을 일대일의 관계로 상응시키지는 않기 때문이다. 개츠비의 파티에 참석하는 손님들을 빼놓고 나면 실제로 동부 출신이라고 할 인물은 이 작품에 거의 등장하지 않는다. 톰과 닉은 몰라도 데이지와 조던은 중서부 출신이 아니라 남부 출신이다. 톰은 비록 중서부 출신이지만 동부의 가치관을 받아들이고 있으며 이러한 사정은 남부 출신인 데이지와 조던도 크게 다르지 않다. 작중 인물의 분포로 보면 동부와 중서부 출신에 남부 출신까지 모여 가히 미국 전역을 아우르고 있다.

『위대한 개츠비』가 특정한 역사적 시간과 지리적 공간에 국한된 문제만을 다루고 있다면 해묵은 달력처럼 지금은 빛바랜 작품이 되었을 것이다. 실제로 문학사를 보면 시대의 요구에만 복무한 탓에 까맣게 잊혀 버린 작품이 의외로 많다. 이 소설은 시대적 분위기를 성공적으로 표현해 냈을 뿐만 아니라 더 나아가 삶의 보편적 진리를 형상화하는 데에도 성공을 거두었다. 1924년 뉴욕 찰스 스크리브너스 선스 출판사의 편집자인 맥스웰 퍼킨스에게 보낸 편지에서 피츠제럴드는 이 작품에 대해 "마침내 참으로 내 작품이라고 할 그 무엇을 썼다."라고 자신만만하게 밝힌 적이 있다. 또 다른 편지에서도 "나는 새로운 그 무엇, 색다르고 아름답고 단순한 것 말고도 정교하게 고안한 그 무엇을 쓰고 싶다."라고 밝혔다.

이 작품을 꼼꼼히 읽어 보면 피츠제럴드의 예상이 그다지 빗나가지 않았음을 알 수 있다. 이 작품은 그가 쓴 이전의 작품은 물론이고 다른 작가들이 쓴 작품과 비교해 볼 때에도 무엇인가 '색다른' 점이 있다. 또한 비교적 '단순한' 스토리로 되어 있으면서도 수채화 한 점을 보는 것처럼 아름답고 애틋한 느낌을 준다. 그런가 하면 일인칭 화자를 등장시켜 플롯을 그의 말대로 "정교하게 고안한" 흔적을 엿볼 수 있다. T. S. 엘리엇이 피츠제럴드에게 보낸 편지에서 이 작품을 "헨리 제임스 이후 미국 소설이 내디딘 첫걸음"이라고 격찬해 마지않은 것도 바로 그 때문이다. 다른 비평가들의 논평이나 비평에서도 '완벽하다'느니 '완벽에 가깝다'느니 하는 표현을 자주 보게 된다.

『위대한 개츠비』는 그 제목이 말해 주듯이 제이 개츠비라는 한 젊은이의 낭만적인 삶을 다룬다. 가난한 중서부 출신인 그는 켄터키주 캠프 테일러에서 장교로 근무하다가 미모의 여성 데이지 페이를 만나 사랑에 빠진다. 그러나 미국이 1차 세계 대전에 참전하면서 그는 유럽 전선으로 떠나고 데이지는 연인을 떠나보내고 슬퍼하는 것도 잠시, 곧 시카고 출신의 돈 많은 톰 뷰캐넌과 결혼한다. 그리고 오 년 뒤 전쟁이 끝나 귀국한 개츠비는 데이지가 이미 남의 아내가 되었다는 사실을 알게 되지만 첫사랑을 다시 찾기 위하여 갖은 수단과 방법으로 많은 재산을 모은다. 여성 편력이 있는 톰에게는 머틀 윌슨이라는 정부가 있고 데이지는 이 사실을 알면서도 물질적 풍요와 안락함 때문에 톰의 곁을 떠나지 못한다. 머틀은 데이지가 운전하는 자동차에 치여 사망하고 아내의 외도를 알아차린 윌슨은 아내를 죽인 사람을 찾아 나선다. 머틀을 죽게 한 사람이 개츠비라고 착각한 톰은 윌슨에게 개츠비의 집을 가르쳐 줌으로써 연적(戀敵)을 제거할 더할 나위 없이 좋은 기회를 얻는다.

이 작품에서 피츠제럴드는 무엇보다도 환상과 이상의 중요성을 가장 핵심적인 주제로 다룬다. 개츠비의 삶을 통하여 작가는 이상이나 환상을 지니는 데 바로 삶의 비결이 있으며 오직 이러한 이상이나 환상만이 부조리하고 무의미한 삶에 의미와 질서를 부여해 줄 수 있다는 사실을 보여 준다. 개츠비에게 부조리한 세계에서 삶을 살아갈 가치가 있는 것으로 만들어 주는 것은 오직 이상과 환상뿐이다. 그런데 그 이상과 환상은 데이지의 모습으로 나타난다. 작품 첫 부분에서 닉은 개츠비가 조그만 만 건너편 데이지네 선착장에 켜져 있는 초록색 불빛을 응시하는 모습을 목격한다. 개츠비에게 이 초록색 불빛은 그의 삶에 의미와 질서를 부여해 주는 낭만적 환상이요, 이상이다. 그는 질퍽하고 누추한 대지보다는 천상의 아름다운 별을 좇는 인물이다. 닉이 처음 개츠비를 보았을 때 개츠비는 잔디밭에서 "두 손을 호주머니에 찌른 채 서서 은빛 후춧가루를 뿌려 놓은 듯한 별들을 바라보고" 있었다는 사실이 이를 잘 말해 준다.

개츠비의 꿈과 환상은 지나간 시간을 돌려놓으려고 하는 데에서 잘 드러난다. 고대 그리스의 한 철인은 인간은 두 번 다시 같은 강물에 발을 담글 수 없다고 말했지만 개츠비는 같은 강물에 두 번 발을 담그려고 한다. 데이지가 톰과 함께 개츠비의 파티에 참석한 날 밤 개츠비는 닉에게 시계 바퀴를 오년 전의 과거로 돌려놓을 것이라고 밝힌다.

"나 같으면 그녀에게 너무 많은 것을 요구하지는 않을 겁니다. 과거는 반복할 수 없지 않습니까?" 내가 불쑥 말했다.

"과거를 반복할 수 없다고요? 아뇨, 반복할 수 있고말고요!" 그가 믿기지 않는다는 듯 큰 소리로 말했다.

그는 마치 과거가 바로 그의 손이 닿지 않는 곳에, 자기 집 앞 그늘진 구석에 숨어 있기라도 한 듯 주위를 두리번거렸다.

"난 모든 것을 옛날과 똑같이 돌려놓을 생각입니다. 그녀도 알게 될 겁니다." 그가 단호하게 고개를 끄덕이며 말했다.

환상과 이상에 젖어 있는 개츠비에게는 지나간 과거를 돌이킬 수 없다는 닉의 말이 좀처럼 믿기지 않는다. 이렇게 과거를 반복할 수 있다고 굳게 믿는다는 점에서 개츠비를 낭만적 이상주의자로 보아도 크게 틀리지 않을 것이다. 닉이 그를 적잖이 경멸하면서도 깊이 동정할 뿐만 아니라 유대감을 느끼는 까닭도 바로 여기에 있다. 개츠비는 '삶의 가능성에 대한 예민한 감수성'과 '희망에서의 탁월한 재능'을 지니고 있다. 비록 그의 이상은 도덕적으로 타락한 것일는지 모르지만 그 꿈을 성취하기 위한 헌신적 노력은 톰과 데이지를 비롯한 다른 인물들의 이기적이고 무책임한 행동과 비교해 볼 때 차라리 숭고하게까지 느껴진다. 그렇기 때문에 닉은 머틀이 사망한 다음 날 아침 그를 향하여 "그 인간들은 썩어 빠진 무리예요. 당신 한 사람이 그 빌어먹을 인간들을 모두 합쳐 놓은 것만큼이나 훌륭합니다."라고 외칠 수 있는 것이다. 그리고 이렇게 말한 것을 조금도 후회하지 않는다고 밝힌다.

이 점과 관련하여 이 소설의 제목을 찬찬히 눈여겨볼 필요가 있다. '위대한 개츠비'라는 제목이 시사하는 바는 자못 크다. 작가는 주인공에게 '위대한'이라는 수식어를 붙여 주었다. 물론 이 형용사를 반어적으로 해석하려는 비평가들이 없는 것은 아니지만 아무래도 글자 그대로 받아들이는 쪽이 더 옳을 듯하다. 적어도 꿈과 환상을 간직하고 그것을 성취하기 위하여 온갖 희생을 무릅쓴다는 점에서 개츠비는 위대하다고 할 수 있다. 작품 첫머리에서 작가는 닉의 입을 통해 "결국 개츠비는 옳았다. 내가 잠시나마 인간의 속절없는 슬픔과 숨 가

뻔 환희에 대해 흥미를 잃어버린 것은 개츠비를 희생물로 삼은 것들, 개츠비의 꿈이 지나간 자리에 떠도는 더러운 먼지들 때문이었다."라고 밝힌다.

피츠제럴드는 언젠가 자신의 인생관과 관련하여 시어도어 드라이저와 조지프 콘래드의 그것과 같다고 밝힌 적이 있다. 이 두 선배 작가가 '삶은 인간에게 너무 거세고 무자비하다.'라는 생각을 가지고 있었다는 것이다. 삶을 축제처럼 살려고 했던 사람답지 않게 피츠제럴드는 삶의 비극적 의미를 깊이 깨닫고 있었다. 그러나 만약 이 세 작가에게서 두루 찾아볼 수 있는 또 다른 공통점이 있다면 그것은 아마 낭만적 환상을 통하여 삶의 비극적 의미를 극복하려고 하는 태도일 것이다. 그들은 하나같이 콘래드가 『암흑의 핵심』(1902)에서 말하는 '구원의 환상'에 깊은 관심을 기울인다. 비록 금방이라도 깨어질 환상일망정 만약 그들에게 그 환상이 없다면 삶은 너무나 가혹하고 참담할 것이다.

이렇게 개츠비가 보여 주는 낭만적 환상이나 이상주의는 미국인들의 의식에 깊은 흔적을 남겼을 뿐만 아니라 미국의 상상력이나 문화의 일부가 되다시피 했다. 신문이나 잡지, 라디오나 텔레비전, 심지어는 문학 작품에서도 개츠비의 이름을 어렵지 않게 접할 수 있다. 오죽하면 '개츠비적(Gatsbyesque)'이라는 신조어까지 만들어 냈을까! 이제 여러 사전에 정식으로 등재된 이 형용사는 낭만적 경이감에서의 능력이나 일상적 경험을 초월적 가능성으로 바꾸는 탁월한 재능을 가리키는 말로 사용된다.

개츠비가 지니는 꿈이나 환상은 개인적 차원을 뛰어넘어 좀 더 넓게 국가적 의미를 지닌다. 다시 말해서 그의 꿈과 이상은 상징적으로 '미국의 꿈'으로 이어진다. 개츠비의 장례를 치른 뒤 닉은 동부 생활에 환멸을 느끼고 고향으로 돌아가기로 결심한다. 그는 그러기에 앞서 마지막으로 개츠비의 집 앞 해변에 앉아 300여 년 전 부푼 가슴을 안고 미국 땅에 처음 도착한 네덜란드 상인들의 눈에 비쳤을 "신세계의 싱그러운 초록색 가슴"을 떠올린다. 소설의 처음과 끝에 나오는 초록색은 작품의 통일성에 이바지할 뿐만 아니라 미국의 꿈을 보여 주는 상징이기도 하다.

이렇게 물질적 풍요와 안락을 찾아 초록의 꿈을 간직하고 신대륙에 도착한 사람들은 비단 네덜란드 상인들만이 아니었다. 오늘날의 버지니아주 제임스타운에 최초로 식민지를 개척한 영국 사람들도 마찬가지이다. 비록 실패로 돌아가고 말았지만 제임스타운 식민지는 그 후 미국 중부와 남부 식민지 개척에 첫길을 열어 주었다는 점에서 큰 의미를 지닌다.

그러나 신대륙에 '새로운 가나안 땅'이나 '새로운 예루살렘'을 건설하려던 청교도들은 네덜란드 상인이나 영국의 개척자들과는 크게 달랐다. 보스턴 근교의 뉴잉글랜드에 정착한 청교도들이 찾던 초록의 꿈은 물질적 풍요와 안락보다는 오히려 간섭받지 않고 마음껏 자신의 방식대로 하느님을 섬길 수 있는 종교적 자유에 있었다. 그들에게 구대륙의 죄와 악에 물들지 않은 신대륙은 에덴동산과 다름없었으며, 이 에덴동산에 사는 청교도들은 '새로운 아담과 하와'와 마찬가지였다.

뉴욕에 식민지를 개척한 네덜란드 상인들이나 제임스타운 식민지의 영국 개척자들에게서도 잘 드러나듯이 '미국의 꿈' 은 자칫 물질적인 것으로만 인식되기 쉽다. 심지어는 뉴잉글랜드에 정착한 청교도들도 정신적인 것에 못지않게 물질적인 것에 깊은 관심을 보였다. 비유적으로 말해서 한 손에는 성경책을 들고 다른 손에는 금화를 들고 있었다고 할 수 있다. 실제로 청교도들 사이에는 부자는 하느님의 축복을 받았기 때문에 부자가 되었고 가난한 사람은 하느님의 저주를 받았기 때문에 가난하게 되었다는 생각이 널리 퍼져 있었다. 이러한 상황에서 사람들은 온갖 희생을 무릅쓰고서라도 하느님의 축복을 받았다는 증거를 보이고 싶었을 것이다. 막스 베버를 비롯한 몇몇 사회학자들이 미국이 200년도 채 되기 전에 자본주의 사회로 눈부시게 발전할 수 있었던 원동력을 다른 게 아니라 청교도 윤리에서 찾는 것은 바로 그 때문이다.

물질적인 성공과 관련한 '미국의 꿈'은 청교도 정신이 점점 빛을 잃으면서 더욱 박차를 가하게 된다. 벤저민 프랭클린이나 허레이쇼 앨저의 작품에 이르러 그것은 최고조에 달한다. 미국에서는 근면하고 성실하고 정직하면 누구나 성공할 수 있다는 믿음이 신앙처럼 널리 퍼져 있었다. 개츠비가 어릴 적에 프랭클린의 삶의 방식을 따르려고 한 것은 당연하다. 이러한 물질적 성공 신화는 미국이 일찍부터 세계 곳곳으로부터 수많은 이민자들을 끌어들인 비결이기도 하다. 윌리엄 제임스가 일찍이 '비치 가디스(bitch goddess)'라고 부른 그 세속적, 물질적 성공 신화가 그동안 미국을 움직여 온 원동력이었던 것이다.

그러나 물질적 성공은 어디까지나 변질된 '미국의 꿈'이거나 기껏해야 그 꿈의 작은 한 모습에 지나지 않는다. 참다운 '미국의 꿈'은 뭐니 뭐니 해도 다분히 정신적인 것이었다. 메이플라워호에 청교도들을 태우고 대서양을 건너 뉴잉글랜드에 도착한 윌리엄 브래드퍼드가 말한 '위대한 계획'이 바로 이 꿈의 정수라고 할 수 있다. 세상 사람들이 모두 바라보고 본받을 수 있도록 신대륙에 '언덕 위의 도시'를 세우는 것이 그들이 품었던 위대한 계획이다. 그러나 안타깝게도 청교도들의 가슴을 설레게 한 그 초록의 꿈은 몇백 년이 지난 지금 그 빛을 잃어버리고 말았다.

이 소설의 주인공 제이 개츠비는 바로 변질된 '미국의 꿈'을 상징적으로 보여 준다. 데이지의 사랑을 되찾으려는 그의 꿈은 참으로 순수하고 낭만적이며 이상적이다. 비록 톰에게 데이지를 빼앗기고 말았지만 그는 지금이라도 그 잃어버린 시간을 되찾을 수 있다는 믿음을 버리지 않는다. 그러나 문제는 개츠비가 데이지를 되찾기 위하여 어떠한 수단과 방법을 사용하느냐에 있다. 그는 금주법이 시행되던 시기에 불법으로 밀주를 판매하거나 훔친 증권을 불법으로 판매하거나 도박을 하는 방법으로 막대한 재산을 모은다. 전쟁이 끝난 뒤 빈털터리이던 그가 그렇게 짧은 시간 안에 엄청난 재산을 모을 수 있었던 것도 마이어 울프심 같은 조직 폭력계 두목과 손을 잡았기 때문이다. 낭만적 이상주의에 가려 자칫 놓쳐 버리기 쉽지만 개츠비가 실정법을 어긴 엄연한 범법자라는 사실을 잊어서는 안 될 것이다. 개츠비의 이상주의가 물질주의를 그 수단으로 삼으면서 변질되고 타락한 것처럼, 청교도들이 가슴에 품고 있던 '미국의 꿈'도 물질주의와 손을 잡으면서 점점 변질되고 타락할 수밖에 없었다. 네덜란드 상인들의 가슴을 설레게 했던 그 신대륙의 '초록색' 땅이 불과 몇백 년도 지나지 않아 쓰레기 계곡의 '잿빛' 황무지로 변하고 말았던 것이다.

피츠제럴드는 그 빛바랜 '미국의 꿈'을 좀 더 효과적으로 보여 주기 위하여 이 작품에서 세 가지 상징적 이미지를 구사한다. 하나는 껍질만 남은 과일이고, 다른 하나는 조지 윌슨의 자동차 정비소 근처에 있는 쓰레기 계곡이며, 또 다른 하나는 쓰레기 계곡 근처에 서 있는 T. J. 에클버그라는 안과 의사의 광고탑이다. 개츠비는 주말마다 저택에서 화려한 파티를 벌이기 위하여 뉴욕 과일 가게에서 싱싱한 오렌지와 레몬을 몇 상자씩이나 들여온다. 그러나 파티가 모두 끝난 월요일 아침이면 그 싱싱하던 과일은 과육이 모두 사라진 채 반쪽으로 쪼개진 껍질만 남아 뒷문을 통하여 쓰레기장으로 버려진다. 윌슨의 자동차 정비소 근처의 쓰레기 계곡은 T. S. 엘리엇이 「황무지」(1922)에서 말하는 불모의 땅과 크게 다르지 않다. 부패와 죽음의 계곡인 이곳은 뽀얀 먼지가 그 근처를 뒤덮고 있고 온갖 악취가 코를 찌른다. 에클버그라는 안과 의사가 세워 놓은 광고탑은 전통적인 신(神)의 자리를 대신 차지하고 있다. 다시 말해서 현대인들은 전통적인 종교를 밀어내고 바로 그 자리에 자본주의와 상업주의라는 새로운 신을 세워 놓았다. 한때 많은 사람들의 가슴을 설레게 한 '미국의 꿈'은 이제 과육을 빼

낸 오렌지나 레몬처럼 껍질만 남은 채 쓰레기 계곡처럼 악취를 풍기고 있으며 안과 의사의 광고탑처럼 상업주의로 변질되었던 것이다.

피츠제럴드는 언젠가 미국에 멋진 일이 일어날 것이라는 데 큰 희망을 걸고 있지만 그러한 일은 결코 일어나지 않을 것이라고 밝힌 뒤, 미국은 '결코 뜨지 않는 달'이라고 말한 적이 있다. 또한 미국의 삶에는 오직 1막만이 있을 뿐 2막은 없다고 밝힌 적도 있다. '미국의 꿈'에 대한 작가의 태도를 단적으로 읽을 수 있는 대목이다. 개츠비는 '미국의 꿈'이라는 결코 뜨지 않는 달을 기다리다가 좌절을 겪었고, 삶의 연극에서 미처 2막이 시작되기도 전에 종말을 맞이하였다. 마찬가지로 청교도들이나 초기 국부(國父)들이 꿈꾸던 희망은 21세기를 맞이한 지금까지도 여전히 이루어지지 않았다고 할 수 있다. 피츠제럴드는 이 작품의 제목을 두고 무척이나 고심하였다. '쓰레기 계곡과 백만장자들', '웨스트에그의 트리말키오', '웨스트에그로 가는 길', '황금 모자를 쓴 개츠비' 등 여러 제목을 염두에 두었지만 그 가운데에는 '푸른색과 붉은색 그리고 흰색'이라는 제목도 포함되어 있었다. '푸른색과 붉은색 그리고 흰색'은 두말할 나위 없이 미국을 상징하는 성조기의 색깔이다. 작가가 이 소설을 어떤 식으로든지 미국과 관련시키려고 했음을 엿볼 수 있다.

『위대한 개츠비』는 주제뿐만 아니라 형식과 기법에서도 눈길을 끈다. 방금 앞에서 몇 가지 예를 들었지만 피츠제럴드는 이 작품에서 상징과 이미지를 즐겨 사용한다. 어떤 장면에서는 그가 묘사하는 대상이 너무나 구체적이어서 직접 눈으로 보고 귀로 듣고 코로 냄새를 맡는 느낌이 든다. 예를 들어 "이제 오케스트라가 노란 칵테일 음악을 연주하기 시작"했다는 문장에서는 시각적 이미지와 청각적 이미지를 결합하여 독특한 공감각적(共感覺的) 효과를 빚어낸다. 상징이나 이미지는 말할 것도 없고 한 편의 장시를 떠올리게 하는 서정적인 산문을 구사하기도 한다. 세계 소설사를 샅샅이 뒤져 보아도 이 작품처럼 서정적인 작품을 찾아보기는 그리 쉽지 않다. 번역하는 과정에서 상당 부분 놓치고 말았지만 원문을 읽다 보면 마치 산문시를 읽고 있는 듯한 느낌을 받게 된다.

더구나 피츠제럴드는 서술 시점이나 관점에서도 실험을 꾀한다. 일인칭 서술 화법을 구사하면서도 전통적인 화법과는 조금 다르게 사용한다. 그는 콘래드에게서 이 서술 기법을 배웠지만 선배 작가가 『암흑의 핵심』이나 『로드 짐』(1900) 같은 작품에서 사용한 기법과는 또 다르다. 콘래드의 일인칭 화법에서 사건이 주로 서술자의 입을 통하여 독자들에게 전달된다면, 피츠제럴드의 일인칭 화법에서 사건은 주로 글을 통하여 독자들에게 전달된다. 다시 말해서 청각적 특성이 강한 전자의 작품이 '듣는' 소설이라면, 시각적 특성이 강한 후자는 '읽는' 소설이라고 할 수 있다. 작품 첫머리에 나오는 "이 책에 이름을 제공해 준 개츠비"라는 구절에서도 잘 드러나듯이 『위대한 개츠비』는 닉이 지금 집필하고 있는 책에 해당하는 셈이고, 이 작품을 읽는 독자는 그와 동시에 닉이 쓴 책을 읽고 있는 셈이다.

또한 닉 캐러웨이는 서술자인 동시에 작중 인물의 역할을 맡는다. 한편으로는 방관자나 목격자처럼 개츠비와 관련한 사건을 옆에서 지켜보면서 독자들에게 전달하고, 다른 한편으로는 작중 인물로서 사건에 직접 개입하기도 한다. 작가의 말대로 닉은 '이야기의 안과 밖'을 자유롭게 드나들며 스토리를 독자들에게 전달하는 것이다. 개츠비의 이야기에 초점이 맞추어져 있지만 어떤 의미에서는 얼마든지 닉의 이야기로 읽을 수도 있다. 실제로 이 소설을 닉의 정신적 성장 과정을 다룬 일종의 교양 소설(Bildungsroman)로 읽으려 하는 비평가도 적지 않다. 어찌 됐든 만약 작가가 개츠비와 데이지를 둘러싼 이야기를 삼인칭 전지적 화법이나 단순히 고백체의 일인칭 서술 화법으로 전달했다면 아마 이 작품에서 느끼는 정서적 강도는 지금보다 훨씬 떨어질 것이다.

흔히 고전으로 평가받는 작품은 텍스트가 정확하다고 생각하기 쉽지만 실제로는 그러하지 않은 경우가 참으로 많다. 『위대한 개츠비』도 예외가 아니어서 최근까지만 해도 텍스트가 늘 문젯거리로 남아 있었다. 아쉽게도 그동안 저자의 의도를 최대한으로 담고 있는 믿을 만한 텍스트가 없었다. 출간된 지 불과 100년도 되지 않았는데 이렇게 텍스트 문제가 심각한 데에는 그럴 만한 까닭이 있다. 작품을 쓰고 출간할 당시 피츠제럴드가 미국에 살지 않고 유럽에 머물러 있었다든지, 작가의 필체를 알아보기가 쉽지 않다든지, 작품을 쓰고 개작하는 과정에서 여러 번 수정을 가했다든지, 출판사에서 작품을 서둘러 출간했다든지 하는 이유가 그것이다. 또한 1925년에 초판본이 나온 뒤 판을 거듭하면서 잘못된 곳을 수정하려고 했지만 그럴 때마다 또 다른 과오를 만들어 내기 일쑤였다.

그러던 중 영국 케임브리지 대학교 출판부에서 피츠제럴드 전집을 기획하면서 그 첫 작업으로 1991년에 매슈 J. 브루콜리 교수가 편집한 『위대한 개츠비』의 '결정판' 텍스트를 출간하기에 이르렀다. 흔히 '비평판'이라고도 일컫는 결정판 텍스트는 학자들은 말할 것도 없고 일반 독자들도 마음 놓고 읽을 수 있는 믿을 만한 텍스트를 말한다. 가장 권위 있는 피츠제럴드 학자 중의 한 사람인 브루콜리 교수는 작가의 자필 원고와 교정쇄 등을 기초로 철저한 텍스트 비평 작업을 거쳐 작가의 의도에 가장 가까운 텍스트를 재구성했다. 놀랍게도 그는 초판본에서 무려 일흔다섯 개에 달하는 잘못된 낱말을 찾아내 바로잡았다. 시간적 추이를 이해하는 데 지표가 되는 여백을 네 개나 찾아냈고, 의미나 리듬에 영향을 줄 만한 구두점도 무려 1100개나 바로잡았다. 이 번역판은 케임브리지 대학교 출판부의 결정판 텍스트를 저본으로 삼았다.

이 번역에서는 독자의 이해를 돕기 위해 경우에 따라 직역을 피하고 의역한 곳이 더러 있다. 지나치게 긴 문장은 두 문장으로 나눠 옮기기도 했다. 의미를 손상시키면서까지 문법 구조가 다른 원문을 충실히 옮긴다는 것은 별로 의미가 없기 때문이다. 또한 독자들이 이 작품을 읽는 데 방해를 받지 않도록 주석을 최소한으로 줄였다. 외국의 문학 작품을 우리말

로 번역한다는 것은 곧 한 문화를 다른 문화로 옮기는 것과
다름없다는 사실을 이 번역을 통해 다시 한번 뼈저리게 깨닫
게 되었다.

2003년 봄

김욱동

작가 연보

1896년   9월 24일, F. 스콧 피츠제럴드가 미국 미네소타주 세인
        트폴의 로럴 애비뉴에서 태어난다.

1898년   4월, 아버지 에드워드 피츠제럴드가 경영하던 세인트
        폴 가구 회사가 실패하자 뉴욕주 버펄로에 있는 프록
        터 및 갬블 회사의 세일즈맨으로 취직한다.

1901년   1월, 피츠제럴드 가족이 뉴욕주 시러큐스로 이사한다.
        7월, 여동생 애너벨 피츠제럴드가 태어난다.

1903년   9월, 피츠제럴드 가족이 다시 버펄로로 이주한다.

1908년   3월, 에드워드 피츠제럴드가 직장을 잃는다. 7월, 피츠
        제럴드 가족이 세인트폴로 돌아간다. 9월, 피츠제럴드
        가 세인트폴 아카데미에 입학한다.

1909년   10월, 첫 번째 단편 소설 「레이먼드 모기지의 미스터리

(The Mystery of the Raymond Mortgage)」를 교내 잡지 《세인트폴 아카데미 현재와 과거》에 발표한다.

1911년 8월, 첫 번째 희곡 「레이지 J.에서 온 아가씨(The Girl from Lazy J.)」가 세인트폴에서 공연된다. 9월, 뉴저지주 해큰색에 위치한 사립학교 뉴먼 스쿨에 입학한다.

1912년 8월, 두 번째 희곡인 「붙잡힌 그림자(The Captured Shadow)」가 세인트폴에서 공연된다. 11월, 시거니 페이 신부(神父)와 아일랜드 출신의 작가 셰인 레슬리를 처음 만난다.

1913년 8월, 세 번째 희곡 「겁쟁이(Coward)」가 세인트폴에서 공연된다. 9월, 미국 사학 명문 프린스턴 대학교에 입학한다. 이곳에서 뒷날 미국 문단에서 크게 활약할 평론가 에드먼드 윌슨과 시인이 될 존 필 비숍을 만난다. 학업보다는 문학과 연극 활동에 적극 참여한다.

1914년 7월, 1차 세계 대전이 일어난다. 9월, 네 번째 희곡 「다양한 영혼(Assorted Spirits)」이 세인트폴에서 공연된다. 가을, 대학 잡지 《프린스턴 타이거》에 글을 기고하기 시작한다. 12월, 희곡 「파이! 파이! 파이-파이!(Fie! Fie! Fi-Fi!)」가 처음으로 프린스턴 클럽에서 공연된다. 세인트폴에서 일리노이주 레이크포리스트 출신 지니브러 킹을 만나 사귀게 된다. 그러나 그녀로부터 가난하다는 이유로 거절당하는데, 이 경험은 뒷날 피츠제럴드의 작품에서 중요한 모티프로 사용된다.

1915년 4월, 희곡 「그림자 월계수(Shadow Laurels)」를 교내 잡

지 《나소 리터러리 매거진》에 처음 발표한다. 6월, 단편 소설 「시련(The Ordeal)」을 《나소 리터러리 매거진》에 발표한다. 이 작품은 뒷날 「축도(Benediction)」라는 제목으로 개작된다. 11월 28일, 프린스턴 대학교 3학년 재학 중 질병을 이유로 중퇴한다. 질병보다는 학업 부진이 주된 이유였다. 12월, 희곡 「사악한 눈(The Evil Eye)」이 트라이앵글 클럽에서 공연된다.

1916년   9월, 프린스턴 대학교에 복학한다. 12월, 희곡 「안전제일(Safety First)」이 트라이앵글 클럽에서 공연된다.

1917년   1월, 지니브러 킹이 다른 남자와 약혼하면서 두 사람의 관계가 완전히 끝난다. 4월, 미국이 1차 세계 대전에 참여하기로 결정한다. 독일에 선전 포고를 한 데 이어 12월에는 오스트리아에 선전 포고를 한다. 10월 26일, 피츠제럴드가 미 육군 보병에 입대하여 보병 소위로 임관한다. 11월 20일, 캔자스주의 포트 레븐워스 장교 훈련소에 입소한다. 이때부터 장편 소설 『낭만적 에고이스트(The Romantic Egotist)』를 집필하기 시작한다.

1918년   2월 말, 휴가 중 프린스턴 대학교에 돌아와 『낭만적 에고이스트』의 초고를 완성하여 뉴욕에 있는 출판사 스크리브너스에 보낸다. 7월, 몽고메리의 컨트리클럽 댄스 파티에서 젤더 세이어를 처음 만난다. 8월, 스크리브너스 출판사가 『낭만적 에고이스트』의 출간을 거절한다. 10월, 반송된 원고를 수정하고 개작한다. 10월 26일, 뉴욕주 롱아일랜드의 캠프 밀스에서 전속되어 해외 파병을 기다린다. 11월, 1차 세계 대전이 휴전한다. 11월 말, 앨라배마주 캠프 셰리던에 배속되어 라이언 장군의 부관이 된다.

1919년   1월, 미국 헌법 수정 제18조에 의해 알코올의 제조, 판매, 수입 및 수출을 금지하는 금주법이 통과된다. 2월, 육군에서 제대한다. 젤더와 약혼한 뒤 뉴욕의 배런 콜리어 광고 회사에서 근무한다. 이때 맨해튼의 클레어몬트 애비뉴에 살면서 잡지 시장에 진출하려고 노력하지만 실패로 돌아간다. 봄 무렵 몽고메리로 젤더를 방문하지만 그녀는 결혼에 소극적인 태도를 보인다. 6월, 젤더가 경제적으로 불안하다는 이유로 피츠제럴드와의 약혼을 파기한다. 7~8월, 광고회사를 그만두고 세인트 폴로 돌아가 부모와 함께 살면서 『낭만적 에고이스트』를 개작한다. 9월, 《스마트 셋》에 첫 상업적인 단편 소설이라고 할 「숲속의 갓난아이들(Babes in the Woods)」을 발표한다. 9월 16일, 스크리브너스 출판사의 편집자 맥스웰 퍼킨스가 『낭만적 에고이스트』를 『낙원의 이편(This Side of Paradise)』이라는 제목으로 출간하기로 결정한다. 11월, 해럴드 오버가 경영하는 레이놀즈 에이전시 소속 작가가 된다. 11월~1920년 2월, 《스마트 셋》에 단편 소설 「사교계에 처음 데뷔하는 사람(The Débutante)」, 「도자기와 핀(Porcelain and Pin)」, 「축도」, 「데일리림플이 잘못되다(Dalyrimple Goes Wrong)」를 발표한다.

1920년   1월 중순, 한 달 정도 루이지애나주 뉴올리언스에 머무른다. 몽고메리로 젤더를 방문하는 동안 두 사람의 약혼 상태는 계속 유지된다. 2월, 단편 소설 「머리와 어깨(Head and Shoulders)」가 처음으로 미국의 유수 주간지 《새터데이 이브닝 포스트》에 실린다. 3월~5월, 《새터데이 이브닝 포스트》에 단편 소설 「마이러가 그의 가족을 만나다(Myra Meets His Family)」, 「낙타의 등(The Camel's Back)」, 「버니스가 단발머리를 하다(Bernice Bobs Her Hair)」, 「얼음 궁전(The Ice Palace)」, 「해변의 해적(The Offshore Pirate)」 등을 발표한다. 3월 26일, 첫 장편 소설 『낙원의 이편』이 출간된다. 4월 3일, 뉴욕의 세인트 패트릭 성당에서 젤더와 결혼식을 올린 뒤 빌트모어 호텔에서 신혼여행을 보낸다. 5월~9월, 코네티컷주 웨스트포트에서 신혼 생활을 하는 동안 두 번째 장편 소설 『아름답고 저주받은 사람들(The Beautiful and Damned)』을 집필하기 시작한다. 7월, 《스마트 셋》에 단편 소설 「오월제(May Day)」를 발표한다. 9월 10일, 첫 번째 단편집 『아가씨와 철학자(Flappers and Philosophers)』가 출간된다.

1921년   5월~7월, 첫 번째 유럽 여행을 떠난다. 영국을 거쳐 프랑스와 이탈리아를 방문한다. 귀국하여 몽고메리를 방문한다. 9월~1922년 3월, 『아름답고 저주받은 사람들』을 《메트로폴리탄》에 연재한다. 10월 26일, 딸 프랜시스 스코티가 태어난다.

1922년   3월 4일, 『아름답고 저주받은 사람들』이 출간된다. 4월 2일, 『아름답고 저주받은 사람들』에 관한 젤더의 서평이 《뉴욕 트리뷴》에 실린다. 여름, 피츠제럴드 부부가 화이트베어 요트 클럽에 머무른다. 6월, 단편 소설 「리츠 호텔만 한 다이아몬드(The Diamond as Big as the Ritz)」를 《스마트 셋》에 발표한다. 9월 22일, 두 번째 단편집 『재즈 시대의 이야기들(Tales of the Jazz Age)』이 출간된다. 10월 중순~1924년 4월, 피츠제럴드 부부가 롱아일랜드의 그레이트넥에 거주한다. 이때 소설가 링 라드너와 친분을 맺는다. 《메트로폴리탄》에 단편 소설 「겨울 꿈(Winter Dreams)」을 발표한다.

1923년   4월 27일, 희곡 「채소(The Vegetable)」를 출간한다. 11월 19일, 「채소」를 뉴저지주 애틀랜틱시티에서 시연(試演)하지만 실패한다.

1924년   4월 5일, 《새터데이 이브닝 포스트》에 단편 소설 「연수입 3만 6000달러로 어떻게 살아가는가(How to Live on $36,000 a Year)」를 발표한다. 4월 중순, 프랑스를 여행한 뒤 이곳에 거주한다. 5월, 피츠제럴드 부부가 파리를 방문한 뒤 해안 휴양지 리비에라를 여행한다. 6월, 단편 소설 「사면(Absolution)」을 발표한다. 7월, 젤더가 프랑스 비행사 에두아르 조장과 애정 행각을 벌인다. 《리버티》에 단편 소설 「"분별 있는 일"("The Sensible Thing")」을 발표한다. 여름, 피츠제럴드 부부가 프랑스 앙티브에서 제럴드 머피와 새러 머피를 만난다. 여름부터 가을까지 『위대한 개츠비(The Great Gatsby)』를 집필한다. 10월~1925년 2월, 이탈리아 로마에 머무는 동안 『위대한 개츠비』의 교정쇄를 수정한다.

1925년   2월, 피츠제럴드 부부가 이탈리아 카프리를 여행한다. 4월 10일, 『위대한 개츠비』가 출간된다. 4월 말, 피츠제럴드 부부가 프랑스 파리로 이주한다. 5월, 파리의 몽파르나스 '딩코' 바에서 헤밍웨이와 이디스 워튼을 만난다. 여름, 네 번째 장편 소설 『밤은 부드러워(Tender Is the Night)』를 구상한다. 8월, 피츠제럴드 부부가 파리를 떠나 앙티브에 머무른다.

1926년   1월, 젤더가 살리드베아른에서 치료를 받는다. 1~2월, 《레드북》에 단편 소설 「부잣집 아이(The Rich Boy)」를 발표한다. 2월, 『위대한 개츠비』가 브로드웨이에서 연극으로 상연된다. 극본은 오언 데이비스가 맡는다. 2월 26일, 세 번째 단편집 『모든 슬픈 젊은이들(All the Sad Young Men)』이 출간된다. 3월 초, 피츠제럴드 부부가 리비에라에 돌아온다. 5월, 헤밍웨이 부부가 리비에라에 머물고 있는 머피 부부와 피츠제럴드 부부에 합세한다. 《북먼》에 「어떻게 물질을 낭비하는가: 우리 세대에 관한 단상(How to Waste Material: A Note on My Generation)」을 발표한다. 12월, 피츠제럴드 부부가 미국에 돌아온다.

1927년   1월, 캘리포니아주 할리우드로 이주한다. 이때 유나이티드 아티스트(UA) 영화사에서 「립스틱(Lipstick)」을 각색한다. 이곳에서 젊은 여배우 로이스 모런을 처음 만나 교제한다.

1928년   4월, 피츠제럴드 부부가 유럽을 여행한다. 4월~8월, 피츠제럴드 부부가 파리 뤼 드 보지라르에 거주한다. 4월 28일,《새터데이 이브닝 포스트》에 「추문 탐정들(The Scandal Detectives)」을 발표한다. 이 작품은 베이질 듀크 리를 주인공으로 삼는 여덟 편의 연작 단편 소설 중 맨 첫 번째 작품이다.

1929년   3월 2일,《새터데이 이브닝 포스트》에 「마지막 미인(The Last of the Belles)」을 발표한다. 3월, 피츠제럴드 부부가 유럽에 돌아간다. 리비에라를 따라 제노바에서 파리로 여행한다. 6월, 피츠제럴드 부부가 리비에라와 칸에 머무른다. 7월, 젤더가《칼리지 유머》에 단편 소설 「오리지널 폴리스 걸(The Original Follies Girl)」을 발표한다. 10월 24일, 뉴욕 월스트리트의 주식 시장이 나흘 동안 대폭락을 거듭하며 붕괴하기 시작한다. 이후 미국은 십여 년 동안 경제 대공황을 겪는다.

1930년   2월, 피츠제럴드 부부가 북아프리카를 여행한다. 4월 5일,《새터데이 이브닝 포스트》에 단편 소설 「첫 번째 피(First Blood)」를 발표한다. 조세핀 페리를 주인공으로 삼는 다섯 편의 연작 단편 중 맨 첫 번째 작품이다. 4월~5월, 젤더가 처음으로 정신적 질환을 앓기 시작하여 파리 교외 말메종 의료원에 입원한다. 10월 11일,《새터데이 이브닝 포스트》에 단편 소설 「해외여행(One

Trip Abroad)」을 발표한다. 미국 부부가 유럽에서 육체적 또는 정신적으로 타락하는 과정을 다룬 첫 번째 작품이다.

1931년 1월 26일, 에드워드 피츠제럴드가 사망하여 장례식을 치르기 위해 피츠제럴드 혼자 미국에 돌아온다. 젤더의 친척에게 그녀의 질병 소식을 알린다. 2월 21일,《새터데이 이브닝 포스트》에 단편 소설 「다시 찾아온 바빌론(Babylon Revisited)」을 발표한다. 7월, 피츠제럴드 부부가 프랑스의 안시 호수에서 두 주일을 보낸다. 8월 15일,《새터데이 이브닝 포스트》에 단편 소설 「감정의 파산(Emotional Bankruptcy)」을 발표한다. 9월 15일, 젤더와 함께 미국에 돌아온다. 9월~1932년 봄, 피츠제럴드 부부가 몽고메리에 체류한다. 젤더를 이곳에 남겨 둔 채 피츠제럴드는 MGM 영화사가 기획하고 있는 「붉은 머리칼의 여인(Red-Headed Woman)」의 각본을 쓰기 위해 할리우드로 간다. 11월 17일, 젤더의 아버지 세이어 판사가 사망한다.

1932년 2월 12일, 젤더가 두 번째로 신경질환을 겪는다. 메릴랜드주 볼티모어의 존스홉킨스 대학교 부설 핍스 정신 의료원에 입원한다. 3월, 젤더가 핍스 의료원에서 장편 소설『나를 위해 왈츠를 남겨 주오(Save Me the Waltz)』의 초고를 완성한다. 10월,《아메리칸 머큐리》에 「광란의 일요일(Crazy Sunday)」을 발표한다. 10월 7일,『나를 위해 왈츠를 남겨 주오』가 출간된다.

1933년   2월, 헌법 수정 제21조에서 제18조를 철회하면서 금주
법이 끝난다. 6월 26일~7월 1일, 젤더의 희곡『스캔델러
브라(Scandalabra)』가 볼티모어의 배거본드 주니어 플
레이어에 의해 공연된다. 10월 11일,《뉴리퍼블릭》에 링
라드너를 추모하는 글인「링(Ring)」을 발표한다. 12월,
볼티모어의 파크 애비뉴에 주택을 임대한다.

1934년   1월~4월,《스크리브너스 매거진》에 네 번째 장편 소설
『밤은 부드러워』가 연재된다. 2월 12일, 젤더가 세 번째
로 신경질환을 앓는다. 다시 핍스 의료원에 입원한다.
3월, 젤더가 뉴욕주 비컨에 위치한 크레이그 하우스로
옮겨 치료를 받는다. 3월 말~4월, 젤더가 뉴욕에서 미
술 작품을 전시한다. 4월 12일,『밤은 부드러워』가 출
간된다. 5월 19일, 젤더가 볼티모어의 셰퍼드프랫 병원
으로 옮겨 치료를 받는다.

1935년   2월, 노스캐롤라이나주 트라이온에 위치한 오크홀 병
원에서 치료를 받는다. 3월 20일, 네 번째 단편집『기상
나팔 소리(Taps at Reveille)』가 출간된다. 11월, 노스캐
롤라이나주 헨더슨빌에 위치한 스카이랜드 호텔에 머
물며『붕괴(The Crack-Up)』에 실릴 에세이를 집필하기
시작한다.

1936년   2~4월,《에스콰이어》에『붕괴』에 실릴 일련의 에세이
를 발표한다. 4월 8일, 젤더가 노스캐롤라이나주 애시
빌에 위치한 하일랜드 병원에 입원한다. 7~12월, 피츠
제럴드가 그로브파크 인으로 돌아온다. 8월,《에스콰

이어》에 산문 「작가의 오후(Afternoon of an Author)」
를 발표한다. 이 잡지의 같은 호에 헤밍웨이는 피츠제
럴드를 풍자한 단편 소설 「킬리만자로의 눈(The Snows
of Kilimanjaro)」을 발표한다. 9월, 피츠제럴드의 어머니
몰리 맥퀼런이 사망한다. 딸 스코티가 코네티컷주 에설
워커 학교에 입학한다.

1937년 1~6월, 노스캐롤라이나주 트라이온의 오크홀 호텔에
머문다. 3월 6일, 《새터데이 이브닝 포스트》에 단편 소
설 「성가신 일(Trouble)」을 발표한다. 7월, 빚을 많이
진 채 세 번째로 할리우드에 간다. 이때 육 주 동안 주
급 1000달러를 받기로 하고 MGM사와 계약을 체결한
다. 선셋 대로에 사는 동안 영화 칼럼니스트인 셰일러
그레이엄을 만나 교제한다. 7월~1938년 2월, 「세 동료
(Three Comrades)」의 각본을 쓴다. 이것이 그의 각본으
로 인정받은 유일한 작품이다. 9월 초, 애시빌로 젤더
를 방문하여 사우스캐롤라이나주 찰스턴과 머틀 비치
에서 함께 시간을 보낸다. 12월, 주급 1250달러를 받기
로 하고 MGM사와 일 년 동안 계약을 연장한다.

1938년 2월~1939년 1월, 「배신(Infidelity)」, 「마리 앙투아네트
(Marie Antoinette)」, 「여인들(The Women)」, 「퀴리 부인
(Madame Curie)」 등의 작품을 각색한다. 3월 말, 피츠
제럴드 부부가 버지니아주 버지니아 비치에서 부활절
휴가를 보낸다. 4월, 캘리포니아주 말리부 비치에 방갈
로를 임대하여 머무른다. 9월, 스코티가 사립 명문인

바사 대학교에 입학한다. 11월, 캘리포니아주 에니노에 위치한 벨에이커에 머무른다 12월, MGM사와의 계약이 만료되고 더 이상 재계약을 맺지 않는다.

1939년 1월, 잠시 마거릿 미첼의 장편 소설『바람과 함께 사라지다』의 각색에 참여한다. 2월, 다트머스 대학교를 방문하여 윈터 카니발 작업을 하지만 음주 문제로 해고당한다. 뉴욕의 한 병원에 입원한다. 3월~1940년 10월, 할리우드의 파라마운트, 유니버설, 20세기 폭스, 컬럼비아 영화사 등에서 프리랜서로 일한다. 4월, 쿠바를 여행한다. 술을 지나치게 많이 마신 탓에 뉴욕에 돌아와 입원한다. 7월, 오랫동안 에이전트 역할을 해 온 해럴드 오버와의 관계를 끊는다. 여름,『마지막 거물(The Last Tycoon)』을 집필한다. 9월, 독일의 폴란드 침공으로 2차 세계 대전이 일어난다. 미국은 중립을 취하지만 1941년 일본이 진주만을 공습하자 참전한다.

1940년 1월, 팻 호비가 주인공인 연작 단편 중 첫 작품「팻 호비의 크리스마스 소원(Pat Hobby's Christmas Wish)」을 《에스콰이어》에 발표한다. 3월~8월,「다시 찾아온 바빌론」을「코스모폴리탄(Cosmopolitan)」이라는 제목으로 각색하지만 영화화되지는 못한다. 4월 중순, 젤더가 하일랜드 병원에서 퇴원하여 몽고메리에서 친정어머니와 함께 살게 된다. 12월 21일, 피츠제럴드가 할리우드에 있는 셰일러 그레이엄의 아파트에서 심장마비로 사망한다. 12월 27일, 메릴랜드주 록빌에 있는 록빌 유니언

공동묘지에 묻힌다.

1941년   10월 27일, 유작『마지막 거물』이 에드먼드 윌슨의 가필과 수정을 거쳐 출간된다.

1945년   8월 12일, 산문집『붕괴』가 출간된다. 9월, 도로시 파커가 편집한 피츠제럴드의 문학 선집『포터블 피츠제럴드(The Portable F. Scott Fitzgerald)』가 출간된다.

1947년   11월, 젤더가 몽고메리에서 하일랜드 병원으로 옮겨진다.

1948년   3월 10일, 젤더가 하일랜드 병원 화재로 사망한다. 3월 17일, 젤더가 피츠제럴드와 함께 묻힌다.

1950년   11월 18일, 피츠제럴드의 딸 스코티 피츠제럴드 래너핸이 피츠제럴드 문서를 프린스턴 대학교에 기증한다.

1975년   11월 7일, 피츠제럴드 부부가 메릴랜드주 록빌 세인트 메리 교회 묘지로 이장된다.

세계문학전집 **75**

위대한 개츠비

1판 1쇄 펴냄   2003년 5월 6일
1판 47쇄 펴냄   2010년 9월 29일
2판 1쇄 펴냄   2010년 12월 8일
2판 54쇄 펴냄   2024년 10월 14일

지은이   F. 스콧 피츠제럴드
옮긴이   김욱동
발행인   박근섭, 박상준
펴낸곳   (주)민음사

출판등록   1966. 5. 19. (제 16-490호)
서울특별시 강남구 도산대로1길 62(신사동) 강남출판문화센터 5층 (우편번호 06027)
대표전화 02-515-2000   팩시밀리 02-515-2007
www.minumsa.com

ISBN 978-89-374-6075-3 04800
ISBN 978-89-374-6000-5 (세트)

* 잘못 만들어진 책은 구입처에서 교환해 드립니다.

세계문학전집 목록

세계문학전집은 계속 간행됩니다.